午愚诗词

（2017.2—2024.2）

梁兆智 著

中国书籍出版社

图书在版编目（CIP）数据

千愚诗词 / 梁兆智著 . -- 北京：中国书籍出版社，2024.5
ISBN 978-7-5068-9839-3

Ⅰ．①千… Ⅱ．①梁… Ⅲ．①诗词－作品集－中国－当代 Ⅳ．① I227

中国国家版本馆 CIP 数据核字（2024）第 080102 号

千愚诗词

梁兆智　著

策划编辑	毕　磊
责任编辑	毕　磊
责任印制	孙马飞　马　芝
图书策划	俊识（北京）文化传媒有限公司
出版发行	中国书籍出版社
地　　址	北京市丰台区三路居路 97 号（邮编：100073）
电　　话	（010）52257143（总编室）　（010）52257140（发行部）
电子邮箱	eo@chinabp.com.cn
经　　销	全国新华书店
印　　刷	天津旭丰源印刷技术有限公司
规　　格	710毫米×1000毫米　1/16
字　　数	473千字
印　　张	32
版　　次	2024年5月第1版　2024年5月第1次印刷
书　　号	ISBN 978-7-5068-9839-3
定　　价	128.00元

版权所有　翻印必究

作者简介

梁兆智,笔名千愚,1967年生,籍贯潍坊市,现居济南市,监狱警察,一级警督。1990年7月从中国武装警察部队技术学院(后为中国武装警察部队工程大学)毕业,信息系统专业,学士学位,毕业后分配到武警山东省总队二支队,先后任见习排长、机要参谋、中队指导员,上尉军衔。1996年9月转业至山东省监狱工作,先后从事狱政管理、计算机网络管理、汽轮机采购业务管理、省监狱管理局《齐鲁新报》编辑。曾多次被授予嘉奖,评为优秀党员,荣立三等功。

中国诗歌学会会员,中华诗词学会会员,中国硬笔书法协会会员、副教授,中国长城书画协会会员,鸢都军旅书画艺术研究会会员。

《七律·济南》在由国务院第二次全国地名普查领导小组办公室主办,光明网、光明日报文艺部、中国作协《诗刊》社、中国诗歌学会承办的"美丽中国 诗意地名——中国地名诗词创作征集活动"中获三等奖;《沁园春·登八达岭长城感怀》和《七绝·再读鲁迅》获中国第三届文人杯专业组银奖;《七绝·题紫砂壶》获当代中华诗词金科奖;《七律·塞酒》和《永遇乐·塞酒》荣获"塞酒杯"暨新丝绸之路文创品牌全国文化大奖赛举人奖；《七律·泉韵章丘》荣获"中国龙山·泉韵章丘"全国诗词大赛三等奖，等等。

硬笔书法获"四海杯"海内外诗联书画邀请赛金奖。毛笔书法被中国新农村文学纵横文化联谊会永久收藏，获中国国际青年书法家协会组织的首届"辉煌中国杯"全国书法作品大赛铜奖，获中国第五届人民文艺功勋奖书画展优秀奖并授荣誉称号。

诗词、书法作品多次在全国大赛中奖获。作品散见于省级以上纸媒和网络、公众号。著有散文集《鹊如人生》（与梁兆勋、刘培春合著），参与中国作家协会诗刊社庆祝新中国成立70周年《诗为最美奋斗者歌》组织编写。

化古融今见匠心

——《千愚诗词》序

嗟夫！自古从戎与执笔，各有专攻，难以兼得。今观《梁诗》（《千愚诗词》简称《梁诗》），诗人以狱警（武警转业）专职而余事为诗，裒集一册两千六百来首作品，创作如此勤奋而有成，令人钦佩。此时世异耶？或独秉天赋所致？吾意应系时逢盛世大好时代，诗人既得天赋诗才而又自觉勤奋之结果。

《梁诗》选编七年之作品依次为《诗赛获奖作品》《诗赛入编或入围作品》《书刊登载作品》《发表在其他纸网刊上的作品》《咏十二生肖》《咏农历十二个月》《咏中国古代科学家》《听中国十大古典名曲》《五言律绝》《七言律绝》《词作》《现代诗》。除十首现代诗外，作品俱为经典格律体裁形式的律诗、律绝和词牌填词。其内容题材则丰富多样，对其反映现实生活切题切事、面广量大的特点印象尤深。

首先，作为监狱警察，特殊园丁，诗人对于本职工作自有切身感受，发而为诗，现实感强。

高墙月夜

月影透寒枝，霜白照铁衣。
鸟归巢已静，长夜起相思。

对于一般读者来说，狱警应系颇为特殊职业，读此五绝则对此职业环境有较深初步印象。诗人坚守岗位久未归家，在这深秋寒夜的高墙之内，思念家里亲人夜不能寐，与李白《静夜思》写望月思乡异曲同工。"霜白照铁衣"或许化自《木兰诗》"寒光照铁衣"名句，使人联想到古代边塞诗中描写的戍边将士之思乡情感。"鸟归巢已静"，高墙内执勤的诗人，看到不仅夜深人静，甚至"夜深鸟静"，连鸟儿都归巢团聚，更加勾起诗人想家的情思。诗人巧妙遣词命意，短短四句意象丰富而独特，对于抗击疫情的狱警生活给以生动描绘。

赞女狱警

戎装穿在高墙内，不见英姿走四方。

劳累换得春雨润，万千病树绽花香。

前一首五绝写自己，这一首七绝写同事，赞美女狱警的英姿飒爽，却把个人的美好青春贡献给这个特殊的职业。诗句把女狱警的工作比作"春雨"，而把服刑人员比作"病树"，十分贴切，春雨"润物细无声"，要把万千"病树"医治好，变成健康的好树，这特殊的"园丁"得下多大的功夫，小诗通过比喻手法描写女狱警的优美形象，进而赞美狱警这个特殊职业，令人肃然起敬。

鹧鸪天·立冬日抒怀

黄叶飘飘寒气增，轮回节序悄然更。半轮冷月迎红日，碧洗长空万里晴。　　深夜谧，狱园明。警徽灼灼守安宁。冬来草木尤萧瑟，不减男儿家国情。

这首词作，上下阕层次分明。上阕写立冬时节傍晚的自然景色，表现出落叶萧萧之寒冷和日落月升、晴空万里的暮景；下阕写"狱园"内狱警执勤直至深夜的感受，以及对狱警工作崇高职责的自豪感。最后两句以自然界草木萧瑟之寒冬与狱警守护家国安宁之热情对比，更加反衬出好男儿家国情怀之热烈。词中"狱园"和"警徽"二词点明了狱警职业特点，使得题目"立冬日抒怀"的主人公有了着落。

以上仅举三首作品，以见诗人书写本职工作情景之一斑。下面再和读者分享诗集中表现时代生活的五绝、七绝、五律、七律以及词作，感受诗人诗法浑成、刻画精微之匠心。

建筑工

工地战三伏，何人大丈夫？

置身于烈火，再把日来逐。

这首五绝赞美建筑工人，用简练的新声韵短句，化用夸父逐日的典故，很好地反映了火热的夏日气候里热烈的劳动场面与工人们热情向上的奋斗精神。（元）杨载《诗法家数》："用事，陈古讽今，因彼证此，不可着迹，只使影子可也。虽死事亦当活用。"诗中活用夸父逐日典故，让人从建筑工人的个别行业，猛然上溯中华民族远古不惧烈日为民造福的民族英雄形象，说明自古以来中华民族各行各业劳动者就有敢于战天斗地的奋斗精神，由此用典，使小诗扩大了蕴意，升华了境界。

颂军人寿光救灾

暴雨倾盆连昼夜，乡村城镇水流深。
汗青千古书神禹，我颂军人救万民。

抗洪救灾的题目写的人很多，我之所以这里列举分享，最重要的是因为作者三四句的互文特点，特别是这里用到著名的大禹治水典故，这与上一首《建筑工》有善于运用广为人知熟典的同样优点。（明）胡应麟《诗薮》云："诗自模景述情以外，则有用事而已。用事非诗正体，然景物有限，格调易穷，一律千篇，只供厌饫。欲观人笔力材诣，全在阿堵中。"所以说诗歌能不能用典，虽然历来有争议，但是用典到位自然有用点的好处和优势。"汗青千古书神禹，我颂军人救万民"，诗句让人产生"思接千载，视通万里"之效果。历史上大禹疏导治水和今天军人抗洪救灾，同样可以写入青史。

赞女交警

酷暑严寒路口忙，英姿女警指八方。
一身劳累一身土，四季娇妍四季香。

这首七绝，描写人物准确生动，赞美劳动语言通俗，诗韵铿锵，读来清爽，润喉振神。特别是后两句，重复"一身"，重复"四季"，不但不觉辞费，反使诗句一气流转，朗朗上口，洵为佳作。微觉"英姿女警"改成"英姿飒爽"或许略胜。

乒乓球

蹦来跳去两边忙，白色乒乓几代光。
史有小球传友谊，干戈化作彩虹长。

该诗以绝句小诗书写小小乒乓球,以拟人开篇写乒乓球运动的特色,次句写国际性乒乓球比赛屡获冠军佳绩、"国球"为国争光的几代荣耀,后两句写中美建交从"乒乓外交"开局、"小球转动大球"的世界大事,可谓以小球写大事,颇有特色。

中国天眼

华夏明瞳望紫霄,太空从此不凄寥。
星光四射无边界,龙跃银河敢弄潮。

这首七绝用拟人手法,写新时代大幅拓展人类视野的中国科技成果——500米口径球面射电望远镜(俗称"中国天眼"),比作"华夏明瞳""龙跃银河",赞颂中国科技成果,天衣无缝。

加沙小女孩

炮火纷飞地,充饥饭不多。
女童家有否,父母事如何。
战乱几时止,和平哪日得。
但求同冷暖,百姓尽欢歌。

巴以冲突导致百姓无辜蒙难的灾害。网上流传的联合国难民营打饭的加沙小女孩的视频,人尽皆知,小小的她局促不安的眼神,揣着小手,乖巧地等着别人给她打饭。身处和平环境的诗人,用平实通俗的家常语句书写同情的眼光和心绪,通过小女孩的短视频,以无限深情的关怀,想象和询问她的家人,期盼战乱早日结束,环球百姓不分国别种族而"同此凉热",表现了诗人"心事浩茫连广宇"的高尚情怀。

济 南

信是泉城多美景,风光旖旎满情怀。
佛山倒影随波荡,黑虎扬声啸月来。
北靠黄河生浩气,南临岱岳诞英才。
清流汇聚明湖水,杨柳拂荷次第开。

这首七律描写一个城市,将概括性和形象性较好结合,在由国务院第二次全国地名普查领导小组办公室主办,光明网、光明日报文艺部、中国作协《诗刊》社、中国诗歌学会承办的"美丽中国,诗意地名——中国地名诗词创作征集活动"中荣获三等奖。作者到北京领奖,作七律一首抒怀,我看比获奖作品更为精彩:

赴京领奖感吟

仲秋雅聚金风畅,诗苑芬芳时代新。
古有兰亭骚客会,今于京阙地名吟。
彩屏蕴意浮佳句,锦瑟神州诵玉音。
婉转悠扬声顿挫,素笺铺就写丹心。

这首七律作品,用优美语言、丰富形象组成悠扬顿挫的韵律,描写颁奖典礼的宏大场面,抒发作者意气风发的美好心情。"彩屏蕴意浮佳句,锦瑟神州诵玉音。"优美的律诗对句,生动描写出当代高科技视频音画舞台结合古典乐器旋律伴奏,朗诵或演唱诗词之盛况。总首作品古典与今事结合,形象丰富,通过最经典的格律诗形式反映国家有关部门组织用中华民族最优雅形式——中华诗词歌颂祖国大好河山的全国性活动,间接反映了当今新时代中国诗词复兴、文化繁荣的大好形势。

《梁诗》中词作,小调、中调、长调均有创作,并且各有造诣。就我粗浅印象,我更喜读其中长调,诗人驾驭长调优游不迫,辞藻斑斓,意脉连通,意境高雅,令人欣喜。下面仅举两例与读者分享。

沁园春·泉城之韵

日远秋深,雾淡云轻,零雨珠明。漫泺河柳岸,芳尘闲步;名泉音韵,悦耳长鸣。波涌流光,虎吟啸月,激水飞湍玉皎晶。镜中影,见枝随风舞,婀娜多情。　　此时景似云庭,顿气爽,神怡才绪生。想名流清照,千年才女;诗文秉赋,万古词英。碧水涟漪,浮光潋滟,澄澈明湖荷玉莹。子昂曰,看鹊华秋色,烟雨泉城。

念奴娇·嘉峪关怀古

狼烟早去，看苍穹如洗，白云飘荡。瓜色生香闻烈酒，遥望远方遐想。千里黄沙，弯刀长箭，骠骑将军往。封狼居胥，荡匈甘酒酣畅。　　战马列队风歌，壮怀激烈，千古神州唱。我自低头思去病，星落早年悲怅。细雨凉风，峪关雄立，万古炎黄旺。今朝华夏，复兴锣鼓擂响。

这两首长调词，读来均给人长短句应有的风味，让人置身古今景物人物纷纷登场的宏大场面，给人以语言辞藻活色生香、咏古感今韵味悠长的美好享受。前一首"见枝随风舞，婀娜多情"原作"翠枝随风舞，婀娜多情"，我随手改了一个字，这里"见"字关键，领起下面两句，读来效果自不相同。后一首上阕末句末两字原为"饮畅"，下阕末句末两字原为"急响"；我改两字，谨与诗人探讨，个人填《念奴娇》上阕末句和下阕末句，都学习东坡《念奴娇·赤壁怀古》的平仄格式——仄平平仄平仄（一时多少豪杰，一尊还酹江月），个人拙见仅供参考。如果觉得此法可从，说明填词学习名家名作十分重要。

中华民族历史悠久，文化遗产丰富，其中最根本灵魂在先民创造的汉字，由此数千年留下历史文献浩瀚充栋。汉语诗歌艺术，古今一脉相承，一火传薪，至今兴盛，形势可喜。词章之于世不为无益，历来认定其可以观民风，察世道，见国情，可以多识鸟兽草木之名……其利溥哉！今之诗犹古之诗也。

《梁诗》作品俱为经典格律体裁。格律诗词，少者二十字，多者百余字，或记一事，或写一景，或赞一人，或抒一感……其作所涉，事为时事，景为今见，人为时楷，感为时发……吾读《梁诗》，深慨其专职狱警之余，志在文笔，勤奋为诗，为时为事，古韵新风，于己存忆，于世有益，岂不美哉！

中华诗词研究院策划组织编纂我国历史上第一本诗词白皮书《中华诗词发展报告（2015）》，2016年6月由中国书籍出版社出版，参加该书出版座谈会后，吾曾填《沁园春·汉字颂》以抒发当代文化复兴之感慨：

　　故国东方，汉字通神，文脉久昌。幸羲皇创卦，开天一画；颉臣造字，界破洪荒。独体方圆，单音扬抑，义见形声万物彰。抒情志，有重章叠唱，思幻言长。　　今朝岁月铿锵，引无数诗人赋慨慷。看嘤鸣汉语，亲和世界；龙飞书法，流美诗乡。事在人为，梦由心画，丝路驼铃乐万邦。挥毫也，得江山助兴，写我新章。

　　予十六年来注力当代诗词出版，经手审阅诗词书稿四百多种，见证、参与当代诗词引领诗国文化复兴，大好形势令人欣喜。清代赵翼《论诗》曰："李杜诗篇万口传，至今已觉不新鲜。江山代有才人出，各领风骚数百年。"薄古厚今，寄望时人，同感颇多。今读《梁诗》，颇有会心。《梁诗》作品，虽未惊天动地，但勤奋创作的自觉意思和取得可观成绩，已然实为可贵。希望诗人珍惜既得诗才于天，又继续勤奋充实其学于己，则庶几可进近其道也。

　　《梁诗》数量可观，琳琅满目，佳作如林，本文仅尝鼎一脔，蠡测管窥，举例分享而已。有待读者诸君捧书阅读，自入宝山探胜寻幽。

赵安民

二〇二四年二月二十九日于北京

　　赵安民（师之）：中国书籍出版社副总编辑，北京诗词学会副会长，中华诗词学会常务理事，中国新闻出版研究院书画社社长，《中华辞赋》编委，上海大学诗词创作研究院特邀研究员。

1987年放寒假回家过春节，全家人在一起（系战友杨新田所摄）

2004年1月20日（农历腊月二十九），岳父过生日全家人在一起

2017年8月初，与妻、儿在嘉峪关

2018年（正月初二），梁氏全家在济南合影

1986年高中毕业时,班委和班主任王老师合影

1986年高中毕业时,与部分同学合影

1986年4月1日,潍坊十九中八三级二班毕业师生合影(作者于二排右二)

2010年10月，作者与友人在西安合影

2016年10月，作者与友人在江西合影

2016年3月12日，和儿子在南部山区参加义务植树活动

2023年6月10日，和同事一起慰问里子村敬老院并做义工

2018年11月底，诗书画界朋友来家中作客，以笔会友

2019年8月底，在北京与六位诗词名家合影

2023年6月，中原五位诗词名家来济南

2017年12月底，在海南三亚上台领奖

2018年4月底，在北京参加第五届"相约北京"全国文学艺术大赛颁奖仪式

2019年5月，在广东省东莞市黄江镇金科伟业总部领取金科奖

2019年5月，在广东省东莞市黄江镇金科伟业总部获奖者合影（作者于前排右四）

2019年8月底，在北京"美丽中国　诗意地名"获奖台上分享获奖和创作感想

2019年8月底，在北京"美丽中国　诗意地名"获奖台上领取获奖证书

2019年8月底，"美丽中国　诗意地名"诗词大赛评委原解放军李殿仁中将、李文朝少将、中华诗词学会常务理事何云春老师等和获奖诗人在一起（作者于后排中间）

作者照

作者照

广东黄江人民公园诗碑

七律·步韵并赠叶社长本家

枝茂根深绽自华,身临翠竹气清嘉。

神州名韵含风骨,南粤宏儒配锦花。

君绘佳篇称德卷,我吟凤曲赋金笳。

有龙若在黄江镇,五岭开兴第一家。

刘仁山 书　　梁兆智 诗

展开不过几平方，守卫江山御虎狼。
世界军旗千百面，绝无一面比他强。

　　刘仁山先生，号仙洞山人。1958年出生、广东丰顺人。现任中国书画收藏家协会理事、中国楹联学会会员、书画艺委会委员；中国硬笔书法协会会员、中国硬笔书协教育委员会副教授；中国书法艺术研究院艺术委员会委员、香港特别行政区文联书协会员；广东省、深圳市书协会员；广东省民间文艺家协会会员；深圳市福田区文联民间文艺家协会副主席等职。作品在全国人民大会堂、政协礼堂、中央党校、美国纽约、加拿大、日本、韩国、新加坡、菲律宾、香港等地展出，并在全国和世界华人各类书画大展赛中多次获奖，被邀请参加了中国书画艺术访问团，出访日本、韩国及我国台湾等。

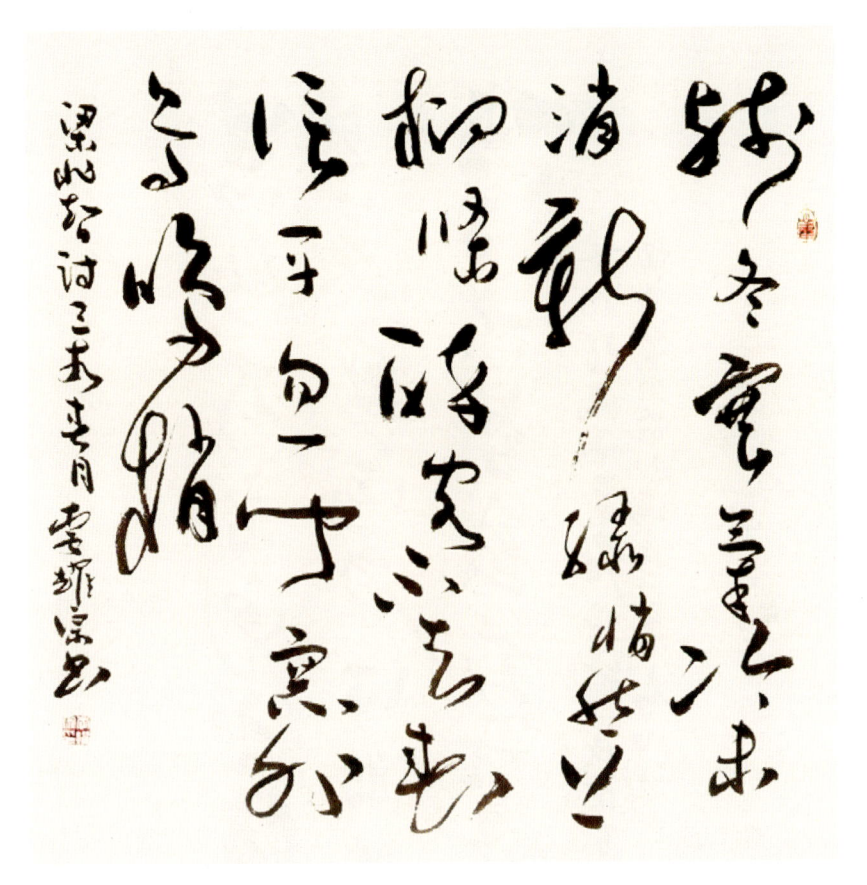

李耀宗 书　　梁兆智 诗

残冬寒气冷没消，新绿悄然上柳条。
醉客不知春信早，忽闻窗外鸟鸣梢。

　　李耀宗先生，笔名鹏云，斋号醉墨居，甘肃临洮人。现为国家一级美术师，中国书画艺术服务中心学部委员、理事、特聘美术师，中国书协西部教育基地书画艺术研究会副主席，中国老年书画研究会会员，甘肃省书法家协会会员，定西市老年书法家协会副主席，定西市作家协会会员。

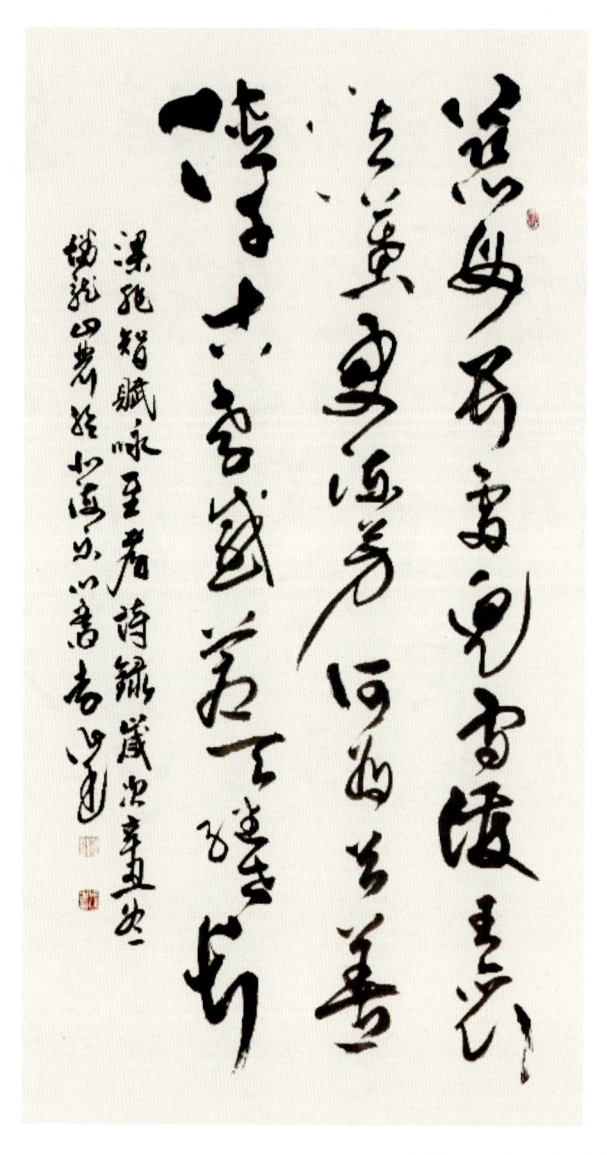

李作廷 书　　梁兆智 诗

慈母畏雷儿守护，王裒泣墓史流芳。
何为首善传千古，孝感苍天继世长。

李作廷先生，笔名山农、乐心斋主人，山东省昌乐县人，当代书画名家，现为中国国际书法研究院研究员，山东省书法家协会会员，中国书法家联谊会会员。

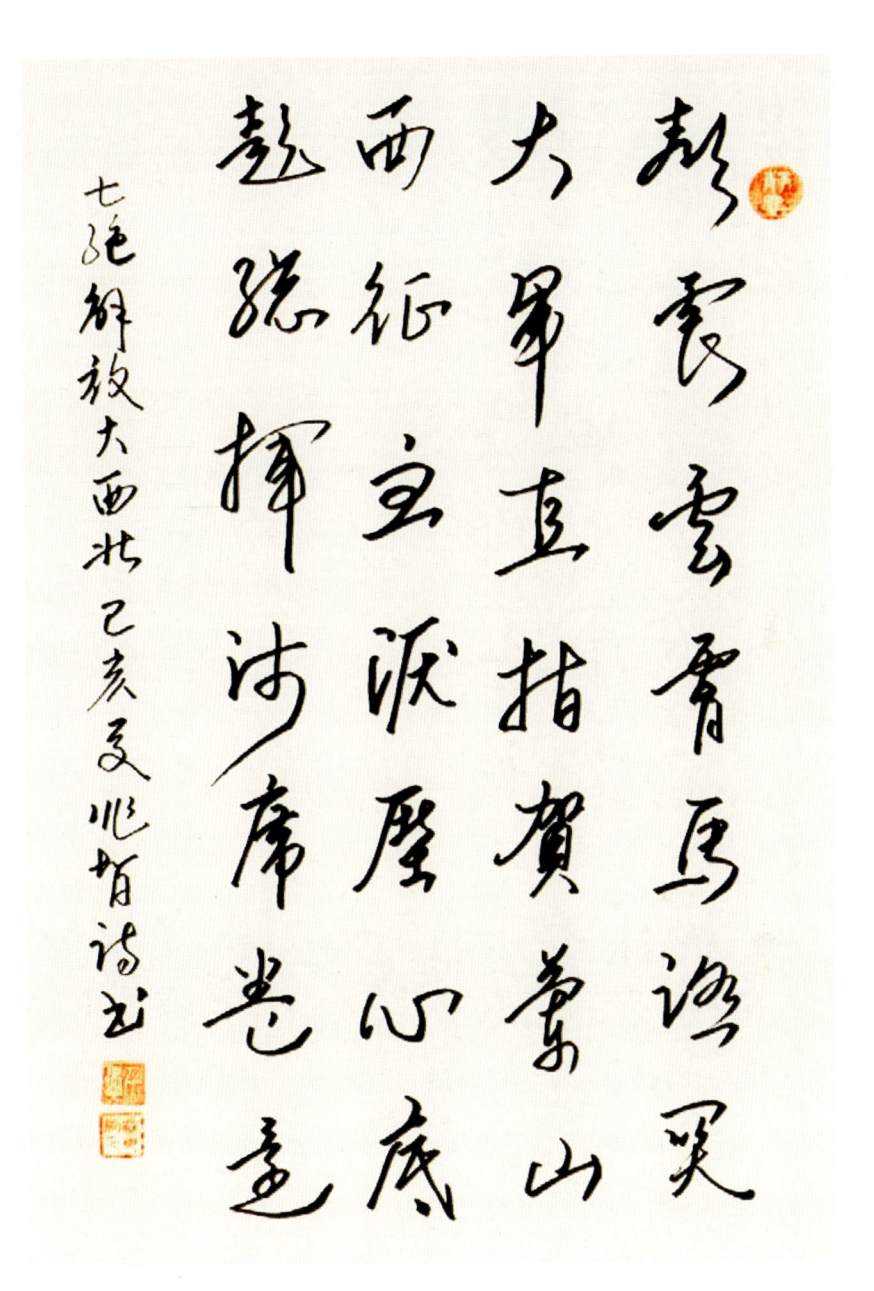

梁兆智 书

声震云霄马踏关，大军直指贺兰山。
西征血泪压心底，彭总挥师席卷还。

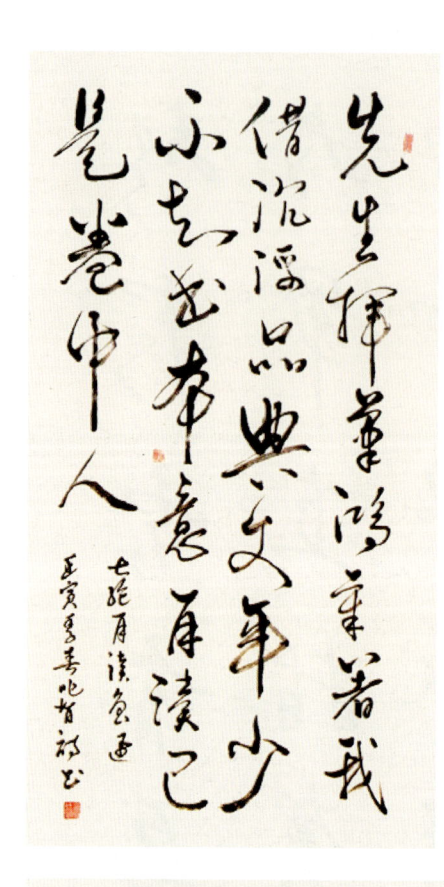

先生挥笔鸿章著,
我借沉浮品典文。
年少不知书本意,
再读已是卷中人。

梁兆智 书

信是泉城多美景,风光旖旎满情怀。
佛山倒影随波荡,黑虎扬声啸月来。
北靠黄河生浩气,南临岱岳诞英才。
清流汇聚明湖水,杨柳拂荷次第开。

梁兆智 书

目 录

化古融今见匠心 …… 赵安民 001

诗赛获奖作品

七律·济南 …………………… 3
七绝·再读鲁迅 ……………… 3
沁园春·登八达岭长城感怀 … 3
七绝·观人民币图得句 ……… 4
七律·塞酒 …………………… 4
永遇乐·塞酒 ………………… 4
七绝·题紫砂壶 ……………… 4
七律·泉韵章丘 ……………… 5
五绝·思念母亲 ……………… 5
七律·晚秋游洙水 …………… 5

诗赛入编或入围作品

七律·路美颂 ………………… 9
鹧鸪天·寄磁山温泉小镇 …… 9
水调歌头·徐州抒怀 ………… 10
七绝·秦淮桥上 ……………… 10
鹧鸪天·鼠年元宵节 ………… 10
七律·党旗礼赞 ……………… 10
七律·红船礼赞 ……………… 11
七律·参观济南大峰山革命
　　根据地 ………………… 11
七律·沂蒙颂 ………………… 11
七律·瞻红岩英烈雕像 ……… 11
念奴娇·瞻李大钊铜像感怀 … 12
七绝·八一军旗 ……………… 12
七律·步韵并赠叶社长本家 … 12

书刊登载作品

诗刊社庆祝新中国成立七十年
《诗为奋斗者歌》上的作品
七绝·赞伊莎白·柯鲁克 …… 15
七绝·赞"铁姑娘"尉凤英 … 15
七绝·赞崔道植侦查员 ……… 15
七律·赋豫剧名家常香玉 …… 15
七律·罗布泊之魂彭加木 …… 15
七律·仰谢晋导演感怀 ……… 16
七绝·读窦铁成事迹得句 …… 16

发表在其他纸网刊上的作品

《诗刊》增刊上发表的作品
七绝·访聊斋 ………………… 19
中英文《诗殿堂》上发表的作品
七绝·酥雨桃花 ……………… 19
七绝·摘草莓 ………………… 19
《中国新农村》上发表的作品
五绝·思念母亲 ……………… 19
五律·住院晨吟 ……………… 20
七绝·生日醉歌 ……………… 20
五绝·祝伊婷领奖 …………… 20
七绝·岱北花草 ……………… 20
梦先父（古风） ……………… 20
七律·合著《鹊如人生》感吟 … 21
《齐鲁新报》上发表的作品
七绝·宪法颂 ………………… 21

七绝·霍金颂 …… 21
七绝·读赵一曼遗书感怀 … 21
七律·读《平凡的世界》感吟 … 22
七律·咏井冈山 …… 22
七绝·八一枪声 …… 22
浣溪沙·国庆节感怀 …… 22
望远行·育新文化节之声 … 22
七绝·化蝶梦 …… 23
七律·学习宪法感怀 …… 23
鹧鸪天·国家公祭日 …… 23
鹧鸪天·改革开放四十年
　　颂歌 …… 23
鹧鸪天·迎春寄语 …… 23
七绝·守岁 …… 24
七绝·学习雷锋得句 …… 24
七律·英雄山祭烈士 …… 24
七律·周处传 …… 24
七律·五四运动百年感怀 … 24
沁园春·海军成立七十周年
　　庆典感怀 …… 25
鹧鸪天·槐花的思念 …… 25
七绝·忆解放大西北 …… 25
七律·看歌剧《沂蒙山》
　　追怀 …… 25
七律·国庆七十年颂 …… 25
定风波·贺祖国七十华诞 … 26

诗集《落花时节又逢君》上的作品

沁园春·鸢都情 …… 26
七绝·针线吟句 …… 26
七绝·题龙血树 …… 26
七绝·题泗水亭 …… 27
七绝·题净水器 …… 27
七绝·题壶口瀑布 …… 27
风入松·趵突泉菊展抒怀 … 27

七绝·游无名湖 …… 27
七绝·饮菊 …… 27
七绝·国庆节抒怀 …… 28
七绝·黄河三角洲 …… 28
忆秦娥·昭君叹 …… 28
七绝·咏红旗渠 …… 28
五绝·落叶 …… 28
七绝·看贸易战感怀 …… 28
七绝·清晨赏竹 …… 29
七律·从军、警三十二年 … 29
七绝·题港珠澳大桥 …… 29
七绝·重阳节忆姥姥 …… 29

诗集《新时代精品集》上的作品

五绝·孔子 …… 29
五绝·济南红叶谷 …… 30
七绝·神舟 …… 30
七绝·致武警战士 …… 30
七律·看习总出访抒怀 …… 30
蝶恋花·芒种 …… 30
鹧鸪天·致军人 …… 30

《诗词百家》上发表的作品

七律·冬至抒怀 …… 31
七律·春前冬雪 …… 31
七律·黄河入海口 …… 31

《中华词赋》上发表的作品

七绝·金秋感句 …… 31
七律·梦游岳阳楼 …… 32

《长安文苑》上发表的作品

七律·趵突泉菊展 …… 32

《中国诗词》上发表的作品

七绝·老宅燕归 …… 32

诗集《赞歌献给功勋与英雄》

上的作品

 七绝·军队战疫 …………… 32

《长江诗歌》上发表的作品

 七律·己亥初一抒怀 ………… 33

《齐鲁文学》上发表的作品

 七绝·夏夜听雨 …………… 33

《稻香诗畹》上发表的作品

 七律·雨中散步 …………… 33

 七律·滕王阁 ……………… 33

《山东诗歌》杂志上发表的作品

 五绝·看孔子学琴画题句 …

 献衷心·济南惨案纪念碑

  抒怀 ……………………… 34

 七绝·明湖碧荷 …………… 34

 七绝·庐山怀古 …………… 34

 五绝·家乡酒 ……………… 34

 五绝·酒醒吟句 …………… 35

 七绝·忆儿时冬天 ………… 35

 七律·山村军嫂情 ………… 35

 七绝·七夕感句 …………… 35

 七绝·七夕得句 …………… 35

《翰墨风华全国诗书画精品选》
上发表的作品

 天净沙·思屈原 …………… 35

 江城子·屈原颂 …………… 36

《中国最美游记》上发表的作品

 五绝·阳朔日出 …………… 36

《2018 年中外诗歌散文精品集》
上发表的作品

 七绝·嵩山桃花园 ………… 36

 七绝·张夏杏花 …………… 36

《2017 全国诗书画作品年选》
上发表的作品

 晨练（古风） ……………… 37

 寒秋（古风） ……………… 37

 七律·赏雪 ………………… 37

《相约北京全国文学艺术精品集》
上发表的作品

 七绝·雪 …………………… 37

发表在几个公众号上的部分作品

在北京西山诗社公众号上发表的
部分作品

 五绝·山居 ………………… 38

 五绝·遥想魏武 …………… 38

 五绝·看军事得句 ………… 38

 五绝·思念双亲 …………… 38

 七绝·题白玉兰 …………… 38

 五律·甘肃行 ……………… 39

 五律·故乡会亲友 ………… 39

 五律·中秋寄情 …………… 39

 五律·汉字之韵 …………… 39

 七律·雨中千佛山 ………… 39

 七律·格非 ………………… 40

 七律·军嫂春恋 …………… 40

 七律·听朋友游日月潭感怀 … 40

 如梦令·伊入梦 …………… 40

 相见欢·午休一梦 ………… 40

 浣溪沙·吟汤圆 …………… 41

 鹧鸪天·知音 ……………… 41

 鹧鸪天·自题姻缘 ………… 41

 沁园春·忆周公赴万隆 … 41

在《紫禁社刊》公众号上发表的
部分作品

菩萨蛮·庚子春战新冠病毒 … 42
七律·立春抗疫感吟 … 42
七律·步毛主席《送瘟神》
　韵送新瘟神 … 42
鹧鸪天·庚子元宵节 … 42
七绝·夜梦 … 42
水调歌头·武汉战疫 … 43
七绝·闻武汉战疫传佳讯 … 43
七绝·赞武汉金银潭医院
　张定宇院长 … 43
鹧鸪天·咏防化兵战江城 … 43
七绝·疫情考试 … 43
七绝·监狱警察战疫 … 43
七绝·方舱医院 … 44
七律·题庚子三八节 … 44
七律·江城庚子春 … 44
七绝·监狱防疫阻击战 … 44
七绝·狱内阻疫吟句 … 44
七绝·特殊的考试 … 44
七绝·三月春色 … 45
七律·春分前后各地欢迎
　援鄂医疗队凯旋而归 … 45
七绝·疫情大考 … 45
五绝·咏全国战疫取得阶段
　性胜利 … 45
七律·狱中阻疫两个月而归 … 45
七律·抗疫归来寄友人 … 46

发表在草原雄鹰诗社公众号上的
部分作品

五绝·春思 … 46
七绝·初恋 … 46
七绝·同桌 … 46
七绝·寄知音 … 46
七绝·寄知友 … 46

七绝·春雨 … 47
七绝·桃花吟 … 47
七绝·红豆梦 … 47
七绝·致爱妻 … 47
七绝·居家小酌 … 47
鹧鸪天·往事抒怀 … 47
鹧鸪天·忆1993年11月
　17日 … 47
鹧鸪天·庆爱妻五十岁生日
　并退休 … 48
鹧鸪天·致爱妻 … 48
鹊桥仙·抗疫封闭执勤
　恰逢三八节致爱妻 … 48

发表在潇雨诗社公众号上的部分
作品

五绝·村巷 … 48
七绝·致爱妻 … 48
七绝·礼赞某飞行二大队
　"时代楷模" … 48
七绝·敬祭苦战长津湖牺牲
　的烈士们 … 49
七绝·赞一带一路 … 49
七绝·咏柳如是 … 49
七律·蓬莱阁 … 49
七律·强军赞 … 49
七律·夏游大明湖 … 49
七律·写诗有感 … 50
定风波·京冀抗洪记 … 50
鹊桥仙·七夕感怀 … 50
沁园春·纪念抗美援朝战争
　胜利70周年 … 50

咏十二生肖

七绝·鼠 … 53

七绝·牛	53	七绝·南北朝之祖冲之	62
七绝·虎	53	七绝·隋朝之李春	62
七绝·兔	53	七绝·唐朝之孙思邈	62
七绝·龙	53	七绝·唐朝之僧一行	62
七绝·蛇	53	七绝·宋朝之毕昇	62
七绝·马	54	七绝·宋朝之沈括	63
七绝·羊	54	七绝·元朝之郭守敬	63
七绝·猴	54	七绝·元朝之黄道婆	63
七绝·鸡	54	七绝·明朝之李时珍	63
七绝·狗	54	七绝·明朝之徐光启	63
七绝·猪	54	七绝·明朝之徐霞客	63
		七绝·明朝之宋应星	63

咏农历十二个月

听中国十大古典名曲

七绝·正月	57	七绝·高山流水	67
七绝·二月	57	七绝·梅花三弄	67
七绝·三月	57	七绝·夕阳箫鼓	67
七绝·四月	57	七绝·汉宫秋月	67
七绝·五月	57	七绝·阳春白雪	67
七绝·六月	57	七绝·渔樵问答	67
七绝·七月	58	七绝·胡笳十八拍	68
七绝·八月	58	七绝·广陵散	68
七绝·九月	58	七绝·平沙落雁	68
七绝·十月	58	七绝·十面埋伏	68
七绝·冬月	58		
七绝·腊月	58	## 五言律绝	

咏中国古代科学家

		婺源油菜花	71
七绝·春秋之鲁班	61	游长岛	71
七绝·春秋之扁鹊	61	墨兰	71
七绝·战国之李冰	61	思亲	71
七绝·东汉之蔡伦	61	玉兰花开	71
七绝·东汉之张衡	61	雪天寻诗	71
七绝·东汉之华佗	61	红月芬芳	71
七绝·东汉之张仲景	62	孔孟	72
七绝·魏晋之刘徽	62	化危机得句	72

春 柳 …… 72	游竹海 …… 77
咏垂云 …… 72	雷 雨 …… 77
荷 塘 …… 72	壶口涛声 …… 77
泰山观日出 …… 72	拂晓得句 …… 77
翡翠情 …… 72	历山遗韵 …… 77
樱花情 …… 73	入伏得句 …… 77
翠 竹 …… 73	建筑工 …… 78
咏江姐 …… 73	暴 雨 …… 78
晨 吟 …… 73	遥想魏武 …… 78
题紫砂壶 …… 73	咏石榴 …… 78
泰山桃花峪 …… 73	山柿树 …… 78
客家凉帽 …… 73	八一抒情 …… 78
中国天眼 …… 74	黄 莲 …… 78
咏平塘 …… 74	观象棋对弈 …… 79
崂山风光 …… 74	垂 钓 …… 79
鸟 鸣 …… 74	泰山观日出 …… 79
小哪吒 …… 74	颂毛公 …… 79
大明湖晨景 …… 74	月饼吟句 …… 79
峨嵋佛光 …… 74	中秋月 …… 79
乐山大佛 …… 75	黄栌吟 …… 79
八达岭长城 …… 75	落 叶 …… 80
十三陵水库 …… 75	重 阳 …… 80
千岛湖 …… 75	犯人自学考试 …… 80
云门山 …… 75	家中会友 …… 80
睡 莲 …… 75	读诗友绝句 …… 80
护士节吟句 …… 75	冬日紫菊 …… 80
五指山 …… 76	秋 燕 …… 80
槐花情 …… 76	山 行 …… 81
槐月布谷声 …… 76	小院雪景 …… 81
中国蝉 …… 76	题冬至 …… 81
美洲蝉 …… 76	夜 梦 …… 81
喜鹊情 …… 76	品茶醉翁亭 …… 81
喜望麦收 …… 76	立春吟句 …… 81
窗台鸟鸣 …… 77	游长清湖 …… 81

初春荷塘 …… 82	入学通知书 …… 86
晨游小清河 …… 82	咏奋斗者号 …… 86
游宽厚里得句 …… 82	暮 雪 …… 87
草原早晨 …… 82	嫦五圆梦 …… 87
晚游水库 …… 82	咏长城 …… 87
秋 收 …… 82	为毛主席诞辰127周年而作 …… 87
国庆吟句 …… 82	冬夜游园 …… 87
黄河大米 …… 83	天山雪莲 …… 87
秋望九寨沟 …… 83	喜迎牛年 …… 87
湖 居 …… 83	咏 牛 …… 88
冬日偶得 …… 83	咏冬竹 …… 88
望壶口瀑布 …… 83	咏主席书法 …… 88
春 柳 …… 83	塞外山茶 …… 88
酒泉怀古 …… 83	感陈毅老总下围棋 …… 88
雨中街景 …… 84	故乡的月 …… 88
夜宿山下 …… 84	辛丑立春 …… 88
望南方水灾 …… 84	春 雪 …… 89
粘知了 …… 84	忆煤油灯下 …… 89
忆儿时听泉 …… 84	立 春 …… 89
背 影 …… 84	听 琴 …… 89
迎春花 …… 84	红灯笼 …… 89
苦菜花 …… 85	猜谜语 …… 90
茉莉花 …… 85	春 联 …… 90
月季花 …… 85	红梅赞 …… 90
题醉翁亭 …… 85	咏 牛 …… 90
寒 菊 …… 85	忆毛公重庆谈判 …… 90
大墙之夜 …… 85	学《党史》感咏 …… 90
游 湖 …… 85	牛年两会感句 …… 91
忆游蜀南竹海 …… 86	正月二十八泉城春雨后 …… 91
咏月季花 …… 86	无 题 …… 91
塞北之鹰 …… 86	两仪感句 …… 91
红 梅 …… 86	红 枫 …… 92
赞我国量子计算机重大突破 …… 86	苦楝花 …… 92
忆1986年8月收到军校	题风筝 …… 92

春 风	92	听儿歌感吟	98
清明泪	92	海上日出	98
品明前茶	92	酒后感吟	98
题牡丹	92	纪念毛主席诞辰128周年	99
中国卫星	93	高墙月夜	99
春 韵	93	红梅情	99
黄河鲤	93	除夕情结	100
春 笋	93	迎 春	100
打乒乓有感	93	咏白玉兰	101
望三舰列装	93	春 游	101
黄河入海口即景	93	春宴吟句	101
咏华山	94	春 色	101
蝴蝶兰	94	春 耕	101
五四青年节感句	94	咏蜗牛	101
寄青年	94	落花吟	102
中国航天	94	春 望	102
品茶偶得	94	题黄色双禾雀花图	102
时局偶得	94	敬亭山怀李白	102
咏竹笛	95	泰山一鸟	103
贺天问一号成功登陆火星	95	即景偶得	103
红樱桃	95	石上小树	103
题白尾海雕照	95	夏日雨景	103
神舟十二号发射成功	95	夏 日	104
品早茶	95	礁石吟	104
散步即景	95	南海礁石	104
小荷塘	96	天尽头礁石	104
望 岳	96	晨 曲	104
忆推磨	96	观 海	105
游灵岩寺	96	忆1986年高考体检夜宿青岛	
探索太空	97	二中教室	105
八月十五日感句	97	辽宁号出征	105
遐思江南秋	97	听 雨	105
垂 钓	97	偶遇对印老兵讲经历	105
接种新冠疫苗	98	告台湾绿党	105

看我战机从航母起飞	105	咏秋枫	111
观太湖石	106	咏胡杨	111
湖边晚景	106	咏竹	111
泰山上观日出	106	咏兰	111
樱桃	106	落叶	112
养物偶得	106	咏河床石	112
封城	106	咏鹅卵石	112
偶得	106	咏珠峰	112
晨登望江楼	107	咏雪花	112
尝粽度端午	107	咏窗花	112
咏端午粽	107	步韵有悟	113
夕阳即景	107	咏梅得句	113
游江南	107	寒夜思	113
咏菖蒲	107	初五感吟	113
暇情	107	泉城良宵遐思	113
晨起听蝉	108	新春夜驾	113
八一枪声	108	立春漫吟	114
军旅情	108	兔年元宵节	114
打靶	108	立春得句	114
贺问天实验舱成功	108	春景	114
咏无花果	109	兔年双春	114
明湖秋夜	109	迎春花	114
白露得句	109	归乡春景	114
中秋夜	109	家乡三月	115
咏丰收节	109	吟早	115
忆九一八事变	110	二月春潮	115
重阳节	110	晨吟	115
红叶情	110	咏紫玉兰	115
咏昙花	110	竹韵	115
小酌	110	咏白玉兰	115
咏农	110	咏孝星田世国	116
重阳郊游	111	雨巷	116
寒露	111	雨巷传情	116
咏周易	111	酒巷	116

暮春雨雪	116	咏长江	121
吟诗偶得	116	咏陀螺	121
西湖品茶	116	白露节	121
崂山品茶	117	观钱塘江大潮	122
虎跑泉	117	咏矍铄老人	122
荷塘	117	晨游荷塘	122
咏睡莲	117	访灵岩寺得句	122
咏石榴花	117	老子	122
试吟习性	117	咏胡杨	122
草原骏马	117	咏棉花	122
梅雨江南	118	村巷	123
看望农村养老院并义工	118	中秋饮	123
长江源	118	读李白诗	123
小酌	118	咏秋石榴	123
雨夜值勤	118	秋风吟	123
咏三峡大坝	118	秋夜	123
咏格桑花	118	井冈山红杜鹃	124
入伏得句	119	咏芦苇	124
听蝉	119	夜雪	124
礼赞井冈山	119	问美以	124
咏紫薇花	119	加沙地带	124
咏琥珀	119	竹海	124
暴雨即景	119	小雪随吟	124
立秋	119	光阴悟	125
再读范仲淹	120	迎客松	125
玉之情	120	诗赞人工智能	125
听编钟	120	展望仿生机器人	125
声讨倭国排核毒入海	120	无题	125
小巷	120	咏蚌	125
桃园	120	腊月吟	125
咏伞	120	冬夜	126
桐花	121	咏腊梅	126
鹤舞鄱阳	121	岁月感句	126
黄河壶口	121	迎龙年说龙	126

辞旧迎新……………126	霜降抒怀……………134
题礼花………………126	迎新春感吟…………134
咏花灯………………126	送瘟迎新……………134
咏水仙………………127	春雪村景……………134
龙年喜吟……………127	神游太白湖…………135
新正感吟……………127	雨后即景……………135
经十路初五夜景……127	秋雨后山村即景……135
梅西现象……………127	中秋有寄……………135
春雪即景……………127	故乡情………………136
咏康乃馨……………127	加沙小女孩…………136
雨后九如山…………128	迎春降雪……………136
启程领奖……………128	春夜首雪……………136
新春佳节……………128	龙春即景……………137
泉韵济南……………128	正月初十感吟………137
故 园………………129	
公园散步……………129	**七言律绝**
游九如山抒怀………129	泉城秋韵……………141
雁 阵………………129	游大明湖……………141
中西战疫记…………130	立 春………………141
高考赋句……………130	忆儿时春日…………141
咏 柳………………130	参观钱学森图书馆有感……141
为军校毕业三十年而作…130	过凉州………………142
闻塞北雪飞而作……131	主席诗词……………142
小清河春天即景……131	朱德颂………………142
小年感吟……………131	忆周总理逝世………142
送 别………………131	贺龙颂………………142
中秋月………………132	陈毅颂………………142
神游泰山……………132	颂叶剑英元帅………142
春雨后………………132	彭德怀颂……………143
隔离抒怀……………132	雪……………………143
雨后晨景……………133	明湖春夜……………143
咏龙山小米…………133	明湖子夜……………143
咏中医………………133	雨天去邹城…………143
栀子花………………133	雷锋名字……………143

咏 杏……144	游黎里……149
甲骨文……144	枫桥情……149
夜梦晨语……144	黎明得句……149
白玉兰……144	公园早晨……149
榆叶梅……144	咏紫薇……149
国堂宣誓……144	南海阅兵……150
春雨二月二……144	海上军演……150
咏妈祖诗二首……145	周庄情韵……150
咏 柳……145	明湖春色……150
参观黄帝陵得句……145	烟雨双桥……150
法门寺……145	日照看海……150
翠 竹……145	咏子陵钓台……150
翡翠韵……145	乡 愁……151
樱花林……146	参观省博物馆得句……151
观兵马俑得句……146	田野春日……151
春游徒河……146	谷雨田野……151
牡丹园……146	看史怀古……151
春 种……146	春 光……151
春 耕……146	凤凰沈韵……151
小村梨花……146	药田红影……152
碧 桃……147	学前春景……152
寄朋友……147	五一登长城……152
草原牧歌……147	寿光蔬菜……152
绍兴蔡元培故居……147	马克思颂……152
咏闻一多……147	寿光菜博会……153
咏朱自清……148	看马恩画像得句……153
王伟牺牲十七年祭……148	昌乐蓝宝石……153
百花公园……148	散步听见读书声……153
看鲁迅画像得句……148	扁都口风光……153
看主席像得句……148	水塘春色……153
题百脉泉……148	白浪河边柳……153
誉章丘铁锅……148	白浪河韵……154
清明夜长……149	夜望东方明珠……154
忆儿时村庄……149	华山抒怀……154

海上遇仙都	154	军事现代化	159
海市蜃楼	154	忆十三届世界杯	159
忆汶川大地震	154	樱桃	160
孟母颂	154	雨夜听蛙声	160
岳母刺字	155	莲藕颂	160
庆国产航母海试	155	仙女情韵	160
梦中和娘摘槐花	155	夏夜老家	160
雄鹰与蜗牛	155	夏至夜读	160
乾陵无字碑	155	嫦娥吟	160
鲤鱼跃龙门	155	与诗友共勉	161
石上绿树	155	咏壶口瀑布	161
翠竹	156	得病感吟	161
泰山顶上吟句	156	七月一日感句	161
梦山水画题句	156	紫荆花开	161
咏石榴	156	悟禅偶得	161
咏菏泽牡丹	156	护士打针	161
咏牡丹	156	引黄入潍	162
断桥缘	156	夏日稻香	162
九州金韵	157	钱塘江大潮	162
颂编辑	157	明湖碧荷	162
旭日升	157	午休一梦	162
股市得句	157	荷塘月色	162
园中鸟声	157	疼痛吟	162
儿童节抒怀	157	夏日雨荷	163
儿童节得句	157	夜半吟句	163
蓬莱仙境	158	白云湖	163
黄河颂	158	尘世感句	163
潍坊全鸡	158	水手声	163
诗签	158	李杜诗韵	163
岱顶望黄河	158	梦游竹林	163
中华颂歌（四首七绝接龙）	158	月夜怀李白	164
高考日得句	159	颂董存瑞	164
诗圣与科举	159	颂杨虎城将军	164
纪念屈原	159	望星空	164

病中得句……………………164	听《二泉映月》曲…………169
欧阳海壮举…………………164	晨梦高堂……………………169
狼牙山壮士情………………164	余生新梦……………………169
誉小赖宁……………………165	鹊桥七夕泪…………………169
听《草原小姐妹》曲得句……165	七夕遐思……………………170
颂铁人王进喜………………165	七夕追忆……………………170
饮水思源……………………165	观围棋感句…………………170
誉新农民……………………165	大将军粟裕…………………170
飞机上观云得句……………165	血战长津湖…………………170
兰亭怀古……………………165	咏三十八军…………………170
赞女交警……………………166	戊戌初秋吟句………………170
昭君出塞曲…………………166	秋 雨………………………171
赞女狱警……………………166	园 丁………………………171
玉 米………………………166	秋 蝉………………………171
谷 子………………………166	人与镜………………………171
花木兰………………………166	池塘偶感……………………171
环卫工人……………………166	橘子洲头吟句………………171
落花生………………………167	秋光遐想……………………171
清湖工………………………167	忆秋天田野…………………172
大暑吟句……………………167	彩虹湖………………………172
三湾改编……………………167	中元节祭吟…………………172
看少帅像吟句………………167	乒乓球………………………172
评美国发动贸易战…………167	颂军人寿光救灾……………172
兴化千垛油菜花……………167	刑场上的婚礼………………172
唤钟馗………………………168	江姐赞歌……………………172
姑戏锦鲤……………………168	桔 颂………………………173
颂遵义会议…………………168	雄 鸡………………………173
四渡赤水……………………168	三峡大坝……………………173
魏武颂歌……………………168	颂军师吴用…………………173
东北抗联……………………168	方志敏烈士…………………173
刑 警………………………168	朱婷小传……………………173
《齐鲁新报》编辑…………169	颂革命先驱李大钊…………173
元勋邓稼先…………………169	咏 荷………………………174
八月风光……………………169	西瓜自吟……………………174

自勉吟句……174	中秋思母亲……179
纪念毛岸英烈士……174	咏书圣……179
观人民币图得句……174	中秋夜梦……179
泰山与鸿毛……174	春秋百家……179
抗洪救灾……174	窗外即景……179
螃蟹……175	看《红楼梦》抒怀……179
九月九日念毛公……175	紫燕情……180
咏骆驼……175	窗外即景……180
教师节感怀……175	中国天眼……180
颂特殊园丁……175	蛟龙号……180
秋游吟句……175	南极考察……180
颂南海驻军……175	忆老家墙头花……180
闻言有感……176	神舟……180
回味电影《画皮》……176	墨子号卫星……181
咏鹅卵石……176	国祭英雄……181
春韵秋色……176	秋日抒怀……181
《史纪》颂……176	国庆节抒怀……181
参加喜宴感怀……176	永定河抒情……181
西汉苏武……176	藕塘秋色……181
观菊抒怀……177	黄河三角洲……181
喜鹊惊梦……177	看郭永怀事迹感吟……182
闻友登华山遐想……177	月牙泉……182
品茶吟句……177	问舟……182
国耻钟声……177	劝学……182
哈雷彗星……177	《围城》的钟表……182
题聘请函……177	佛缘……182
题头衔……178	"加油"感句……182
冰凌……178	岁月感句……183
忆吃汤圆……178	绿萝……183
警惕倭鬼……178	荷塘深秋……183
游鲜花港……178	霜降得句……183
看《潜意识》吟句……178	祝"鲲龙"AG600试飞成功…183
中秋赏月……178	人生半百吟句……183
月饼吟句……179	半百人生……183

七彩丹霞……184	化蝶梦……188
清晨吟句……184	忆童年冬天……189
红叶谷抒怀……184	读史得句……189
悼金庸先生……184	冬日题句……189
读《沁园春·雪》感句……184	戊戌小雪题句……189
哀重庆坠车惨案……184	泉水沏茶……189
品《围城》……184	公园漫步……189
高墙情……185	题家庭……189
窗　花……185	题西方感恩节……190
晨　吟……185	美国加州大火……190
立冬题句……185	好家庭……190
无字碑怀古……185	题电子秤……190
劝某年轻囚犯……185	劝　学……190
囚犯泪……185	题占卜问卦……190
某囚犯……186	雪原英雄……191
与罪犯谈话吟句……186	题破壁机……191
题高速列车……186	题食材净化器……191
某囚犯悔泪……186	送刘彦烈士……192
泰山首雪……186	踏雪寻句……192
咏枯荷……186	题人参……192
警徽情……186	阶石与佛像……192
学诗吟句……187	泰石奇山……192
星夜明湖……187	题泰山孔子崖……192
冬日翠竹……187	寒冬盼雪……193
咏"人造太阳"技术突破……187	题筷子……193
咏长征火箭……187	生豆芽……193
淘　沙……187	无　题……193
镜　子……187	小河即景……193
儿时冬日滑冰……188	采　莲……193
迎春花……188	忆儿时和父亲赶集……193
无　题……188	冬　雨……194
寄雪梨园……188	赏雪咏梅……194
知某人失恋得句……188	暖　冬……194
读《卖油翁》……188	愚　公……194

求　佛 …………………194	寄行路者 ………………199
趵突泉 …………………194	回　首 …………………199
早晨即景 ………………195	时间回想 ………………200
在兰州观黄河 …………195	2019年元旦吟句 ………200
大雪节气抒怀 …………195	题长信宫灯 ……………200
大雪与暖冬 ……………195	"七子之歌"感吟 ………200
冬月初一晚宴 …………195	题嫦娥四号登月 ………200
冬　青 …………………195	告台湾同胞 ……………200
咏长白山 ………………195	采红莲 …………………200
莫干山雪景 ……………196	青　松 …………………201
新嫦娥飞天 ……………196	冬训遐想 ………………201
盼雪咏怀 ………………196	嫦娥游新月 ……………201
无　题 …………………196	品经典 …………………201
鸢都飞雪 ………………196	忆去北京会战友 ………201
咏红梅 …………………196	盼　雪 …………………201
"双十二"感怀 …………197	题高铁 …………………201
记二月河 ………………197	朋友聚会 ………………202
雪舞遐思 ………………197	游南京夫子庙 …………202
无　题 …………………197	待　春 …………………202
题壶口挂冰奇观 ………197	杂　感 …………………202
题海棱蟹 ………………197	无　题 …………………202
题阳澄湖大闸蟹 ………197	腊八粥 …………………203
岭南圣母颂 ……………198	桃花源感句 ……………203
登山半途吟句 …………198	万竹园观竹 ……………203
早　春 …………………198	洞庭湖 …………………203
冬至感怀 ………………198	忆儿时播麦 ……………203
冬至水饺 ………………198	参观恐龙化石感怀 ……203
颂我国潜艇之父 ………198	梁祝情 …………………203
诗意人生 ………………198	腊月十一天空即景 ……204
早晨即景 ………………199	南柯新梦 ………………204
题夸父追日 ……………199	于敏功勋赞 ……………204
忆姥姥的面条 …………199	题富春江 ………………204
回　忆 …………………199	题《富春山居图》 ……204
停歇小山村 ……………199	义女宴请得句 …………204

禅　悟 …………………204	喜鹊与小草…………209
写军旅诗感句………205	夜梦高堂……………209
题烟花………………205	春天的思念…………210
题茅台酒……………205	放风筝………………210
早　春 …………………205	忆儿时割草…………210
珍惜年华……………205	太公垂钓……………210
寄语大墙……………205	太公酬志……………210
狱内值勤晨景………205	采茶女………………210
笔墨情………………206	围棋打劫……………210
过小年………………206	残冬小雪……………211
诗　情 …………………206	井蛙赋句……………211
扫除得句……………206	自　勉 …………………211
咏《鹊华烟色》图……206	自题句………………211
劝某人………………206	叹褚时健……………211
听诗友游西班牙得句…206	竹边散步……………211
自　勉 …………………207	二月二吟句…………211
题除夕………………207	三八节感句…………212
过除夕………………207	家宴庆三八得句……212
守　岁 …………………207	无　题 …………………212
祭　年 …………………207	惊　蛰 …………………212
新年子夜即景………207	韶山红杜鹃…………212
酒与茶………………207	晨游大明湖…………212
回上海纪少华老师…208	忆登太白楼吟句……212
推敲赋句……………208	春　夜 …………………213
游羲之故里…………208	赏白玉兰……………213
财神赠言……………208	郊外风景……………213
题二月二……………208	赏南山杏花…………213
霍去病………………208	无　题 …………………213
"人日"赋句…………208	春　声 …………………213
小春雪………………209	春　雨 …………………213
春来夜雪……………209	清明前题句…………214
泉城春雪……………209	游太白湖……………214
题三峡大坝…………209	明湖春景……………214
竹　边 …………………209	读《长恨歌》感句……214

夕作句……214	赏 荷……219
看 戏……214	忆摘甜瓜……220
祭凉山救火英雄……214	观垂钓……220
大舅清明节前去世……215	大明湖夏日晨景……220
清明国祭烈士感句……215	荷塘夜景……220
和于兄共乘"渤海之眼" 摩天轮……215	读《围城》所得……220
酥雨桃花……215	战友寄来瓜果……220
济南植物园郁金香……216	回归燕……220
游植物园无名湖……216	听 雨……221
新时代海军颂……216	参观党一大会址咏怀……221
忆儿时摘槐花……216	向日葵……221
环卫工……216	对某些人事感句……221
寄三北护林工……216	夏夜听雨……221
照镜子……216	七七事变感句……221
游古剑山……217	忆曾经……221
钓 翁……217	看抓捕糯康吟句……222
题中美贸易……217	看押解贪犯回国得句……222
东海即景……217	东海大演习……222
赞民警无偿献血……217	见院中吵闹得句……222
赞明湖清洁工……217	看港独作乱吟句……222
龙潭即景……218	致曾经从戎的囚犯……222
遐想黄江之约……218	七夕偶得……222
早发泉城到东莞……218	七夕得句……223
江上人家……218	观卧佛吟句……223
过长沙……218	题龙潭……223
广州会战友……218	题芙蓉寺……223
中华崛起……218	咏黄江公园……223
汨罗江上……219	咏黄江绿道……223
忆童年渔趣……219	题石井……223
端午节……219	灵鸟吟句……224
大明湖夏景……219	姻缘题句……224
流 星……219	抗利其马台风得句……224
河边散步……219	自 题……224
	看今日世界……224

秋　雨 …………………224	下象棋 …………………229
赏明湖荷花 ……………224	题泾河 …………………229
月夜观黑虎泉 …………225	听秋雨 …………………229
泉城雷雨 ………………225	无　题 …………………230
题墨泉 …………………225	泰山顶上 ………………230
龙脊梯田即景 …………225	赋诗感句 ………………230
登高眺望 ………………225	咏银杏 …………………230
咏神州 …………………225	题黄山迎客松 …………230
无　题 …………………225	看父母照片感吟 ………230
题醒之狮 ………………226	忆父亲双手 ……………230
师　颂 …………………226	咏　雪 …………………231
中秋有寄 ………………226	小酌感吟 ………………231
雨落中秋 ………………226	题鲁迅石像 ……………231
中秋赏月 ………………226	咏华为 …………………231
中秋夜散步 ……………226	题黄果树瀑布 …………231
游华山风景区 …………226	忆放鹅 …………………231
微山湖中秋傍晚即景 …227	咏时代信息技术 ………231
红　叶 …………………227	咏七彩丹霞 ……………232
咏山东省监狱警察 ……227	咏首艘国产航母山东舰列装…232
命　运 …………………227	黄河岸得句 ……………232
国庆感句 ………………227	毛主席诞辰126周年得句…232
咏　菊 …………………227	祝长征五号发射成功 …232
纪念先烈陈独秀父子三人…227	泺水秋月 ………………232
秋　思 …………………228	无　题 …………………232
无　题 …………………228	见某风光人物坐监有感…233
香山红叶 ………………228	见某一囚犯有感 ………233
咏　竹 …………………228	忆童年中秋节 …………233
咏　梅 …………………228	雪龙号新征 ……………233
咏　兰 …………………228	过　客 …………………233
咏　菊 …………………228	腊八得句 ………………233
参加战友儿子婚宴 ……229	小寒节得句 ……………233
路经千佛山 ……………229	小寒节到黄河 …………234
路过从戎故地 …………229	同事朋友相聚 …………234
忆登泰山 ………………229	咏　雪 …………………234

题红叶谷	234	外卖小哥	239
禅茶	234	隔离宾馆中得句	239
回家过春节	234	咏豆腐	239
大寒日咏迎春花	234	路	239
鼠年除夕得句	235	新竹	239
期望	235	题新娘塘瀑布	240
立春战疫得句	235	海上晨景	240
抗疫得句	235	题山原生态庄园	240
三月春色	235	游西湖	240
疫情大考	235	农历四月底得句	240
草原晨钟	235	荷塘花开	240
观美国抗疫有感	236	明湖赏荷	240
中外抗疫有感	236	雨后游湖	241
草原晨景	236	读《红楼梦》有感	241
桃花映雪	236	登泰山十八盘	241
遥祭凉山救火英雄	236	咏十芴园	241
庚子春吟句	236	忆夏日游园明园	241
清明节前晨吟	236	全球新冠感染患者过千万有感	241
桃花吟	237	咏郁金香	241
清明	237	高考日吟句	242
贵州覃战友寄明前茶	237	七七事变八十三年有感	242
看美国抗疫得句	237	闲吟	242
小溪春色	237	伊人背影	242
谷雨得句	237	忆江南	242
忆坐先父小推车赶集	237	春游江南	242
春蚕	238	煤油灯吟	242
五十三岁生日梦	238	云	243
狱内值勤归来	238	去长安	243
槐花餐	238	别样乞巧节	243
白杨礼赞	238	草原仙鹤	243
忆故乡别院晚景	238	湖畔思乡	243
小满得句	238	看袁隆平和钟南山合影	243
游景阳冈	239	梦回滨海看风筝	243
防疫再出征	239	夜半秋雨	244

七夕得句	244	嫦五探月	249
月下吟	244	庚子自题	249
忆苏州行	244	听《梁祝》	249
山中小憩	244	忆春游泉水边	249
秋天夜雨	244	故乡小河	249
秋题胡杨树	244	冬天乡村	249
白露	245	回乡偶得	249
白露感句	245	百脉泉感吟	250
忆儿时割草	245	咏奋斗号深潜万米成功	250
咏应县木塔	245	冬至	250
海上一箭九星发射成功有感	245	咏嫦五得月凯旋	250
火星探测寄句	245	山海关遐想明清	250
赋句秋分	245	缅怀周总理	250
秋夜思	246	冬日乡村	250
遐思泉畔	246	与于兄同榜获奖感吟	251
中秋夜梦	246	过年	251
中秋国庆双节同日得句	246	思念	251
游百脉泉	246	致贪婪而死之徒	251
秋题雪野湖	246	冰雪世界	251
霜降	246	哈尔滨冰雕节	252
庚子重阳得句	247	早春	252
值夜狱内偶得	247	邻居	252
涂山望夫石	247	宝钏情	252
晚秋	247	家乡老井	252
梦中小竹林	247	年二十九晨得句	252
忆从戎时光	247	守岁	253
思念	247	牛年展望	253
携妻儿游天尽头	248	初二夜雨	253
游庐山得句	248	吟诗有感	253
咏茉莉花	248	迎春花	253
咏长津湖之战	248	初五送年	253
马克思颂	248	敬喀喇昆仑戍边英雄	253
红叶偶得	248	中国界碑	254
小雪日得句	248	学党史有感	254

致到外地打工人……254	雨后荷塘……259
闹元宵……254	品崂山绿茶……259
扶贫有感……254	故乡水……259
小清河傍晚即景……254	故乡情……259
惊蛰村景……254	咏李白……260
咏女兵……255	读李白诗感吟……260
三八节感句……255	春末风光……260
植树节纪念孙中山先生……255	礼赞劳动……260
鼠年小结……255	红杜鹃……260
春寒之叹……255	观兵马俑得句……260
桃花峪……255	纪念并敬和邓恩铭先烈……260
狱园晨景……255	童心可吟……261
安克雷奇对话感句……256	游西湖……261
咏海棠……256	寄情山水……261
换防归来题句……256	题华容道……261
品 茶……256	开车所得……261
品 酌……256	泪送杂交水稻之父袁隆平院士……261
登九如山……256	雨后赏荷……262
咏春风……256	赋男儿……262
清 明……257	安居吟怀……262
草原春……257	读《茅屋为秋风所破歌》
遣 怀……257	咏杜甫……262
咏梨花……257	旧村改造得句……262
故乡的花……257	花季少年……262
黄河之春……258	咏石榴花……263
春之情……258	出征前感句……263
赏 花……258	党旗下宣誓感吟……263
致敬荒山造林人……258	题丹霞地貌……263
致敬探矿人……258	观狱内小池塘……263
致敬核潜艇之父彭士禄……258	赋高考……263
咏蒲公英……258	咏海燕……264
时局有感……259	祖率感句……264
谷雨题句……259	咏春蚕……264
荷塘春色……259	感习总书记与神十二航天员

通话……………………………264	游泰山西湖……………………269
咏七一勋章……………………264	赞班超…………………………269
遐思桃花潭……………………264	圣洁纳木措……………………269
忆参观兵马俑…………………264	赋咏至孝………………………269
七七事变纪念日感句…………265	秋 夜…………………………269
农 家…………………………265	咏喜鹊…………………………270
咏轩辕柏………………………265	麻 雀…………………………270
梦………………………………265	桂花酒…………………………270
忆剿匪记………………………265	秋 钓…………………………270
八一礼赞………………………265	忆看电影《少林寺》…………270
八一枪声………………………265	感 悟…………………………270
河南抗洪记……………………266	朱 鹮…………………………270
看杨倩夺东京奥运首金感句…266	听《悠悠岁月》感吟…………271
看杨倩夺东京奥运首金………266	秋 荷…………………………271
庚子元宵夜……………………266	白露吟咏………………………271
访蒲松龄故居…………………266	秋月感古………………………271
八一抒怀………………………266	白露吟咏………………………271
梦游悬空寺……………………266	秋月感古………………………271
赞女子标枪夺冠………………267	梦游草原………………………271
立秋感句………………………267	夔门感咏………………………272
咏泰山迎客松…………………267	题金丝猴………………………272
咏华山迎客松…………………267	咏金色桂花……………………272
军嫂情…………………………267	桃花坞…………………………272
月亮湾…………………………267	记某些同龄人…………………272
梦游果老岭……………………267	庆航天英雄凯旋………………272
遥想西藏………………………268	写在九一八事变90周年纪念日…272
忆年少秋晨即景………………268	中秋值勤感吟…………………273
遐思佘山………………………268	乡村石榴树……………………273
咏手机…………………………268	有感孟晚舟女士归来…………273
写在日本投降日………………268	赞西北治沙人…………………273
八一五日本降日抒怀…………268	礼赞刘永坦院士………………273
七七事变抒怀…………………268	国庆抒怀………………………273
八一五日本投降日得句………269	国庆抒怀………………………273
抗日感句………………………269	咏东风导弹……………………274

同学情……274	小雪夜思……279
题秋荷……274	冬日环卫工……279
晚秋小酌……274	雪中梅……279
某国欲殇……274	月夜大明湖……279
秋观壶口瀑布……274	咏银杏王……279
晚 秋……274	夜经藕池……280
红 叶……275	享《月光下的凤尾竹》之美…280
羲和探日颂……275	寒夜感吟……280
忆琴岛观日出……275	咏白菜……280
秋 枫……275	论高矮……280
咏时代青年……275	晨 吟……280
梦游千岛湖……275	小聚得句……280
红尘客……275	吟诗之感……281
登泰山看日出……276	天宫讲课……281
闲庭品茶……276	雪 花……281
兰 花……276	写在南京大屠杀国祭日……281
神舟12号出舱感吟……276	中国文联暨作协盛会召开有感…281
游红叶谷……276	惜 时……281
航天员太空漫步……277	冬日农棚……281
小 酌……277	买车感吟……282
冬日首雪……277	风……282
立冬小酌……277	冬 夜……282
农村老家……277	冬 至……282
立冬次日晨吟……277	冬至饺子……282
时代感吟……277	雪 夜……282
闲 庭……278	过元旦迎虎年……282
十九届六中全会感吟……278	感 吟……283
夜读偶吟……278	西安抗疫……283
咏金橙……278	火……283
夜观长白山天池……278	蓝关古道……283
游珍珠泉……278	雾 凇……283
观《秘镜之眼》……278	岁月可品……283
赞新愚公黄大发……279	小聚得句……283
问 春……279	数九寒天……284

友赠水仙花……………284	趵突泉灯会……………288
岁末吟句………………284	元宵感句………………289
元旦感句………………284	早　春…………………289
元旦感句………………284	咏河套美酒……………289
元旦感句………………284	雨水节吟句……………289
雷………………………284	贺隋文静韩聪花滑夺金……289
看CBD灯光音乐喷泉感吟…285	下围棋…………………289
观美国疫情动态有感……285	春二月…………………289
晨　曲…………………285	惊　蛰…………………290
白帝城…………………285	忆煤油灯………………290
咏我国女航天员首次太空行走…285	预祝全国两会圆满成功……290
日月交辉………………285	梦酌大江………………290
祝福北京冬奥…………285	思　乡…………………290
喜迎北京冬奥…………286	听《命运交响曲》……290
隔　离…………………286	写诗感吟………………290
四九感句………………286	看电视连续剧《人世间》得句…291
腊月十五感怀…………286	山耕图…………………291
咏五味子………………286	车间隔离偶得…………291
诗　情…………………286	清明上坟………………291
抗疫展望………………286	咏旗袍而作……………291
怀　旧…………………287	题大墙内桃花…………291
闻济南突发新冠疫情……287	封闭听雷雨……………291
观虎丘试剑石…………287	以诗为伴………………292
晨　景…………………287	赞航天英雄……………292
看迎虎年红灯笼感吟……287	忆当年军校阅兵………292
忆童年守岁……………287	江边晚景………………292
写在除夕前……………287	咏白衣战袍……………292
贴春联…………………288	监狱三年抗疫…………292
挂灯笼…………………288	望月吟…………………292
大年初一感吟…………288	街景偶得………………293
看女足勇夺第二十届亚洲杯	封闭执勤归来…………293
冠军………………288	五一前核酸检测………293
看冬奥会谷爱凌夺冠终极一跳…288	惊闻6名同袍因劳累而殉职…293
红尘一叹………………288	过黄河隧道……………293

咏黄河第一隧 293	咏 荷 299
咏布袍 293	大明湖荷花 299
忆毛公在延安 294	游淌豆寺 299
咏西花厅海棠 294	咏谷子 299
看世间 294	秋雨梧桐 299
封闭备勤吟句 294	秋 雨 299
听《可可托海牧羊人》曲 294	中秋夜 300
五十五岁生日得句 294	中秋咏边防将士 300
咏棉花 294	忆童年中秋 300
除魔反霸 295	悟道得句 300
佛与因果 295	咏钱塘江大潮 300
雨后赏荷 295	偶 得 300
赋神舟十四号发射 296	祝陈冬、刘洋两航天员成功
酱香酒 296	出舱 301
题幸福渠 296	重阳抒怀 301
庆福建舰航母列装 296	楼顶观景 301
梅雨村景 296	秋 情 301
鲤鱼戏莲 296	国庆节清晨 301
夜陪杜继凯同学南效宾馆内	漫步偶得 301
散步 296	遐想量子纠缠 302
夏夜听雨 297	贺梦天实验舱发射和对接成功 302
雨中荷 297	绿军装回忆 302
贺王嘉男世锦赛跳远夺冠 297	秋游黄河三角洲 302
庆祝建军九十五周年 297	冬雪遐想 302
暑天品茶 297	咏王昭君 302
晨梦江南 297	咏貂蝉 302
观采莲 297	咏映山红 303
七夕情 298	忆军校时光 303
东海时局 298	雪之情 303
持退役军人优待证感吟 298	和诗有感 303
台海风云 298	冬季恋歌 303
看我军围台演训 298	赞朱彦夫 303
梦临故乡 298	听石琴 303
初秋吟句 299	瑞雪纷纷 304

憧憬	304	海上日出	309
元旦献诗	304	竹林听雨	309
在潍北抗疫执勤	304	听布谷声	309
冬至偶得	304	听蛙声	309
迎兔年	305	惊蛰得句	310
咏古银杏	305	咏桃花	310
颂毛公伟业	305	壮哉歼20	310
咏鲁源芝麻香酒	305	学习雷锋六十年	310
小寒感吟	305	草原春光	310
兔年立春	305	春游偶得	310
咏军队冬训	305	感吟	310
忆2016年南海危机	306	清明时雨	311
咏中国潜艇	306	高考生	311
怀念周总理	306	春景偶得	311
咏遵义会议并纪念毛周两伟人	306	思亲	311
雪舞小年	306	暮春即景	311
小年寄思	306	韭菜吟	312
咏烟花	306	再听雷雨	312
忆在潍北特殊执勤	307	感咏泼水节	312
酒后偶得	307	去太原路上	312
虎年大寒	307	在太原见军校老同学而作	312
虎年除夕夜	307	与同袍畅饮	312
家乡新年	307	应县木塔	312
初三大明湖	307	雁门感吟	313
夜游大明湖	308	云冈石窟观吟	313
春忙	308	望悬空寺	313
元宵观花	308	游五台山	313
元宵偶得	308	春游晋祠	313
致六零后	308	游王家大院	313
杂感	308	游平遥古城	313
春雨遐思	308	游黄粱梦吕仙祠	314
春雨姑苏	309	柳絮	314
观潮	309	忆咖啡屋	314
郊外春景	309	风铃曲	314

淄博烧烤	314	诗赞监狱警察	319
写在五月三日	314	咏女监女警	319
咏牡丹	315	观《长安三万里》	320
晨梦采槐花	315	火山遐想	320
听蝉声	315	咏南炼丹炉火山	320
立夏吟句	315	题富贵竹	320
听雄鸡报晓	315	回　首	320
夜听蛐蛐声	315	白头山	320
大明湖春夏即景	315	诗咏范仲淹	320
题咏嫦娥	316	咏美人松	321
嫦娥自吟	316	题七夕	321
明信片	316	咏磨剑石	321
沈园余韵	316	观试剑石感吟	321
乡村四月	316	诗咏岩画	321
追　怀	316	忆童年迎新春	321
荔　枝	317	山乡图	321
题咏石林	317	题逢中花	322
咏黄河大峡谷	317	新场古镇	322
题虎跳峡	317	题长江	322
诗悟天道	317	礼赞教师	322
礼赞某飞行二大队"时代楷模"	317	赞华为麒麟芯片	322
亮剑南海	317	青岛栈桥	322
与友同乐	318	忆开国大典	322
送行感吟	318	感　句	323
怀　旧	318	写在九一八	323
喜闻我党今有九千八百万党员	318	忆从戎	323
咏红百合花	318	杭州亚运会观感	323
七七事变感吟	318	中秋感怀	323
子夜暴雨	318	再读《唐诗三百首》	323
说楚汉	319	中秋国庆双节间回潍坊	323
抗旱记	319	国庆感句	324
说韩信	319	与老友喜聚	324
说张良	319	照镜感吟	324
说萧何	319	书法感吟	324

小村秋酌…………………324	股市遐想…………………329
国庆假期游大明湖…………324	龙年元宵节………………329
光明草……………………325	初春荷塘…………………329
秋游天赐山………………325	看中国军事………………330
重阳节怀念姥姥…………325	正月展望…………………330
橘子洲寄怀………………325	时近惊蛰…………………330
读史感怀…………………325	雪落黄山…………………330
水之韵……………………325	五一郊游…………………330
巴以战争痛吟……………325	军校梦……………………330
看巴以冲突………………326	冬 雪……………………331
井冈山红杜鹃……………326	雨中千佛山………………331
王祥卧冰…………………326	雨后登千佛山……………331
小雪节气得句……………326	忆参观林则徐纪念馆得句…331
冬日长白山………………326	锦屏春晓…………………331
读鲁迅……………………326	漂 流……………………332
瞻毛主席纪念堂感吟……326	感悟新时代………………332
咏毛主席延安照…………327	钱学森颂…………………332
元旦感吟…………………327	雾 霾……………………332
咏哈尔滨冰雪节…………327	清明去莱芜………………332
潍坊辣子鸡………………327	端午登九如山……………333
富庄芥末鸡………………327	雨夜梦华西………………333
腊八节感吟………………327	寒 秋……………………333
品咖啡……………………327	冬 至……………………333
题旭日东升………………328	三亚行……………………333
题龙翔寺…………………328	十月颂……………………334
忆开山感吟………………328	周总理与泼水节…………334
立 春……………………328	月全食有感………………334
龙年早春…………………328	少年中国颂………………334
迎龙年试笔………………328	梦游霸王岭………………335
看春晚之《山河诗长安》感怀…328	金谷颂……………………335
贺中国春节成为联合国节假日…329	强军兴国颂………………335
看我海军航母感咏………329	赋人生……………………335
咏南海舰队………………329	忆过年……………………336
寄第十四届全国冬季运动会…329	今过年……………………336

年祭 …………………… 336	青年节得句………………… 343
春节抒怀 ………………… 336	王老师来济………………… 344
潍坊风筝 ………………… 336	西岳华山…………………… 344
武　侯 …………………… 337	忆汶川大地震……………… 344
草堂怀少陵 ……………… 337	小满偶感…………………… 344
戊戌咏怀 ………………… 337	游小清河感怀……………… 345
都江堰 …………………… 337	颂枣庄石榴园……………… 345
忆游青城山 ……………… 338	咏牡丹……………………… 345
自贡行 …………………… 338	中华史韵…………………… 345
游蜀南竹海 ……………… 338	夜读感吟…………………… 345
武夷山 …………………… 338	足球世界杯………………… 346
南溪梦 …………………… 339	咏峡山水库………………… 346
同窗情 …………………… 339	咏黄鹤楼…………………… 346
两会抒怀 ………………… 339	南京雨花台………………… 346
咏浮烟山 ………………… 339	齐鲁抗灾感怀……………… 346
咏大姚白塔 ……………… 339	秋　怀……………………… 347
禅牵梦 …………………… 340	题解放阁…………………… 347
瑶琳仙境 ………………… 340	赞园丁……………………… 347
德天瀑布 ………………… 340	游湖得句…………………… 347
延安颂 …………………… 340	岳王庙怀古………………… 347
咏成本华 ………………… 340	初冬夜雨抒怀……………… 348
杨靖宇颂 ………………… 341	游微山湖…………………… 348
清明忆主席 ……………… 341	雪域高原…………………… 348
潍坊萝卜 ………………… 341	题碣石山…………………… 348
赵尚志事迹感吟 ………… 341	冬至遐思…………………… 348
刘公岛感吟 ……………… 341	2018年末抒怀 …………… 349
庐山怀古 ………………… 342	戊戌小寒抒怀……………… 349
百花公园晨吟 …………… 342	题泸州老窖………………… 349
看《厉害了，我的国》感句… 342	梦游酒城…………………… 349
海军颂歌 ………………… 342	观人民币感怀……………… 349
思念父亲 ………………… 342	迎春追怀…………………… 350
诗书人生 ………………… 343	迎春抒怀…………………… 350
相约北京领奖 …………… 343	迎春寄语…………………… 350
诗书获奖感句 …………… 343	磁山题记…………………… 350

游金山怀古……………350	亚 圣……………357
听朋友游日月潭感怀………351	看红叶有感…………357
长城与孟姜女…………351	汨罗江端午抒怀………358
茅台酒之韵……………351	题吉鸿昌将军铜像………358
茶 赋……………351	记泉城马拉松…………358
看《开国大典》遐思………351	咏新时代科技…………358
游琴台抒怀……………352	炎帝颂……………358
观景抒怀………………352	忆童年的小河…………359
题龙华烈士雕像…………352	忆追逃……………359
元宵夜观赏……………352	腊月初一感怀…………359
晨游公园赋吟…………352	咏新中国水利工程………359
元曲之韵………………353	晚秋游趵突泉…………360
纪念"四八"烈士…………353	感怀《诗为最美奋斗者歌》
三八节颂歌……………353	一书……………360
英雄山祭烈士…………353	纪念《共产党宣言》中文本
五四运动百年感怀………353	诞生100周年…………360
春登鹳雀楼……………354	读史感吟…………361
瞻包公祠感怀…………354	全国战疫情感怀…………361
咏汴西湖………………354	立春抗疫感吟…………361
鸢 都……………354	步毛主席《送瘟神》韵送
咏黄江…………………354	新瘟神……………361
赠知己…………………355	抗疫抒怀…………361
忆七七事变感怀…………355	题庚子年三八节………362
咏云龙湖………………355	江城庚子春…………362
雷雨抒怀………………355	贺菩提源公益讲学堂十周年…362
壶口瀑布观感…………355	清明节举国哀悼感赋………362
登泰山…………………356	武汉开城感吟…………362
七夕抒怀………………356	悼念援鄂抗疫张静静护师……363
感中美贸易战…………356	再次出征感吟…………363
雷雨抒怀………………356	岁月如歌…………363
咏潍坊…………………356	听《知音》古筝曲感吟………363
题长白山天池…………357	隔离备战感赋…………363
赴京领奖感吟…………357	游曲水亭街…………364
凤归昌兴………………357	黄鹤楼咏怀…………364

夏日游明湖公园……364	牛年全国两会有感……372
赞珠峰测量队……364	梦中同学会……372
六一致红领巾……364	观电视剧《觉醒年代》感赋…372
忆麦收……365	解放阁感怀……372
芒 种 ……365	游太行山大峡谷感怀……372
海水稻赞歌……365	草原春韵……373
闻北斗导航卫星全部发射成功…365	泸州窖韵……373
醉 酒 ……365	饮泸州老窖之遐想……373
七夕感吟……366	礼赞中国共产党百年华诞……373
梦游岳阳楼……366	礼赞中国航天……374
看美日军演有感……366	酬梦追昔抒怀……374
黄河颂……366	回首星星之火……375
登蓬莱仙阁……366	浮龙湖之春……375
咏蒙古长调……367	济南灯光秀庆党百年华诞……375
礼赞孔繁森……367	望岳行……375
纪念抗日战争胜利75周年……367	追昔西柏坡……375
中秋国庆同日有感……367	观电视连续剧《大决战》有感…376
礼赞鲁援鄂抗疫医疗队……368	纪念抗日女英雄奇俊峰……376
祭圆明园被烧160年……368	雨后感吟……376
长 江 ……368	咏云门陈酿……376
雪中情……368	金秋颂……376
小浪底遐想……369	深秋感吟……377
水龙洞村新貌……369	看辛亥革命110周年纪念
雪忆故乡……369	活动有感……377
瞻仰中山陵感吟……369	有感半百人生……377
2021年元旦感赋 ……369	茶余暇吟……377
警察节抒怀……370	冬日畅想……377
秦淮河之韵……370	2022年元旦抒怀 ……378
咏拓荒牛……370	和诗咏怀……378
咏老黄牛……370	咏西安抗疫……378
咏孺子牛……370	赋警察节……378
牛年元宵节感怀……371	与妻书……378
济南元宵之夜……371	观雪随感……379
巾帼颂……371	汾酒待客……379

迎虎年感咏·················379
大年初一出征·················379
世界百年之未有大变局有感···380
看电视连续剧《人世间》感吟···380
大上海抗疫·················381
忆陕甘宁边区·················381
暮春感吟·················381
庆神舟十三号凯旋·················381
品王朝酱酒·················381
五四与红船·················382
写在汶川大地震十四年纪念日···382
新时代红船·················382
小满日留句·················382
延安颂·················382
常梦同学·················383
咏酱香·················383
忆双考念恩师·················383
庆七一和香港回归二十五年···383
感悟人生·················384
诗润人生·················384
八一抒怀·················384
秋兴感吟·················384
大道自然·················384
月满中秋·················385
诗情五载之趣·················385
秋兴十月红·················385
秋兴依杜甫韵游南山·················385
人在旅途·················385
陪战友瞻观孔庙·················386
红色记忆·················386
立冬感咏·················386
情咏昙花·················386
春吟·················386
同题有感·················387

落花吟·················387
生月感怀·················387
六一抒怀·················387
麦黄时节·················387
端午题咏·················388
喜迎中原诗家范兄等人齐鲁游···388
强军赞·················388
纪念抗美援朝胜利七十周年···388
赞央视书法大会·················389
忆2019年8月底北京领奖···389
诗韵长安·················389
乘火车过长江·················389
函谷关·················390
蓬莱阁·················390
兔年立冬感怀·················390
癸卯冬至抒怀·················390
题玉华寺·················390
赋超然楼·················391
胡杨礼赞·················391
辞旧迎新有感·················391
龙年春望·················391
新春之雪·················391

词 作

天净沙·忆王伟·················395
沁园春·泉城之韵·················395
念奴娇·嘉峪关怀古·················395
沁园春·丝路怀古·················395
念奴娇·南国边境行·················396
念奴娇·忆冰城九八抗洪···396
献衷心·济南惨案纪念碑抒怀···396
天净沙·菏泽牡丹·················396
临江仙·上合青岛峰会·················396
水调歌头·习总参观甲午

博物馆……………………397	采桑子•重阳菊……………404
踏莎行•梦回乡村…………397	忆江南•重阳好……………404
鹧鸪天•咏崔永元…………397	水调歌头•港珠澳大桥开通
定风波•世界贸易战………397	抒怀…………………405
卜算子•诗书情……………397	临江仙•红叶谷抒情………405
鹤冲天•七一颂……………398	临江仙•古韵抒怀…………405
沁园春•中华百年巨变……398	满江红•读《观沧海》怀古…405
定风波•斗凶鲨……………398	鹤冲天•珠海航展抒怀……406
踏莎行•忆卢沟桥事变……398	卜算子•狱园菊展…………406
望云间•纪念杨虎城将军…399	雪花飞•忆1993年11月
浣溪沙•三伏天……………399	17日大雪……………406
蝶恋花•长清湖抒怀………399	鹧鸪天•忆童年……………406
天净沙•监狱警察…………399	临江仙•忆周总理逝世……406
更漏子•假疫苗事件………399	临江仙•为自己题照………407
更漏子•兰建国英魂诉……400	鹧鸪天•草原春天…………407
风入松•忆刘少奇同志……400	诉衷情令•忆夏荷抒怀……407
阮郎归•立秋抒怀…………400	清平乐•韶春………………407
念奴娇•宋都古韵抒怀……400	鹧鸪天•颂吉鸿昌先烈……407
沁园春•开封古今颂………401	青玉案•故乡情……………408
菩萨蛮•忆麦收……………401	卜算子•咏红梅……………408
卜算子•咏杂交水稻………401	蝶恋花•戊戌冬至抒怀……408
踏歌行•纪念抗日胜利……401	西江月•东海钓鱼岛巡航…408
西江月•秋游蟠龙山………401	沁园春•戊戌岁末咏怀……408
鹊桥仙•七夕夜空…………402	鹧鸪天•读毛主席诗文感怀…409
卜算子•温比亚台风………402	鹧鸪天•冬夜值勤感怀……409
卜算子•看宝岛感吟………402	渔家傲•改革开放四十年抒怀…409
雨中花令•荷塘雨景………402	如梦令•雪思………………409
雨中花令•茶吟……………402	如梦令•青春………………409
诉衷情令•秋游田野………403	潇潇雨•感怀………………410
诉衷情令•忆旧识…………403	南乡子•山村飞雪…………410
蝶恋花•路经银杏林………403	鹧鸪天•归心感言…………410
沁园春•烈士日国祭抒怀…403	鹧鸪天•观港珠澳大桥遐想…410
水调歌头•永定河抒怀……404	鹧鸪天•问归………………410
念奴娇•红旗渠抒怀………404	念奴娇•虎门炮台感怀……411

霜天晓角·忆从戎……………411
鹧鸪天·游泸州………………411
卜算子·初一街头即景………411
忆江南·西湖春夜……………411
菩萨蛮·春回大明湖…………412
菩萨蛮·紫砂壶………………412
鹧鸪天·初五家宴抒怀………412
菩萨蛮·精准扶贫……………412
捣练子·春韵…………………412
鹧鸪天·同学庆春感言………412
西江月·股市遐思……………413
西江月·元宵节抒怀…………413
行香子·夜梦抒怀……………413
定风波·宋词园………………413
鹧鸪天·扫墓感怀……………413
长相思·故乡扫墓归来………414
鹧鸪天·清明感怀……………414
临江仙·海军节黄海军演……414
采桑子·山中采桑女…………414
鹧鸪天·五一致劳动者………414
鹧鸪天·致军人………………415
鹧鸪天·对镜自照感吟………415
鹧鸪天·聚黄江镇有感………415
鹧鸪天·祝岳母生日…………415
鹧鸪天·自题生日……………415
鹧鸪天·自题己亥生日………416
鹧鸪天·战友喜相逢…………416
鹧鸪天·游越秀山感怀………416
鹧鸪天·在金科伟业度生日…416
鹧鸪天·在深圳仰邓公雕像
　　感怀………………………416
鹧鸪天·昨日重现……………417
鹧鸪天·六一感怀……………417
鹧鸪天·麦收…………………417

鹧鸪天·忆儿时雨中场院收麦…417
水调歌头·汨罗江五月抒怀…417
鹧鸪天·夏季…………………418
鹧鸪天·忆父母………………418
念奴娇·红船追怀……………418
鹧鸪天·梦游凤凰古城………418
鹧鸪天·那场大冰雹…………418
江城子·雨后晨景……………419
鹧鸪天·看中美贸易战………419
浣溪沙·儿生日寄语…………419
浣溪沙·忆从戎………………419
朝中措·中秋…………………419
鹧鸪天·新农村之秋天………420
沁园春·世界杯中国女排夺冠…420
念奴娇·七秩国庆阅兵抒怀…420
卜算子·霜菊…………………420
鹧鸪天·烟台苹果……………421
鹧鸪天·致侄女婚礼…………421
渔歌子·忆故园………………421
鹧鸪天·冬夜…………………421
水调歌头·咏炎帝感怀………421
鹧鸪天·忆并祭母亲…………422
朝中措·冬晚思怀……………422
破阵子·咏首艘国产航母
　　山东舰……………………422
蝶恋花·己亥冬至抒怀………422
水调歌头·看澳大利亚大火
　　感怀………………………422
鹧鸪天·闻军医除夕夜赴武汉…423
江城子·战新冠瘟疫感怀……423
江城子·监狱警察抗疫有感…423
水调歌头·汨罗江遐想………423
定风波·监狱警察战疫归来…424
念奴娇·红旗渠抒怀…………424

满江红・汨罗江怀古……………424
鹧鸪天・立冬日抒怀……………424
鹧鸪天・瞻焦裕禄事迹有感…424
鹧鸪天・沂蒙行…………………425
鹧鸪天・红嫂情…………………425
鹧鸪天・参观台儿庄大战
　　纪念馆抒怀……………………425
鹧鸪天・过年……………………425
定风波・大明湖春光……………425
鹧鸪天・落花吟…………………426
水调歌头・建党百年追昔………426
贺新郎・观看庆党百年华诞
　　天安门广场盛况有感…………426
鹊桥仙・寄语七夕………………426
永遇乐・情寄云门酒业…………427
鹧鸪天・塞外初秋………………427
鹧鸪天・中元节忆母亲…………427
水调歌头・中秋抒怀……………427
蝶恋花・梦里重阳………………427
蝶恋花・重阳节忆父……………428
蝶恋花・重阳赏泉………………428
长相思・天山月夜思……………428
菩萨蛮・叹斜阳…………………428
鹧鸪天・看北京冬奥运会抒怀…428
清平乐・世界时局感怀…………428
青玉案・清明节前抗疫畅想……429
水调歌头・虎年春天……………429
临江仙・故园小河………………429
鹧鸪天・生日思母………………429
鹧鸪天・忆1988年秋去延安…429
忆秦娥・诗骨……………………430
阮郎归・秋前忆往抒怀…………430
沁园春・台海……………………430
满江红・国庆七十三周年抒怀…430

采桑子・重阳……………………430
卜算子・咏菊……………………431
鹧鸪天・佳节追思………………431
蝶恋花・晨风花瓣雨……………431
鹧鸪天・梦见母亲………………431
水调歌头・抗疫近三年…………431
鹧鸪天・送瘟神迎兔年…………432
鹧鸪天・迎新寄语………………432
鹧鸪天・抗疫迎兔年……………432
渔歌子・除夕思亲………………432
渔歌子・拜年……………………432
西江月・兔年元宵抒怀…………432
画堂春・游万竹园………………433
探春令・春游……………………433
鹧鸪天・清明感吟………………433
减字木兰花・七一感怀…………433
鹧鸪天・诗咏先烈林祥谦………433
江城子・中元节思亲……………434
水调歌头・纪念毛主席诞辰
　　130周年…………………………434
行香子・辞兔迎龙年……………434
永遇乐・龙年新春感怀…………434

现代诗

纪念周总理………………………437
境　界……………………………437
烟　圈……………………………437
遥望黄河…………………………438
化　梦……………………………438
梦　醒……………………………438
晚秋夜雨…………………………439
石头吟……………………………439
父亲的话…………………………440
思　念……………………………441

诗赛获奖作品

七律·济南

信是泉城多美景，风光旖旎满情怀。
佛山倒影随波荡，黑虎扬声啸月来。
北靠黄河生浩气，南临岱岳诞英才。
清流汇聚明湖水，杨柳拂荷次第开。

注：该作品在由国务院第二次全国地名普查领导小组办公室主办，光明网、光明日报文艺部、中国作协《诗刊》社、中国诗歌学会承办的"美丽中国诗意地名——中国地名诗词创作征集活动"中荣获三等奖。

七绝·再读鲁迅

先生挥笔鸿章著，我借沉浮品典文。
年少不知书本意，再读已是卷中人。

注：该诗荣获第三届文人杯诗书画大赛专业组银奖。

沁园春·登八达岭长城感怀

万里长城，横贯东西，千年布戎。望玉关天堑，山梁龙卧；崇墉峻壁，盘岭葱茏。奋勇攀登，居高临下，思绪翻飞竟不穷。百年弱，群狼欺凌惨，灾害难终。　　惊雷阵阵撕空，睡狮醒、毛周立巨功。看红旗漫卷、神州昂首；三山屹立、瑞气腾龙。开放创新，东风四秩，九域祥云伴彩虹。新时代，冀中华梦想，酬志兴隆。

注：该词荣获第三届文人杯诗书画大赛专业组银奖。

七绝·观人民币图得句

一叶小舟飘绿水,千山披翠竞相迎。
天然隽秀栖佳纸,陪伴毛公昼夜行。

注:该作品荣获"桂林杯"《中国最美游记》第二届文学艺术大赛提名奖并出版在该书中。

七律·塞酒

祁连山水润甘州,丰米朝霞金作秋。
妙质酿出成酽冽,浓香飘溢化绵柔。
绿洲崛起春潮涌,丝路通达新梦酬。
把盏抒情邀皎月,塞乡玉露竞风流。

注:该诗荣获"塞酒杯"暨新丝绸之路文创品牌全国文化大奖赛举人奖。

永遇乐·塞酒

白雪皑皑,云悠漫舞,长空如碧。大漠芳洲,祁连山水,滋润金张掖。塞乡奇瑞,琼浆玉酿,瓶透浓醇飘溢。忆从前,驼铃唱晚,贾商酒酣戈壁。　　驰名丝路,东西交汇,畅迎汉回宾客。韵至今朝,杜康追梦,开拓承真脉。举杯如幻,浓香柔荡,一缕绕梁三日。众酬志,凝心共酿,永求远绩。

注:该词荣获"塞酒杯"暨新丝绸之路文创品牌全国文化大奖赛举人奖。

七绝·题紫砂壶

砂做空囊禅作心,煮来紫气涌泉音。
青芽一抹春边舞,啜饮悠长品古今。

注:该七绝荣获"金科杯"全球诗词大赛金科奖。

七律·泉韵章丘

文明灿烂起龙山,千载悠悠唱易安。
再展雄心南望岳,为酬壮志广怀贤。
三秋遍地青葱绿,百脉兴城泉水甘。
澄碧涟波生瑞气,腾飞追梦换新颜。

注:该作品荣获"中国龙山·泉韵章丘"全国诗词大赛三等奖。

五绝·思念母亲

庭空春草泪,夕照映残霞。
日夜风吹院,娘亲影满家。

注:该绝获北京西山诗社红包社课三等奖,后在《中国新农村》杂志上发表。

七律·晚秋游泺水

节序轮回岁不休,恍如一夜到深秋。
金风玉露逢千里,红叶菊香醉九州。
漫步河边观柳舞,微吟泉畔赏鱼游。
小舟楫荡犁清浪,碧水涟漪心上流。

注:该律获北京西山诗社红包社课三等奖。

诗赛入编或入围作品

七律·路美颂

一

世人颂赞山东路，联网宽平畅各方。
高速县城留站点，设施标志扮漆装。
涂科环保光颜亮，划线清晰设备强。
试问神州谁造好，蒙山路美誉名扬。

二

临沂红嫂名天下，四圣家乡正气扬。
岁月流金人创业，蒙山滴翠树朝阳。
崎岖小道平宽变，路美标识好净妆。
十月惊雷传喜讯，蓝图齐鲁铸辉煌。

注：该两首七律入围"路美杯"全国诗歌大赛。

鹧鸪天·寄磁山温泉小镇

阴主施恩今古昌，引得骚客绘华章。仙山福地春情绽，丹桂飘香秋水长。　　温泉镇，道德乡，养生怡老把名扬。凝心聚力追新梦，再挂樯帆启远航。

注：该词入围"磁山杯"美丽中国汉语诗歌大赛。

水调歌头·徐州抒怀

云龙映天碧，自古韵飞扬。彭城千载，大风雄唱帝王乡。几度莺飞雁过，岁月壮歌激荡，底蕴意悠长。将军帐中静，淮海战高昂。　　别昔日，新时代，慨而慷。芬芳争艳，尧舜千万正兴昌。春雨关情绿树，汗水结晶硕果，醉客以徜徉。华夏筑新梦，齐韵共铿锵。

注：该词入围"诗词达人咏徐州"全国诗词大赛。

七绝·秦淮桥上

六朝烟雨锁金陵，梦里秦淮几度兴。
伫立桥头舟已远，犹闻千载浪花声。

注：该绝入围第五届"诗词中国"大赛。

鹧鸪天·鼠年元宵节

庚子元宵节不宁，白衣战士壮新征。雷霆烈火驱邪疫，烟雨春风盼鹤声。　　齐归室，更关情，一团瑞气渐生成。汤圆化我心中月，情寄江城月更明。

注：该词入围第五届"诗词中国"大赛。

七律·党旗礼赞

火红七月迎华诞，赤帜灼灼耀九州。
忆往牺牲逐梦想，于今超越竞风流。
前行砥砺旌尤艳，引领攻坚志必酬。
亿万舜尧齐奋进，旗扬乾宇照千秋。

七律·红船礼赞

百载回眸石库门,红船星火照初心。
旌旗血染江山固,四海龙腾日月新。
阔步远征凝众志,燃情酬梦负国钧。
尧天奋进惊环宇,帜正帆扬向纵深。

七律·参观济南大峰山革命根据地

传播星火见初心,百载峥嵘泣鬼神。
驱寇救国无惧寇,投身革命不惜身。
杀敌建业知多少,洒血捐躯震古今。
齐鲁日新青未了,大峰山上敬英魂。

七律·沂蒙颂

党率工农齐奋争,旌旗岁月倍峥嵘。
滔滔碧水英豪颂,莽莽群山松柏青。
红色基因传大义,沂蒙儿女铸忠诚。
攻坚砥砺酬新梦,再展宏图壮远征。

七律·瞻红岩英烈雕像

血染石雕天地久,巍然雄立傲苍穹。
为酬壮志抛头死,绝不低眉枉此生。
山长云竹节骨硬,人生信仰义心忠。
身经烈火千烧炼,英烈燃情化彩虹。

念奴娇·瞻李大钊铜像感怀

未名湖畔，见苍松翠柏，铜像昂立。博雅塔高铺碧水，凝望燕园遗迹。遥想当年，群英荟萃，凝聚千钧力。鲲鹏翔翥，播传真理救国。　　白色恐怖猖狂，中华危难，赤子挥云笔。惊醒炎黄千万起，初见九州红色。洒血江山，英魂长在，唤得潜龙出。魄光华宇，东方喷薄红日。

注：以上六首作品入围建党一百年"百年芳华，丹心向党"诗歌征集。

七绝·八一军旗

展开不过几平方，守卫江山御虎狼。
世上军旗千百面，绝无一面比他强。

注：该作品入编第五届中国百诗百联大赛。

七律·步韵并赠叶社长本家

枝茂根深绽自华，身临翠竹气清嘉。
神州名韵含风骨，南粤宏儒配锦花。
君绘佳篇称德卷，我吟凤曲赋金笳。
有龙若在黄江镇，五岭开兴第一家。

注：该作品由金科伟业（中国）有限公司捐赠给东莞市黄江镇文联作永久收藏，并刻石碑留存于黄江镇人民公园之中。

书刊登载作品

诗刊社庆祝新中国成立七十年《诗为奋斗者歌》上的作品

七绝·赞伊莎白·柯鲁克

求恩精魄引风流，百载人生把梦酬。
君似长春藤久绿，芬芳一世献神州。

七绝·赞"铁姑娘"尉凤英

敢于负重领新潮，不让须眉亦不骄。
拼搏一生多少赞，英姿卓立耸云霄。

七绝·赞崔道植侦查员

只要犯科痕迹在，蛛丝过目辨分明。
警徽烁烁酬鸿志，默默无声写汗青。

七律·赋豫剧名家常香玉

谁说女子不如男，一代名家谱巨篇。
字正腔圆淳气厚，调新情切伉音娴。
捐机抗美常香玉，替父从军花木兰。
豫剧芬芳凭泰斗，丹心尽染我江山。

七律·罗布泊之魂彭加木

驼铃声远耳如闻，日落胡杨望北辰。
罗布神泊前辈探，俊才梦想后人循。
病躯碌碌酬雄志，傲骨铮铮耸世尘。
千古风沙长作伴，奉身已化颂英魂。

七律·仰谢晋导演感怀

影坛芳绽酬鸿志,热血燃情泣鬼神。
琼岛英雄花向日,舞台姐妹苦迎春。
耕耘新梦芙蓉镇,牢记初心牧马人。
君是传奇穿岁月,双馨德艺傲凡尘。

七绝·读窦铁成事迹得句

水滴终会把石穿,壮志燃情自策鞭。
岗位平凡酬梦想,铁成功就谱新篇。

发表在其他纸网刊上的作品

《诗刊》增刊上发表的作品

七绝·访聊斋

今借浮生半日闲,柳泉故里访狐仙。
鬼妖贪虐聊斋记,细品先生卷内言。

注:作品亦在诗集《落花时节又逢君》上发表。

中英文《诗殿堂》上发表的作品

七绝·酥雨桃花

酥雨桃林满是春,男儿不作葬花吟。
心田早种千棵树,四季芬芳天地新。

七绝·摘草莓

翠绿丛中点点红,草莓棚里品春风。
滴滴汗水凝珠玉,更赞家叔一片情。

《中国新农村》上发表的作品

五绝·思念母亲

庭空春草泪,夕照映残霞。
日夜风吹院,娘亲影满家。

注:母亲于2009年12月14日去世,享年73岁。

五律·住院晨吟

南望金佛笑，东边旭日升。
楼前车往往，山上树菁菁。
残病身心痛，拙荆昼夜情。
百年谁作伴，夫妇共终生。

注：2018年7月1日因得肛肠脓肿住院两周得句。

七绝·生日醉歌

执帚厅堂包水饺，吾儿炒菜摆一桌。
前来谊女添风采，生日醍醐醉韵歌。

注：作者5月25日生日。

五绝·祝伊婷领奖

塞外明珠谊女行，观光领奖展风情。
红妆莫忘抒奇志，不负青春梦想乘。

注：义女张伊婷是建行职工，因工作特别突出，于2018年7月27日到塞外明珠领奖。

七绝·岱北花草

阳光不到山阴处，岱北春情亦自来。
野草星花何叹小，风吹雨打竞相开。

梦先父（古风）

甲戌正月悲声惨，家父归西裂寸田。
战备值班传噩耗，痛心切骨血飞天。
夜长返返急切切，院中喧喧空空然！
常见先严于夜梦，泪流湿枕却无言。

注：父亲于一九九四年二月十九日去世，享年62岁。

七律·合著《鹊如人生》感吟

岁月沧桑难静默,回眸追忆感怀多。
人生苦辣酸甜过,世事哀愁喜乐说。
往事如歌含顿挫,情文并茂起烟波。
陈情记叙亲兄弟,心若朝阳大地歌。

注:2018年8月,我与弟梁兆勋和弟媳刘培春三人合著散文集《鹊如人生》并出版发行。

《齐鲁新报》上发表的作品

七绝·宪法颂

古树参天根系壮,高楼万丈地基强。
国家大法合时代,四海船行靠舵航。

七绝·霍金颂

大智身残飞紫宙,慧觉添翼上苍穹。
霍金贞志环球赞,探索无穷立巨功。

七绝·读赵一曼遗书感怀

(1)

鲜血万滴流百载,青云化泪满苍穹。
春回勿忘英雄志,沥胆披肝尽效忠。

(2)

遗嘱衷情对寇坚,成仁取义问青天。
江山泣泪红旗展,血荐轩辕女万千。

七律·读《平凡的世界》感吟

路遥心曲震文坛，执笔艰辛著誉篇。
梦想春天连梦想，平凡世界不平凡。
乡村城市翻新貌，男女青年弃旧观。
压卷陈情犹励志，忘勤哪有幸福还。

七律·咏井冈山

岗上翠竹犹碧树，龙泉瀑布似奔雷。
往年烽火刀枪响，当代春风号角催。
万朵彩云长空染，一潭清水静心归。
杜鹃吐艳红如血，华夏复兴使命辉。

七绝·八一枪声

八一枪声震紫穹，万千将士挽强弓。
江山洒血酬鸿志，鲜艳红旗染碧空。

浣溪沙·国庆节感怀

　　风舞红旗五岳昂，万千先烈铸辉煌。太阳东起带殊祥。　　龙啸九天家国盛，鹏翔万里乐歌扬。今朝梦想更兴昌。

望远行·育新文化节之声

　　细雨和风病树青，读书遵纪狱园明。人无守善祸深刑，凡间今古自强兴。　　学文化，做人诚。悔心明志壮豪情。撷来荀子劝学声，书文滋润塑新生。

七绝·化蝶梦

面壁时时思己过，贬身囹圄又如何。
绝心悔罪余生梦，化作春天蝶舞歌。

七律·学习宪法感怀

自古云松根系壮，高楼万丈地基强。
匠凭墨线行刀锯，国有方圆守宪纲。
时代革新催中域，今朝兴旺向盛唐。
神州母法苍天立，大海征帆稳远航。

鹧鸪天·国家公祭日

日寇当年屠古城，我怀怒火愤难宁。既悲民国失初志，更恨妖魔残众生。　　焉能忘，必须争，止戈强武九州兴。愿君多奏黄河曲，威武雄师战马鸣。

鹧鸪天·改革开放四十年颂歌

甦醒雄狮惊五洲，改革开放四十秋。蛟龙入海探洋底，火箭升空飞月球。　　新时代，炫风流，中华梦想复兴讴。擂击战鼓千军猛，双百征途硕果收。

鹧鸪天·迎春寄语

冻九寒风舞翠竹，新年即到把情抒。春将化雨青禾长，笔落生花音韵出。　　须反省，重读书，典文常看志如初。心期囚子新生塑，早日回乡走正途。

七绝·守岁

迎新烟火心中放，春晚除夕绽笑颜。
福至家家情作饺，最佳年味是团圆。

七绝·学习雷锋得句

毛公挥墨春风韵，自此英名誉九州。
莫道雷锋今日少，文明代代竞一流。

七律·英雄山祭烈士

青松绽绿连十里，高耸丰碑翠柏间。
雄墨塔文歌壮士，毛公天韵映名泉。
恩铭尽美人长忆，碧血丹心世永传。
若问清明何处祭，英灵魂在第一山。

七律·周处传

浪子回头金不换，古时周处五湖骄。
幼年失父为民祸，戴冠成人变隽豪。
先到山中杀恶虎，又扎水下斩凶蛟。
灭除三害名青史，改过从新誉历朝。

七律·五四运动百年感怀

百载峥嵘追五四，京都德赛浪潮掀。
东风呼啸吹华夏，雷雨冲刷洗碧天。
浴火凤凰新气盛，迎春山岳晓光斓。
沧桑巨变雄狮醒，更看今朝争领先。

沁园春·海军成立七十周年庆典感怀

黄海涛波，汹涌澎湃，声似奔潮。望长空凝碧，白云漫舞，红旗鲜艳，战舰驱涛。军旅铿锵，戎装映日，百国征帆庆我骄。长追忆，想当年初建，舢板飘摇。　　江山初辟萧条，筑疆塞，劲光为国劳。历艰难困苦，前行砥砺，峥嵘岁月，奋起轩尧。海上纵横，天狼敬畏，重器巡航深有蛟。至今日，看神舟啸诧，挚电云霄。

鹧鸪天·槐花的思念

溪涌泉音柳舞晨，刺槐雨后绿颜新。芬芳摘落竹筐满，馥郁吟成情韵存。　　儿往事，母深恩，高堂若在沐芳春。槐花香馥飘千里，我是当年幸福人。

七绝·忆解放大西北

声震云霄马踏关，大军直指贺兰山。
西征血泪压心底，彭总挥师席卷还。

七律·看歌剧《沂蒙山》追怀

沂蒙小调唱英豪，土炮长矛抗日骄。
倭寇兵戈魔鬼狠，老区儿女志节高。
眼前幕幕荧银汉，台上声声震碧霄。
先烈精神传五岳，再擂战鼓领新潮。

七律·国庆七十年颂

声震寰球犹在耳，喜迎国庆忆红船。
棹舟激起千层浪，风雨驱催万里帆。
昔日英雄流热血，今朝鹏翼举新天。
回眸霜雪长征路，龙马奔腾自策鞭。

注：该作品亦在《新时代精品集》上发表。

定风波·贺祖国七十华诞

旗绽神州历七旬,江山血染铸英魂。覆地翻天花璀璨,巨变,前行砥砺卓不群。　　亿万炎黄人共奋,务本。银鹰展翅碧空巡。船立潮头无所惧,频顾,当惊世界震乾坤。

诗集《落花时节又逢君》上的作品

沁园春·鸢都情

鸢都名城,古今韵萦,情意悠长。看浪河流水,色光潋滟,柳杨飞舞,春彩秋香。年画瑰奇,风筝翔宇,银线传情连八方。忆前史,想文豪苏轼,望射天狼。　　择端名画流芳,多才俊,千年传玉章。慕刘镛洒墨,惠风和畅;板桥挥笔,清气悠扬。岁月沧桑,家乡巨变,荟萃群英再启航。新时代,愿众酬梦想,齐韵苍黄。

注:该作品亦在《新时代精品集》上发表。

七绝·针线吟句

一针携韵穿今古,千线相连系母恩。
游子远方长忆念,谁人媚外忘娘亲。

七绝·题龙血树

静立厅堂情默默,长年葱翠似玲珑。
待得结果成熟后,龙血红珠泪点晶。

七绝·题泗水亭

风起龙飞泗水亭,长空云涌沛公情。
仁师谋略得天下,唯念英雄大汉兴。

七绝·题净水器

益生净水出神器,滤过尘埃质地纯。
每日泉声吟岁月,滴滴甘露润冰心。

七绝·题壶口瀑布

奔腾千里归壶口,滚滚横澜叠浪涛。
战鼓如雷催万马,黄河上下启新潮。

风入松·趵突泉菊展抒怀

名泉喷涌玉晶莹,趵突隆名。岸边寒菊花争艳,蝶纷飞,华彩峥嵘。清澈波光潋滟,熙攘游客融情。　忽思泉水润群英,气韵交萦。千年多少名篇著,意悠长、咏诵飞声。今看重阳簇菊,高歌一曲泉城。

七绝·游无名湖

浮光潋滟天一色,竹长湖边水气盈。
沿岸悬竿多钓客,清新不钓钓虚名。

七绝·饮菊

俗务缠身心不静,滋吟茶韵过重阳。
举杯却把终南想,篱菊悠悠万古长。

七绝·国庆节抒怀

丹心热血染昆仑,多少英雄化国魂。
先烈丰碑齐五岳,红旗风展满乾坤。

七绝·黄河三角洲

风吹蒿草奏弦音,此处秋光胜似春。
更有鸟飞千雁舞,黄河入海壮精魂。

忆秦娥·昭君叹

万思念,蹙眉望断南飞雁。南飞雁,心如荒漠,寄情天汉。　　夕阳西下泪流面,黄沙踏遍乡音断。乡音断,琵琶一曲,昭君千叹。

七绝·咏红旗渠

云壑千渠碧水来,春光秋色笑颜开。
追思昔日红旗展,血汗横流化韵回。

注:该作品亦在《新时代精品集》上发表。

五绝·落叶

霜叶纷纷落,翩翩起舞飞。
倾情铺满地,化韵待春归。

七绝·看贸易战感怀

何惧西风阵阵吹,鹏程万里正高飞。
穿云破雾腾双翼,展望环球九域辉。

七绝·清晨赏竹

晨风漫舞叶轻扬,千载悠悠古韵长。
官者几人怀竹意,咏吟一曲板桥彰。

七律·从军、警三十二年

八六从戎逾十载,转行监狱到如今。
军人职责听军令,警察要求有警心。
密码编程囚犯管,电机网络委员任。
五旬挥墨探诗韵,德义相传岁月吟。

七绝·题港珠澳大桥

烟波浩渺架虹桥,珠海腾龙碧水涛。
筑梦大湾惊世界,鲁班千万领风骚。

七绝·重阳节忆姥姥

年年此日至情长,姥姥生辰望故乡。
鹤去承恩依旧在,黄丘素菊忆重阳。

诗集《新时代精品集》上的作品

五绝·孔子

一生足迹广,圣道布人间。
论语绝天下,仁和润大千。

五绝·济南红叶谷

峰岭围山谷,中秋可入诗。
若观红尽染,待到降霜时。

七绝·神舟

天宫日日骄阳照,我望长空韵雅篇。
华夏神舟争赶考,龙腾万里敢当先。

七绝·致武警战士

明誓青春酬壮志,丹心热血绽芳华。
一身橄榄戎装梦,饮露披霜迎彩霞。

七律·看习总出访抒怀

承志鲲鹏飞万里,巨龙长啸写新篇。
驼行丝路鸣千载,帆渡西洋唱百年。
古代文明华夏盛,今朝世界脉搏连。
蓝天碧海红旗展,敢立潮头掌大船。

蝶恋花·芒种

布谷碧空千里唱。大穗丹黄,田野翻金浪。青麦冬天藏梦想,历经寒暑悄成长。　　辛苦结晶情荡漾。再播新生,勤奋丰收广。五岳摇旗天下望,征程万里从头闯。

鹧鸪天·致军人

看我三军壮志昂,戎装百万共铿锵。忍辞父母铭忠效,献出芳华保国防。　　长城固,国家昌,丹心热血守边疆。止戈利剑天狼惧,筑梦神舟启远航。

《诗词百家》上发表的作品

七律·冬至抒怀

冬日落山辉映尽，饺香随夜进厅堂。
少时饥乏轻过节，白发温余重庆祥。
大地运行长暑景，苍天行健近春光。
谁言冬至寒之极，我看家家热气扬。

七律·春前冬雪

瑶池琼液青霄降，化作精灵戏百川。
飘逸若仙蝶起舞，庆祥似绮玉飞烟。
云天寒剑冰江水，大地银装暖麦田。
我借东风明日到，融情瑞雪兆丰年。

七律·黄河入海口

黄河入口流舒缓，旭日升平半水中。
一道长弧分大海，无穷金焰映苍穹。
巨龙万里腾华夏，中华千年传孝忠。
遥祝母亲诗一首，脉承文化九州同。

《中华词赋》上发表的作品

七绝·金秋感句

农禾每到仲秋临，将把一生凝若金。
稻谷低垂头不语，从来未论比谁沉。

七律·梦游岳阳楼

史上巴陵梦里楼,洞庭俯望醉悠悠。
长空浩渺翔鸥鸟,碧浪迢遥荡客舟。
自是贤声依旧在,纵然江水向东流。
纷纭千载说忧乐,心有苍生今古愁。

《长安文苑》上发表的作品

七律·趵突泉菊展

秋高气爽天如洗,正是行人赏菊时。
泉畔庭园呈绮媚,锦衣蝴蝶展娇姿。
路过游客停身影,声赞芳华咏凤词。
长寿花开年相似,清莹流水起涟漪。

《中国诗词》上发表的作品

七绝·老宅燕归

草色青青柳叶垂,归来双燕绕堂飞。
谁知故主何方去,紧锁柴门久不回。

诗集《赞歌献给功勋与英雄》上的作品

七绝·军队战疫

疫情如令旌旗动,三万戎装下武昌。
战地佳音传不断,征衣血汗洒春光。

《长江诗歌》上发表的作品

七律·己亥初一抒怀

百载龙腾呼啸声,神州豪旺韵诗情。
五星闪耀东方灿,九域逐争岁月更。
莫道西洋冰镜亮,须扬华夏素娥行。
惠风传送福安句,一片春光意纵横。

《齐鲁文学》上发表的作品

七绝·夏夜听雨

夜半雷声惊断梦,云间龙影闪长空。
甘霖定是真相许,待看金秋遍地红。

《稻香诗畹》上发表的作品

七律·雨中散步

霏霏细雨天渐晓,喜鹊枝头唤我行。
晨气朦胧槐影绰,雀群欢快笑容迎。
浮云弥雾南山望,旷野无人气自生。
漫步尘间情趣在,不拿虚度付今生。

七律·滕王阁

隔河眺望滕王阁,千载烟云滚滚过。
王勃序文誉华夏,明朝蓝玉唱胜歌。
南昌八一军旗舞,革命英雄遍地多。
重建阁成呕沥血,传承文化息干戈。

《山东诗歌》杂志上发表的作品

五绝·看孔子学琴画题句

贤圣栖佳纸，瑶琴亦敢弹。
文王操乐起，音妙万千年。

献衷心·济南惨案纪念碑抒怀

巨石千文刻，鲜血成书。泉水静，柳枝哭。日寇侵华夏，烧抢杀屠，禽兽酷，中华奋，不作奴。　　国要立，走正途。九州强大必读书。往日国家弱，贼寇荼毒。须奋进，鹏展翅，映南湖。

七绝·明湖碧荷

风雨欲来莲叶唱，明湖荡漾万千波。
历山倒影七弦奏，天水晶莹润碧荷。

七绝·庐山怀古

山顶楼阁如紫阙，一湖绿水似琼浆。
千年瀑布前川美，万朵桃花麦月芳。
天碧晴空鸾凤舞，峰青横岭雾帷扬。
风云几度穿今古，不忘春秋细考量。

五绝·家乡酒

数月没沾酒，醇香韵味长。
凭空穿百里，情厚醉家乡。

五绝·酒醒吟句

情厚醉家乡,醒来句几行。
虽无烟墨落,酒态更悠长。

七绝·忆儿时冬天

红日初升霞映雪,鸡啄盆底响声声。
抬头入目冰凌柱,虹彩荧光似水晶。

七律·山村军嫂情

山溪莹澈白鹅唱,翠柳依依染晚霞。
风惠摇枝飘雪絮,小桥流水荡桃花。
夕阳斜照红砖瓦,燕子双飞瑞善家。
庭院伊人从画下,蹙眉思恋到天涯。

七绝·七夕感句

牛郎织女天仙配,长线一牵月老心。
临近七夕说董永,今朝红粉进豪门。

七绝·七夕得句

牛郎挥汗人间雨,织女飞迎泪水扬。
但愿七夕今日后,万千情侣伴天长。

《翰墨风华全国诗书画精品选》上发表的作品

天净沙·思屈原

端午绿粽香甜,赋歌诗祖忠坚,义死罗江震撼。魄魂书卷,气节高韵相连。

江城子·屈原颂

汨罗江里水清清，浪千层，万声鸣。千载悠悠、流水玉莹莹。远处龙舟连浩荡，撒玉粒，水中行。　　忽觉心上惨凄生，苦咽声，更悲情。思念忠臣、诗祖楚魂迎。天问离骚名万载，传大义，爱国终。

《中国最美游记》上发表的作品

五绝·阳朔日出

天蓝连碧水，峰翠映江中。
旭日东山起，琵琶万道红。

《2018年中外诗歌散文精品集》上发表的作品

七绝·嵩山桃花园

山谷幽遐铺碧水，连绵绿树沐春中。
是谁若得东风怒，一夜桃林万点红。

七绝·张夏杏花

仲春张夏杏花香，山野盛开尽鲜芳。
沾袖欲湿游客戏，碎红乱点弄斜阳。

《2017全国诗书画作品年选》上发表的作品

晨练（古风）

雨后百花园，花娇草更鲜。
公园秋令晚，滴翠正浓颜。
柳叶垂七米，葱茏满树冠。
早来晨练者，一步一春天。

寒秋（古风）

斜风细雨水东流，月有盈亏不会休。
昨夜寒流携雨到，长空雁叫苦寒秋。
人生多少尘间事，一笑了之不必愁。
情意绵绵人长在，月明依旧照神州。

七律·赏雪

雨水不差春雨报，天公却派雪飞歌。
翩翩舞舞如仙子，洒洒潇潇落长河。
玉树琼枝琼作景，银装素裹素如珂。
东风自有留情处，雪化成春爱意多。

注：获硬笔书法协会举办的中国诗书画创作年会一等奖。

《相约北京全国文学艺术精品集》上发表的作品

七绝·雪

瑶池仙液从天降，洒洒扬扬到世间。
片片莹莹轻起舞，晶莹剔透玉飞烟。

发表在几个公众号上的部分作品

在北京西山诗社公众号上发表的部分作品

五绝·山居

山居湖水映，鸟唱翠竹中。
一缕青烟袅，禅香韵紫穹。

五绝·遥想魏武

横槊抒雄志，诗情越九霄。
暮年心不已，千载灿昭昭。

五绝·看军事得句

重舰压狂浪，神弓保海疆。
若敌来犯我，怒箭射天狼。

五绝·思念双亲

庭空春草泪，夕照映残霞。
日夜风吹院，双亲影满家。

七绝·题白玉兰

树上犹栖千白鸟，我疑灵羽下仙坛。
久飞瑶界凡心动，悄降人间化玉兰。

五律·甘肃行

黄河穿古镇,大漠响驼铃。
梦境孤烟直,黄沙碧空宁。
敦煌存宝藏,壁画有鸿名。
友聚千杯畅,醒来问几瓶。

五律·故乡会亲友

瑞气萦兰客,梁家沐九春。
慢滋醇酒味,重谢老师恩。
故地邀亲友,酌杯诵雅音。
星天藏兔月,撷取照冰心。

五律·中秋寄情

神州腾瑞气,处处桂花香。
共赏婵娟舞,齐吟古韵长。
秋菊传雅句,月饼赋华章。
玉镜冰心照,遐情寄四方。

五律·汉字之韵

江山千里秀,百世墨飘香。
甲骨铭文古,石碑赋韵长。
会心方块字,落笔美篇章。
时代新潮涌,诗书漫卷狂。

七律·雨中千佛山

雨丝漫步入佛山,碧翠娇滴换妙颜。
青鸟声声隔树唱,梵音阵阵伴风传。
水珠恋叶晶莹亮,松柏参空郁茂轩。
谁引天公来作美,烟轻雾绕彩云间。

七律·格非

朝阳初上彩云追,楼外披霞接翠微。
红柳西山多俊雅,冯君南粤一峰岿。
清诗引领人学正,骚客相随心省归。
撷取圣言胸臆刻,格非重在自格非。

七律·军嫂春恋

故乡溪水戏鹅鸭,波影清粼映早霞。
柳舞随风摇绿叶,舟行逐浪荡桃花。
朝阳初照光荣匾,春燕齐飞瑞善家。
男女村童晨入画,娥眉思恋到天涯。

七律·听朋友游日月潭感怀

竹壁青山如翠帐,白云飘荡浪中天。
昊苍洒落瑶池水,兰客凭临日月潭。
君遇老兵怀旧岁,我搜佳句酝新篇。
海峡两岸心相印,共盼昌兴立大千。

如梦令·伊入梦

诗与远方如旅,偶尔彷徨无绪。梦里见伊人,却把诗情相诉。缘遇!缘遇!共赏云霞如故。

相见欢·午休一梦

春桃花蕾芬芳,紫烟扬。燕子低飞觅食、正初阳。　　见慈母,蒸红薯,至情长。窗外车鸣梦断、泪沾裳。

浣溪沙·吟汤圆

煮水沸腾展玉容，盈盈瑞气罩玲珑。浓情四溢福无穷。　　一碗汤圆香郁郁，万家此夜爱融融。团圆年里醉春风。

鹧鸪天·知音

人道长青树茂荫，浮生定有几知音。合欢花绽香千里，友好情知醉九春。　　伯牙奏，子期闻，撷来典故把君寻。红尘过客知多少，日久交心方是真。

鹧鸪天·自题姻缘

人若浮生绮梦吟，几多过往自能寻。曾经风雨同舟旅，重在休戚与共心。　　红线紧，爱缘深，三生石上且为真。醉于红豆枝连理，携手白头值万金。

沁园春·忆周公赴万隆

华夏图强，浴火重生，祥云拎空。望长江南北，红旗飘荡；黄河上下，民众从容。狮醒瞳明，海棠吐艳，天派银鹰使万隆。沉思念，想周公胆略，惊震群雄。　　明知深壑千重，丛荆棘，路途多暴凶。毅挺身走险，率团前往，舞台折桂，多国交融。捭阖纵横，掌声雷动，共处和平冀巨龙。功至伟，奠外交基石，岳立苍穹。

纪少华老师点评：这首词，以万隆会议为题材，从一个角度歌颂伟人周恩来，展示了周总理杰出外交家的风采。作者既从宏观落笔，交代了事件的背景和过程，也从细节刻画人物形象，写出了周总理的超凡魅力和大智大勇。词作构思有层次，文笔流畅，表达准确，较好地达到了思想性和艺术性的统一。

注：纪少华老师，中华诗词学会会员，上海诗词学会理事，上海稻香诗社社长。

在《紫禁社刊》公众号上发表的部分作品

菩萨蛮·庚子春战新冠病毒

春雷响彻除邪乱，八方勇士初心践。前线白衣忙，神医研药方。　　九州齐聚力，终会灭瘟疫。四海壮歌声，克难国更兴。

七律·立春抗疫感吟

春早春迟总是春，滔滔江水盼佳音。
迎新万户邪神乱，闻令三军雷火焚。
医界精英齐上阵，九州民众共驱瘟。
待得捷报频传日，花绽飞红四海欣。

七律·步毛主席《送瘟神》韵送新瘟神

春妆杨柳绿丝条，百姓当家尽舜尧。
浪起孽风翻浊浪，桥连江汉架心桥。
启行号令生军启，摇动环球铁臂摇。
莫道瘟君能乱久，九州布阵火神烧。

鹧鸪天·庚子元宵节

庚子元宵节不宁，白衣战士壮新征。雷霆烈火驱邪疫，烟雨春风盼鹤声。　　齐归室，更关情，一团瑞气渐生成。汤圆化我心中月，情寄江城月更明。

七绝·夜梦

万里神州吹号角，疫情如令共刀兵。
梦中欲问前方事，却见江城夜更明。

水调歌头·武汉战疫

龟蛇两山静,烟雨莽苍苍。大江东去,波浪翻滚叠声扬。昔日初春光景,今却满城疾疠,荆楚共驱殃。疫情似军令,天使别家乡。　　东风劲,旌旗展,下武昌。点兵换将,十万扁鹊志高昂。钟李双英主阵,雷火二神战疫,国难勇担当。捷报传天下,血汗谱华章。

注:钟李双英指钟南山和李兰娟两位工程院院士。

七绝·闻武汉战疫传佳讯

近日频闻黄鹤音,城封昼夜聚白云。
滔滔江水腾清浪,风雨烟楼别样春。

七绝·赞武汉金银潭医院张定宇院长

冬春战场斗邪瘟,昼夜别家不顾身。
颂有英雄名定宇,病躯酬志刻丹心。

鹧鸪天·咏防化兵战江城

未见迎春飞鹤声,邪侵江汉浪千层。毒蛊为祸害尘世,军令如山战疫情。　　凝国力,用奇兵,征衣防化救江城。炎黄儿女多奇志,智斗瘟君国更兴。

七绝·疫情考试

疫情大考一张卷,执笔应答各不同。
成绩好坏谁作主,以民为重立苍穹。

七绝·监狱警察战疫

百二丹心一片天,警徽闪烁壮新篇。
披肝战疫凝雄志,不灭瘟神终不还。

七绝·方舱医院

方舱一建含春信,十万征衣祛祸灾。
今观床空人渐少,衷情化雨百花开。

七律·题庚子三八节

杨柳风拂百鸟鸣,三八节日醉琼英。
江山瑞彩生仁气,时代娇姿战疫情。
酬志逆行瘟疠灭,披肝济世岁华更。
春回万里迎明月,朵朵白莲旗映红。

七律·江城庚子春

杨柳风拂鹦鹉洲,征衣乘鹤赴名楼。
披肝战疫仁德聚,沥胆为民新梦酬。
三月樱花迎旭日,无边春色上心头。
烟波浩渺龟蛇静,江水滔滔万古流。

七绝·监狱防疫阻击战

四面高墙一片天,金盾阻疫重于山。
警徽闪亮迎明月,防控凝心共克艰。

七绝·狱内阻疫吟句

婆娑杨柳挽春风,旗展飘红染夜空。
月落狱园灯火亮,燃烧生命写峥嵘。

七绝·特殊的考试

疫情答卷何评绩,三项得分零作优。
扁鹊万千博大爱,仁心济世竞一流。

注:三项得分即新增病患、新增疑似、新增死亡。

七绝·三月春色

花开三月忆新年,闻令而行战疫艰。
雷荡东风驰万里,无边春色绽人间。

七律·春分前后各地欢迎援鄂医疗队凯旋而归

天使别离黄鹤楼,白云漫舞醉悠悠。
回眸战疫激情荡,持剑除魔壮志酬。
五岳旗扬迎勇士,大江浪卷唱风流。
群星闪耀铭青史,灿若银河照九州。

七绝·疫情大考

疫情作卷考全球,魔霸西洋今乱愁。
唯我中华合大道,为民立命旺神州。

五绝·咏全国战疫取得阶段性胜利

疫情当大考,落笔起风云。
华夏民心聚,江山别样春。

七律·狱中阻疫两个月而归

庚子逆行生浩气,警徽烁烁对旗红。
狱封阻战拳拳誓,目亮巡查夜夜明。
初岁新征达两月,满园春绽送群英。
玉兰炫紫枝栖鹊,喜我衷情克疫情。

注:两月,这里指两个月。正月初三下午进狱内,三月初三下午回到家中。

七律·抗疫归来寄友人

灯灿联红辞旧岁,新年闻令狱中行。
披星阻战达三月,明目巡查过五更。
感众友朋牵挂久,沁吾肺腑相思诚。
冰心寄在春风里,一念花开万缕情。

注:三月指农历三月份。

发表在草原雄鹰诗社公众号上的部分作品

五绝·春思

楼前花草绿, 时有鸟鸣春。
谁念隔离处, 悠悠似我心。

七绝·初恋

当年拥抱若甘霖,穿越时光念至今。
心底有歌吟不得,偏偏昔日用情深。

七绝·同桌

求学路上巧相逢,芳草迎春花正红。
同坐前排桌半载,情丝几缕在心中。

七绝·寄知音

知音畅饮动歌弦,千里飘香泉水边。
远在天涯情不尽,冰心早已寄婵娟。

七绝·寄知友

千里隔屏到耳边,知音低语动心弦。
诗坛共济情无尽,不重虚名重有缘。

七绝·春雨

忽有清新挤进门，缘由春雨润初晨。
撷来几缕窗前赋，寄去云霞一寸心。

七绝·桃花吟

枝弄斜阳溪水咚，灼灼花艳引千蜂。
桃红曾落心头上，已是天涯月共明。

七绝·红豆梦

不知何处惹情思，红豆春来梦几枝。
信是三生石上刻，夕阳作伴手相执。

七绝·致爱妻

军绿植于你我心，枝结红豆度青春。
三生缘定同舟济，携手夕阳婚向金。

七绝·居家小酌

心底情思何所寄，任凭醉意几时休。
小酌长有拙荆伴，不怕红晕已上头。

鹧鸪天·往事抒怀

旭日轻霞伴彩虹。人生能有几青葱。明心寄意四年共，鸿雁传书两地通。　　从那后，未相逢，今飞微信亦从容。坦然对镜多霜发，一段情丝往事中。

鹧鸪天·忆1993年11月17日

岁在今朝忆往年，北风吹劲雪花翻。并肩周览人稀少，携手前行心不宣。　　佳梦筑，恋情专，冰寒刺骨启新篇。几经风浪同船渡，情定三生不羡仙。

鹧鸪天·庆爱妻五十岁生日并退休

缘是花开并蒂莲，和风细语润心田。今朝亲友登临贺，五秩芳辰谈笑欢。　　陶然聚，举家圆，干杯共庆启新篇。自今岁月悠悠度，家倍温馨胜似仙。

鹧鸪天·致爱妻

人若浮生浅梦吟，几多过往自能寻。曾经风雨同舟旅，重在休戚与共心。　　红线紧，爱缘深，三生石上且为真。千般爱恋夕阳照，执子白头值万金。

鹊桥仙·抗疫封闭执勤恰逢三八节致爱妻

烟春草绿，飞鸿传意，佳节今逢同度。娇妻独自守家门，我却在、隔离待赴。　　良辰如往，相依同济，修得三生爱侣。两心同梦且长圆，又岂怕、风霜雪雨。

发表在潇雨诗社公众号上的部分作品

五绝·村巷

乡村多变迁，皎月总能圆。
小巷有新旧，无一通少年。

七绝·致爱妻

淡饭粗茶岁月长，几经霜雪育儿忙。
老来小酌常相伴，便是余生好夕阳。

七绝·礼赞某飞行二大队"时代楷模"

战鹰横翼破防线，敌舰惊慌十万分。
慑退天狼飞将勇，赤心铁胆立功勋。

七绝·敬祭苦战长津湖牺牲的烈士们

炮声呼啸起硝烟，鏖战长津死不还。
埋骨异国千岭雪，赤心如日照冰天。

七绝·赞一带一路

丝路千年传古今，纵隔万里亦如邻。
地球村里同追梦，命运相连日月新。

七绝·咏柳如是

秦淮河畔望舟行，八艳传今留逸情。
娇韵倾城忠节守，讴吟如是柳芳名。

七律·蓬莱阁

昔日八仙由此去，神通各显盛名稠。
遨游东海未曾返，留下传说久不休。
峭壁悬崖阁耸立，白云碧水浪奔流。
登临远望胸怀阔，乐在逍遥展目收。

七律·强军赞

南昌枪响井冈红，征赴延安唱大风。
敌后杀敌驱日寇，战中学战逞英雄。
国兴民富强军梦，箭快船坚盛世功。
代代八一旗不变，江山永保践初衷。

七律·夏游大明湖

潋滟湖光波似弦，瑶池宛若落人间。
柳拂绿水轻舟荡，云舞长空群鸟翩。
历下亭中思子美，超然楼上仰高贤。
悠悠信步览新貌，盛世荷花映碧天。

七律·写诗有感

朝夕几载种诗田,挥笔抒怀赋素笺。
灵感忽来一蹴就,拙文审虑再裁编。
深知不敢比珠玉,堪喜犹能近自然。
若有豪情三万丈,吾将吟啸上云天。

定风波·京冀抗洪记

许是天仙醉了狂,银河撕口雨茫茫。京冀成灾洪水积,令急,一声号角不寻常。　　大禹万千齐奋力,连日,不闲片刻救灾忙。家国中枢强后盾,坚信,定能重建好家乡。

鹊桥仙·七夕感怀

星河万里,鹊桥酬梦,泪水谱成恋曲。牛郎肩挑路遥遥,织女疾、爱河共浴。　　人间环视,散离多少,试问情缘几笃,三生石刻盼为真,两携手、鸳情久睦。

沁园春·纪念抗美援朝战争胜利70周年

国立东方,睡狮初醒,百废待兴。望朝鲜半岛,大兵压境,枪林弹雨,铁甲轰鸣。边境危机,疯狂美帝,乱炸狂轰世界惊。龙长啸,看黄河上下,义愤填膺。　　百年强盗纷争,积贫弱,敌凶势更狞。打硬拳出击,三年浴血,大军拼杀,五战扬名。横扫豺狼,英雄至伟,捍我龙威天下宁。至今日,逐大同梦想,劈浪新征。

咏十二生肖

七绝·鼠

自来机警天敌猛,活命寻食也犯愁。
气貌不扬君莫笑,生肖十二我开头。

七绝·牛

奋蹄砥砺角朝天,默默耕耘重在肩。
敢叫东风先作伴,秋来驮运大丰年。

七绝·虎

昂头长啸撼山摇,兽界称王尚未骄。
纵落平原威不减,若添双翼上云霄。

七绝·兔

耳聪昼卧警觉生,趁夜寻食双目明。
喜与嫦娥长守望,纵然温顺可蹬鹰。

七绝·龙

腾空布雨白云滚,驾雾长吟震九霄。
华夏子孙龙后代,复兴逐梦涌春潮。

七绝·蛇

灵蛇自古循天道,静待三冬寒意消。
他日化龙平地起,惊雷一响傲云霄。

七绝·马

驰骋高原任纵横，硝烟战场共嘶鸣。
奋蹄凌越精神抖，老骥心存志勇征。

七绝·羊

生来跪乳能知孝，食草丛中别样春。
秉性温和良善俱，更存坚韧不屈心。

七绝·猴

聪明机智纵林间，自古和人类有缘。
若有一朝成大圣，腾云倒海可齐天。

七绝·鸡

高唱一声黑暗去，驱除邪恶送吉祥。
准时守信谁能比，博爱无私美誉扬。

七绝·狗

看家护院休息少，纵使贫穷志不移。
若论忠诚排在首，救人破案更出奇。

七绝·猪

温和憨厚平凡貌，偏睡贪吃无所求。
别看生肖名至后，最先驯化旺神州。

咏农历十二个月

七绝·正月

神州大地曈曈日，开启新正又始春。
莫废时光决计好，但凡收获不辞辛。

七绝·二月

九州景色与时新，杏雨梨云染仲春。
若赏风光别等待，劝君莫忘是耕耘。

七绝·三月

百花未尽桑田绿，碧水青山满是春。
群鸟争鸣人奋进，再忙三夏获千金。

七绝·四月

牡丹花后池塘绿，麦浪逢时灌满浆。
布谷催耕忙入夏，老牛地走下新秧。

七绝·五月

迎来端午和芒种，粽子传情闻麦香。
柳舞荷开清气送，鸣蜩高唱自徜徉。

七绝·六月

热在三伏似火烧，疾风暴雨水滔滔。
抗洪防患江山固，亿万军民斗志高。

七绝·七月

西天流火更时序,万物纷纷报早秋。
瓜果梨桃争上市,稻香米灿待丰收。

七绝·八月

江山处处桂花香,沃野农田收获忙。
待到中秋明月照,团圆共赏绮情长。

七绝·九月

金风玉露时相遇,云淡天蓝高艳阳。
莫惧陌阡萧瑟起,丰年在望谷归仓。

七绝·十月

篱菊尚有傲霜枝,塞外迎来雪舞时。
莫道入冬皆惧冷,岁寒四友与君知。

七绝·冬月

雪花飞舞迎冬至,数九寒天此打头。
万物萧条多蓄锐,青松傲骨立千秋。

七绝·腊月

地冻天寒阡陌静,幽香暗送望梅开。
严冬腊月终将去,只待东风一夜来。

咏中国古代科学家

七绝·春秋之鲁班

发明钻铲和曲尺，墨斗留痕锯子分。
鼻祖名成功百世，休言弄斧到班门。

七绝·春秋之扁鹊

千里悬壶把病消，全科圣手技高超。
望闻问切及时诊，奠定中医基础牢。

七绝·战国之李冰

从仕爱民忙水利，博学地理与阴阳。
功成奇迹都江堰，德惠流芳世代扬。

七绝·东汉之蔡伦

年少经纶沉满腹，龙亭侯任报国君。
精研细作出柔韧，赓续文明思纸神。

七绝·东汉之张衡

不慕功名和富贵，喜于械与赋成师。
若询地震谁先测，波动传来君瞬知。

七绝·东汉之华佗

不求为仕钻医术，诸项皆精尤外科。
可恨曹操夺命去，至今忆起叹悲多。

七绝·东汉之张仲景

重视临床经验优,医术精湛数一流。
伤寒杂病成鸿著,辩证结合解患忧。

七绝·魏晋之刘徽

代数方程皆有解,圆周首定率均分。
九章算术传今古,开创先河励后人。

七绝·南北朝之祖冲之

搜烁古今攻数术,潜心历法守初衷。
圆周率算达七位,青史名留举世功。

七绝·隋朝之李春

上过征车下过船,大隋工匠技非凡。
赵州桥古千秋誉,长跨圆弧创史先。

七绝·唐朝之孙思邈

少时聪慧志从医,生为苍民除病疾。
救治不分贫与富,千金方卷世称奇。

七绝·唐朝之僧一行

历象通博精史集,五行善晓探阴阳。
诸多硕果名于世,佛法科学誉大唐。

七绝·宋朝之毕昇

手工雕版印刷难,百计千方凭细研。
活字一出书海阔,史留功绩五洲传。

七绝·宋朝之沈括

自幼好学勤历练,一生酬志在研究。
笔谈心血三十卷,门类齐全千载留。

七绝·元朝之郭守敬

改制发明十二种,数学水利总关情。
天文历法皆成著,月上环形山命名。

七绝·元朝之黄道婆

自幼磨难心志历,崖州流落纺织学。
回乡授艺传播广,贡献革新胜俊杰。

七绝·明朝之李时珍

砥砺人生究药理,历经寒暑几十春。
悬壶济世成医圣,百草鸿篇铭古今。

七绝·明朝之徐光启

学贯中西精技术,经天纬地探研多。
军工历法农和数,致力一生积厚德。

七绝·明朝之徐霞客

民情地理终生趣,探秘寻幽志四方。
踏遍山川霞客记,史传奇迹大文扬。

七绝·明朝之宋应星

致力农工擅探究,冶锌技术数一流。
天工开物凝心血,名伴嫦娥上月球。

听中国十大古典名曲

七绝·高山流水

婉转悠扬山水春,铿锵顿挫入白云。
知音相伴心弦动,那缕琴丝穿古今。

七绝·梅花三弄

弹指频频音绕梁,声声入耳韵悠扬。
丝弦三弄梅花咏,映雪凌寒傲骨香。

七绝·夕阳箫鼓

旋律悠柔音调清,夕阳鼓送晚风轻。
泛舟宛若春江上,荡月击波听橹声。

七绝·汉宫秋月

曲调幽凄魂欲断,遥思粉黛对寒光。
宫墙冰冷长长夜,独望清秋月色凉。

七绝·阳春白雪

万物知春风淡荡,琳琅脆若雪竹音。
清扬流畅琵琶曲,陶醉人间草木新。

七绝·渔樵问答

悠然飘逸醉山林,潇洒渔樵淡世尘。
宛在青竹幽径走,丝丝入耳沁冰心。

七绝·胡笳十八拍

胡笳吹奏向谁诉,一曲十八拍在心。
凄厉潜流肠寸断,千年悲剧似亲临。

七绝·广陵散

弦动激昂戈剑鸣,旋而愤慨刺杀声。
曲含侠骨浩然气,恍见当年壮士行。

七绝·平沙落雁

沙平风静雁盘旋,跌宕回翔意渺绵。
音律悠然胸臆润,宛如陶醉翠竹间。

七绝·十面埋伏

静听犹似楚歌声,鹤唳风驰夜几更。
急缓琴音藏杀气,如同穿越汉时兵。

五言律绝

婺源油菜花

连片灿金色，芳香多醉宾。
蜜蜂花上采，人在画中吟。

游长岛

载车船斩浪，处处笑声飞。
同行海鸥伴，登临岛忘归。

墨 兰

冬夜寒星闪，窗前月满怀。
心飞空谷处，独见墨兰开。

思 亲

凄凄几行泪，悄悄到巾边。
梦里听咽泣，惊醒流似泉。

玉兰花开

香漫百花道，悠闲早上行。
玉兰开正旺，洁白胜群英。

雪天寻诗

有雪诗不写，无颜对玉妃。
抬头搔短发，白发下成堆。

红月芬芳

昨夜空红月，嫦娥幻化常。
文人骚客惹，诗画竞芬芳。

孔 孟

吾心谁与亮,寄志有良知。
人到千年后,任由来者思。

化危机得句

乌云终会去,天湛必然来。
紫气围良善,心花亦自开。

春 柳

晨曦杨柳新,枝叶亦纷缤。
树冠披金色,春情已上心。

咏垂云

地下垂云静,银河落水成。
通天千万载,四季化春情。

荷 塘

春来池水静,杨柳惠风扬。
若等伏天到,荷花绽满塘。

泰山观日出

云海千层浪,东边旭日红。
朝霞飞万里,皇顶刺苍穹。

翡翠情

杨柳春风漾,晶莹翡翠情。
碧镯温玉腕,环绿锁终生。

樱花情

东风一夜到，小蕾万千红。
远处娇颜闪，淹藏彩雨中。

翠 竹

绿叶枝条翠，虚心气自清。
韧长圆节硬，寒日更坚贞。

咏江姐

竹签穿手指，意志比钢坚。
畏死非英女，红旗染碧天。

晨 吟

旭日彩云飞，朝霞万里辉。
银鹰翔九宇，演战立国威。

题紫砂壶

紫砂春绿梦，岁月一壶情。
茶韵开千界，清香润众生。

泰山桃花峪

一川云雾绕，十里翠芳鲜。
何处蟠桃降，花开染泰山。

客家凉帽

客家花万朵，青黛伴祥云。
千载传凉帽，风情五彩纷。

中国天眼

群山峰竞翠，天眼探空长。
开目苍穹望，轻收百亿光。

咏平塘

千山青竞翠，万水绿平塘。
天碧飞鸾凤，雄鹰自奋翔。

崂山风光

山连碧海空，首望旭阳红。
云绮苍松翠，千年道教宫。

鸟 鸣

窝里小雏鸣，嗷嗷待哺声。
劝君别打鸟，人善共安宁。

小哪吒

一朝怀六甲，三载后出生。
闹海惩龙少，横刀血肉情。

大明湖晨景

明湖晨雨后，树翠气清鲜。
风韵粼光动，枝头百鸟喧。

峨嵋佛光

峨嵋天下秀，金顶宝光长。
佛自雷音寺，如来万丈芒。

乐山大佛

平身耸碧空,运指护苍穹。
三界心中放,一佛座下忠。

八达岭长城

叠翠峰峦处,长龙举首扬。
蜿蜒千万里,东望慨而慷。

十三陵水库

环翠十三陵,涟漪万水澄。
毛公留玉韵,代代永相承。

千岛湖

千岛四时青,一湖百里明。
清波藏古韵,素舸浪中行。

云门山

何来天下寿,莫去问仙翁。
心寄云门境,身飞瑶界中。

睡 莲

溪水清流静,青莲美睡中。
玉容浮碧翠,忽有梵音声。

护士节吟句

手下千针过,倾情一笑柔。
白衣天使美,奉献遍神州。

五指山

秋尽凋花草,心飞五指山。
碧空观绿翠,不是在凡间。

槐花情

槐花五月香,树上蜜蜂忙。
蝶影白华绕,可知我感伤。

槐月布谷声

槐月花香到,晴空布谷声。
清音传万里,收麦种新生。

中国蝉

五载藏根土,一朝上绿株。
歌喉微自颤,声韵震三伏。

美洲蝉

地下十七载,鸣歌四个周。
声声穿翠樾,音韵有欢愁。

喜鹊情

喜鹊飞行快,原来觅食归。
心中雏鸟叫,早忘腹肠饥。

喜望麦收

五月遍黄金,情空布谷音。
机鸣声韵伴,粒粒醉人心。

窗台鸟鸣

窗台小鸟鸣，笑我困屋中。
山翠苍穹远，心飞越紫宫。

游竹海

曲径游竹海，人来鸟不惊。
满怀清气韵，春女步轻盈。

雷 雨

一道强光闪，三声震耳雷。
银河狂水泻，泉涌韵情催。

壶口涛声

壶口响雷奔，涛声震北辰。
全民齐怒吼，抗日九州春。

拂晓得句

浅眠轻梦扰，天晓转阴阳。
窗外雄鸡唱，炎黄气势扬。

历山遗韵

弥勒青丛笑，千佛诵梵音。
历山传永古，舜帝誉凡尘。

入伏得句

炎炎伏日到，阵阵热风燃。
设备虽先进，工人战暑天。

建筑工

工地战三伏，何人大丈夫。
置身于烈火，再把日来逐。

暴雨

漫步黄河岸，回身意欲归。
忽然来暴雨，任水乱翻飞。

遥想魏武

横槊抒雄志，诗情越九霄。
暮年心不已，千载灿昭昭。

咏石榴

绿树生繁果，金衣玛瑙身。
谁知躯壳内，百粒一家亲。

山柿树

风吹青叶唱，山雨润身心。
结果繁枝绿，秋实满树金。

八一抒情

忆青葱岁月，壮志展豪情。
橄榄一身绿，曾经是老兵。

黄莲

山坡一片绿，小蕾色如金。
花绽黄莲苦，赢得后世春。

观象棋对弈

车行任纵横，炮火远程攻。
将帅心明镜，奇兵立大功。

垂　钓

秋蝉鸣翠柳，莲荷绿田田。
垂钓低声语，鱼惊水破天。

泰山观日出

日出红似火，中宇尽朝辉。
泰岳抒情志，云霞舞翠微。

颂毛公

盘古开混沌，毛公傲九霄。
功高齐日月，中宇万年骄。

月饼吟句

儿时拿月饼，童伴比谁圆。
今又中秋到，难寻往日甜。

中秋月

茶香传韵远，浓酒慢滋醇。
风舞云羞月，中秋桂魄新。

黄栌吟

山谷黄栌树，风吹曲漫吟。
待得霜降日，红叶染层林。

落叶

霜叶纷纷落,翩翩起舞飞。
倾情铺满地,化韵待春归。

重阳

郊外几风霜,重阳吻菊香。
晚霞余韵远,过客醉苍黄。

犯人自学考试

悄悄挥笔墨,纸上论专长。
囹圄多歧路,新生必自强。

家中会友

陋室迎兰客,蓬辉瑞气生。
撷来挥笔墨,香茗一壶情。

读诗友绝句

荧屏传雅句,细品醉余生。
借我三分韵,诗笺几字成。

冬日紫菊

菊绽寒风里,一团紫气生。
立冬天渐冷,依旧展芳容。

秋燕

堂前飞紫燕,绕树有三圈。
莫道无情去,春来成对还。

山 行

临山翠鸟鸣，石上冽泉声。
清脆音传远，心中荡漾情。

小院雪景

房顶雪莹光，枝杈裹素装。
鸟鸣啄米粒，几缕腊梅香。

题冬至

赤道南归线，阴阳变换时。
极寒今日始，冰冻化春枝。

夜 梦

呓语家乡近，醒来夜里藏。
复眠轻入梦，流泪见高堂。

品茶醉翁亭

青茶香韵溢，品味醉翁亭。
岁月传馨远，壶中荡漾情。

立春吟句

己亥除夕始，东方紫气来。
春风知我意，依次百花开。

游长清湖

白云落水间，碧浪舞青峦。
人醉清波里，涟漪化紫烟。

初春荷塘

东风吹柳绿，期盼燕归来。
春到荷塘晚，明朝香满怀。

晨游小清河

河岸览阳春，东风舞柳新。
源源思不尽，碧水映清晨。

游宽厚里得句

悠闲宽厚里，风味撷来尝。
此处人陶醉，馐香韵几行。

草原早晨

祥云萦骏马，霞色映长空，
绿浪传歌远，群羊没草中。

晚游水库

清波一片天，弦影半空悬。
情寄中秋月，万家同梦圆。

秋 收

沃野笑声传，丰收百鸟欢。
满仓犁又起，怀梦种春天。

国庆吟句

江山铺锦绣，花绽望长安。
今见龙吟啸，潮新四海欢。

黄河大米

大河肥沃土，浪滚稻花长。
汗水凝晶粒，秋收万担香。

秋望九寨沟

彩林环碧水，红叶染群山。
鹤舞秋光醉，白云落玉潭。

湖 居

舟楫烟波里，青山着淡妆。
开窗惊倦鸟，题款两三行。

冬日偶得

冷雨凋青树，北风舞雪花。
静待寒夜后，明日见朝霞。

望壶口瀑布

黄河远古来，壶口泻惊雷。
声震云霄落，龙腾天地开。

春 柳

翠笛穿岭越，潺水起云烟。
河岸依依柳，为谁风抚弦。

酒泉怀古

何人过酒泉，战马骋如烟。
借问杯中月，回眸青史间。

雨中街景

落雨云烟起,穿街花朵鲜。
伞开结红豆,谁会忘当年。

夜宿山下

星空三两点,潭映夜光清。
月下谁同醉,山高闻水声。

望南方水灾

大雨连多日,洪峰滚滚流。
令传兵马动,飞橹作方舟。

粘知了

枝繁人细看,悄悄递长杆。
过客轻声问,惊飞一树蝉。

忆儿时听泉

小溪新雨后,潮涌奏心弦。
相约桃红早,聆听柳下泉。

背 影

目送伊人去,桃花飘落时。
多年漂泊后,岁月酿成诗。

迎春花

风寒冰雪压,总有盛开时。
忍得三冬去,迎春第一枝。

苦菜花

黄花如指小，山野未人栽。
纵是身心苦，逢春亦盛开。

茉莉花

玲珑玉翠身，雪蕾绽洁纯。
花谢魂如故，飘香尤醉人。

月季花

枝叶长年绿，鲜花四季开。
凌寒风雪里，朵朵品如梅。

题醉翁亭

醉在夕阳里，翁于山水中。
此亭传韵久，岁月唤清风。

寒 菊

晚风梳瘦柳，月照满园霜。
墙角菊一朵，悠悠舒暗香。

大墙之夜

冷月留清影，寒光照铁衣。
夜深人亦静，披甲洒余辉。

游 湖

月上小东楼，清波荡晚舟。
误划葭苇处，惊起几飞鸥。

忆游蜀南竹海

鸟飞鸣玉翠,碧水映竹楼。
人在烟波里,轻轻荡小舟。

咏月季花

不与玫瑰比,贞芳遍九垓。
纵然风雪压,依旧四时开。

塞北之鹰

逆风横展翼,塞外寸眸收。
啸唳云天上,长空任自游。

红 梅

雪压梅枝挺,冰莹点点红。
天然生傲骨,耿耿立寒风。

赞我国量子计算机重大突破

先贤传智早,算术九章循。
量子新应用,华机更绝尘。

忆1986年8月收到军校入学通知书

门前烟柳翠,喜鹊落枝头。
晨起闻佳讯,寒窗将梦酬。

咏奋斗者号

九域有佳音,蛟龙探海深。
天蓝云水阔,奋斗梦成真。

暮 雪

夜来飞玉絮，飘落小轩窗。
掬手堪回味，萦萦思故乡。

嫦五圆梦

凝智腾空去，旗扬得月归。
嫦娥圆梦路，奕奕洒神辉。

咏长城

墙坚千古彰，起伏震玄黄。
万众凝一志，龙腾护大航。

为毛主席诞辰127周年而作

旗红文字扬，挥手扫八荒。
日月成新貌，苍天忆井冈。

冬夜游园

竹青小径幽，眉月上高楼。
鸟宿花园静，清晖似水流。

天山雪莲

玲珑舒玉叶，宛若紫阙来。
冰冷极高处，凌寒映雪开。

喜迎牛年

鼠年驱大疫，牛气转乾坤。
指日春风到，神州万象新。

咏 牛

追梦拓荒牛，耕耘遍九州。
奋发酬壮志，帆挂立潮头。

咏冬竹

数九迎霜雪，虚心节自高。
身清尘不染，冬去涌春潮。

咏主席书法

胸中千古墨，挥笔起风雷。
磅礴开天地，乾坤浩气来。

塞外山茶

塞外青山阔，黄芩作寿茶。
寄情千里去，知己共云霞。

感陈毅老总下围棋

执子盘中落，玄机万象生。
胸怀天地阔，坦荡起清风。

故乡的月

斗瘟一载过，冒雨顶寒风。
时念家乡月，只圆夜梦中。

辛丑立春

斗瘟辞鼠岁，牛转沐春风。
一夜寒冬去，江山万里红。

春雪

（1）

洒洒落瑶台，梨花遍地开。
东风知雪意，一夜化春来。

（2）

白云潜入夜，雪落梦成真。
信是东风约，冰心化作春。

（3）

琼妃辰夜舞，清气荡凡尘。
不负春相约，山河气象新。

忆煤油灯下

萤火丝丝亮，昏黄映少年。
依稀灯影下，伏案谱明天。

立春

庭园新草绿，喜鹊叫枝头。
谁解诗家意，春风上小楼。

听琴

调从心中出，弦弹岁月情。
丝丝皆入扣，魂魄与琴鸣。

红灯笼

笼罩团团火，红红兴旺灯。
家国逢喜事，列队瑞霞生。

猜谜语

小笺留妙句，行里有玄机。
若想从中悟，心明可解谜。

春联

祥庆墨生香，香飘底蕴扬。
扬辉生瑞气，气韵送年祥。

红梅赞

三九霜枝绿，迎寒送暗香。
花开红似血，凌雪映朝阳。

咏牛

俯首驮朝阳，倾身拓八荒。
风霜浑不惧，血汗绽芬芳。

忆毛公重庆谈判

当年挥手间，信步走雄关。
豪洒一场雪，洋洋展大观。

学《党史》感咏

（1）

百载峥嵘史，江山血染红。
初心循大道，筑梦唱雄风。

（2）

今朝旗正红，翻史忆初衷。
洒血酬鸿志，人民唱大风。

（3）

梦想皆兴国，征途有两般。
谁心装百姓，得道坐江山。

（4）

砥砺克难关，征帆勇向前。
今朝劈大浪，谁不忆红船。

（5）

一点星星火，燎原九域红。
牺牲多壮志，旗帜映长空。

牛年两会感句

才俊聚京华，春开惊世花。
苍生如岳重，筑梦到天涯。

正月二十八泉城春雨后

晨晓润如酥，山青云不孤。
初晴风雨后，虹彩有还无。

无 题

马瘦见毛长，人稀地易荒。
熙熙尘世里，多少梦黄粱。

两仪感句

阴阳长对立，两者又相依。
万物源于此，生生总不息。

红 枫

不与百花争，春来枝叶红。
风吹摇似火，谁惹动真情。

苦楝花

簌簌幽香送，枝头花映天。
夏初高树下，缕缕落心间。

题风筝

借力舞云端，缘于长线牵。
高飞情不断，遥望系乡关。

春 风

心种花千树，东君四季来。
纵然风雪里，也有数枝开。

清明泪

悲雨清明落，纷纷如断魂。
异乡游子泣，何以报深恩。

品明前茶

叶落三冬蕴，明前春作茶。
一壶山水绿，恍若品云霞。

题牡丹

降世作花王，焉能怕媚娘。
火烧凝玉骨，国色胜群芳。

中国卫星

腾空张两翼，环绕贯苍穹。
一览神州秀，凝眸入画中。

春 韵

田野翻青浪，江河水自流。
登高挥目远，春色满心头。

黄河鲤

看似池中物，黄河浪里游。
龙门犹可跳，长跃弄潮头。

春 笋

稍露尖尖角，存身山野间。
一朝春雨后，直笔赋云天。

打乒乓有感

吾拉你也抽，来往总难休。
莫看乒乓小，曾经转大球。

望三舰列装

战舰启新航，劈波守海疆。
水蓝旗更艳，酬梦慑天狼。

黄河入海口即景

沙洲鸥鹭鸣，雨后转初晴。
大水滔滔去，红阳浪上升。

咏华山

斧开千丈壁，倒影入黄河。
势耸白云外，传奇今古多。

蝴蝶兰

犹如群蝶立，展翅欲翩飞。
默默幽香送，欣迎君子归。

五四青年节感句

燃血放光芒，惊雷震九苍。
百年薪火照，蓬勃似朝阳。

寄青年

前征霜雪路，帜正勇称雄。
逐梦新时代，蓬勃唱大风。

中国航天

嫦娥奔月返，星跃照苍穹。
万户灵如在，应随探太空。

品茶偶得

登高天地阔，望海水云长。
沏盏崂山绿，禅心一瓣香。

时局偶得

驱瘟成一体，命运亦相通。
浩浩潮流涌，东方唱大风。

咏竹笛

笛曲心中出，虚怀对碧空。
丝丝皆入耳，婉转沐清风。

贺天问一号成功登陆火星

独自遨游去，征程一路新。
火星迎贵客，天问送佳音。

红樱桃

青丛点点红，一树醉东风。
看似多情梦，根深守始终。

题白尾海雕照

神目收千里，雄姿翔碧天。
本应仙界鸟，心动下凡间。

神舟十二号发射成功

烈焰腾空去，拨云上九天。
神舟惊世界，勇士壮牛年。

品早茶

撷来三五片，静品一壶春。
月落青山外，风轻朝日新。

散步即景

芳草侵幽径，轻风拂翠竹。
月羞云影淡，蛐唱起和伏。

小荷塘

（1）

弦波伴鸟鸣，碧翠送清风。
荷角刚出水，朝阳映蕾红。

（2）

郊外野塘横，朝霞映柳红。
小荷刚露角，心上已清风。

望 岳

（1）

登临山顶处，一览气恢宏。
圣迹昂然在，高怀家国情。

（2）

远望白云上，峰高许寂寥。
登临山顶处，极目大河滔。

忆推磨

磨有千钧重，推拉汗水滴。
谁知餐饭里，湿透几层衣。

游灵岩寺

松柏遮名刹，炉香生瑞烟。
灵音十里外，游客已结缘。

探索太空

（1）

长征送祝融，奔月复轻松。
星际天梯竖，攀登探太空。

（2）

攀登无止境，向上竖天梯。
星际长征路，遥遥亦可期。

八月十五日感句

正义悬如剑，邪思不可留。
倭奴如犯我，誓死战无休。

遐思江南秋

城市风犹热，乡村渐已凉。
云飘秋水映，遍地稻花香。

垂　钓

（1）

柳下抛鱼线，波如奏古琴。
直钩学不会，惟有钓白云。

（2）

夕照晚来风，波光逐浪中。
垂纶寻静处，钓得满江红。

（3）

放下酒中杯，悠然水上来。
手抛银线落，钓得白云开。

接种新冠疫苗

疫苗三五克，国士智凝成。
接种除新冠，江山百载兴。

听儿歌感吟

童歌依响起，不见外婆桥。
斗转人非己，凄凄唱旧谣。

海上日出

破晓射金光，彤彤升未央。
海涛层似火，红日耀东方。

酒后感吟

（1）

春秋风过岗，来去两空空。
人作红尘客，莫为名利终。

（2）

人皆三桌酒，生死不曾尝。
当下应珍惜，抬头望远方。

（3）

人生学不休，砥砺度春秋。
半百知天命，霜丝爬上头。

（4）

往苦耐人思，谁无磨难时。
光阴虚度否，回味许方知。

（5）

尘世有春秋，凡人三九流。
清修心路正，笑看乐和愁。

（6）

滚滚母亲河，繁生俊杰多。
同追时代梦，把盏尽高歌。

纪念毛主席诞辰128周年

（1）

功绩高如岳，恩情比海深。
文韬和武略，今古第一人。

（2）

胸中兵百万，挥笔扫群雄。
故国还清晏，豪吟唱大风。

高墙月夜

月影透寒枝，霜白照铁衣。
鸟归巢已静，长夜起相思。

红梅情

数九枝如玉，迎寒送暗香。
花开红似血，凌雪映朝阳。

除夕情结

（1）

守岁母亲忙，锅开饺子香。
举家团聚夜，仍念旧时光。

（2）

山村溢焰光，瑞气送吉祥。
难忘除夕夜，娘包饺更香。

（3）

灯火团圆饭，除夕瑞气腾。
上齐年夜饺，下笔涌浓情。

迎 春

（1）

墙角数梅新，寒窑不惧贫。
堂前先草绿，默默也迎春。

（2）

冬奥正逢春，神州与日新。
瘟君何所惧，看我大昆仑。

（3）

莫笑打工人，薪薄苦更辛。
分分皆血汗，富岁满堂春。

咏白玉兰

似鸟栖琼树，洁白映碧天。
逢春香满路，仙苑降人间。

春 游

（1）

步履览阳春，东风与日新。
燕飞剪柳绿，碧水绕山村。

（2）

春色天由序，鸟鸣山水知。
鲜花开满路，只醉两三枝。

春宴吟句

酥雨春风至，山村草木生。
花开时作客，醉月更含情。

春 色

绿丝拂碧水，粉色点桃腮。
梨树花如雪，逢春带雨开。

春 耕

春和迎旭日，阡陌沐霞光。
又见铁牛走，歌声送远方。

咏蜗牛

有梦壳中藏，蜗居使命当。
纵然身骨小，跬步向前方。

落花吟

(1)

春风一日起,红绿染山川。
又见樱花雨,相思飞满天。

(2)

时序已春深,山川苟日新。
落红飞满地,更恋种花人。

(3)

花落随风去,飘零化作尘。
悄然情已种,来日果成金。

(4)

风起花飘舞,斟酌流笔端。
红尘情未了,春已种心田。

春 望

枝头喜鹊来,酥雨点桃腮。
移步窗前望,春风涌进怀。

题黄色双禾雀花图

双鹂枝上宿,玉影落华笺。
近看闻香醉,仙葩降世间。

敬亭山怀李白

鸟去空山静,烟轻绿意浓。
独留千古句,纵目翠云峰。

泰山一鸟

生自泰山中，凌云志九重。
朝夕星作伴，展翅践初衷。

即景偶得

树绿鸟鸣新，花开春意深。
朝夕时不待，抗疫盼佳音。

石上小树

（1）

春回枝叶茂，根劲把石穿。
独自遮风雨，身撑一片天。

（2）

根长岩石内，亭亭俏影卓。
只身生此处，风雨为吾歌。

夏日雨景

（1）

风急乌云滚，长空雷电狂。
琼珠银汉落，沃野换浓妆。

（2）

闷热连三日，忽闻风雨急。
江河翻巨浪，万物换新姿。

（3）

云滚啸风劲，奔雷裂电光。
雨珠撒沃野，欲化万顷粮。

（4）

西边风雨骤，东面碧云轻。
皆在蓝天下，修行各不同。

夏日

入夏天长热，风催瓜果熟。
甘霖滋沃野，他日米粮足。

礁石吟

久立浪涛中，来潮任势汹。
补天曾用我，自古敢称雄。

南海礁石

头枕大波涛，甘为南海礁。
似兵长瞭望，守卫祖国骄。

天尽头礁石

向东当有尽，伫立耸长空。
傲骨迎千浪，黎明先映红。

晨曲

曲高和者寡，绿水喜青山。
万类应天道，诗心迷自然。

观 海

海天连一线,万象浪中生。
潮涌托红日,云帆已远征。

忆1986年高考体检夜宿青岛二中教室

夜枕大波涛,黎明赶海潮。
磅礴腾旭日,忆往志凌霄。

辽宁号出征

战帆劈巨浪,赤胆向洋行。
试剑过东海,倭奴尤畏惊。

听 雨

入夜随风降,推窗听雨声。
心忧家国事,枝叶总关情。

偶遇对印老兵讲经历

热血洒边疆,征衣映雪光。
我方如猛虎,敌败似哀狼。

告台湾绿党

两岸统一梦,征帆已启航。
古今同血脉,应共射天狼。

看我战机从航母起飞

浪阔舰台稳,银鹰战意昂。
止戈须奋武,重器慑天狼。

观太湖石

缘本风波里,朝夕迎彩霞。
园林内作景,恍见浪中花。

湖边晚景

日落风波里,渔舟唱晚霞。
娇姿湖畔影,眺望挽红纱。

泰山上观日出

日出红似火,万物尽朝辉。
凌顶心胸阔,云霞舞翠微。

樱 桃

朝夕青涩新,但愿作芳邻。
粒粒比红豆,相思长满春。

养物偶得

领犬知忠孝,养猫能岁丰。
持家应有道,万物可通灵。

封 城

昔日繁华处,瘟来多尽封。
居家防疫好,烟火使情浓。

偶 得

春风如得意,景色总光临。
若忘来时路,终生不可寻。

晨登望江楼

日出山欲翠，帆竞大江流。
天色晴方远，风烟望九州。

尝粽度端午

抗疫驻高墙，执勤闻粽香。
当年屈子去，谁不忆端阳。

咏端午粽

汨罗江水长，何物度端阳。
楚粽香千里，家国情满腔。

夕阳即景

日落纤云映，霞轻暮鸟归。
长空弦月挂，日月正交辉。

游江南

桥上看流水，雨中游古城。
江南如梦幻，恍若画廊行。

咏菖蒲

本是寻常草，生于浅水边。
迎风如剑舞，耿耿绽芳年。

暇 情

漫步听蝉鸣，长空望月明。
闲时穿小径，又忆丽人声。

晨起听蝉

（1）

晨时穿小道，漫步听蝉声。
树落枝头雨，悠然心上明。

（2）

入夜脱金壳，痴痴树上鸣。
朝夕声不变，直调贯终生。

（3）

晨歌小树林，暇隙悟蝉音。
试问人生路，谁知几步春。

八一枪声

南昌枪炮声，真理启光明。
今看军旗艳，追思往日情。

军旅情

脱去戎装后，余年作老兵。
赤心没褪色，军旅毕生情。

打 靶

验枪装子弹，靶位看分明。
扣动板机后，燃烧一段情。

贺问天实验舱成功

问天由此去，酬志启新程。
满载中华梦，当今谁与争。

咏无花果

扎根贫土壤,繁绿总无花。
春夏不争艳,秋实映晚霞。

明湖秋夜

泉澈夜空灵,秋凉湖水清。
小舟划碧浪,揖荡满天星。

白露得句

（1）

秋月洒清晖,霜虫唱翠微。
夜凉生白露,雁伴早霞飞。

（2）

阡陌草生霜,虫鸣白月光。
风凉今夜始,故地桂花香。

中秋夜

（1）

仲秋十五夜,月照万千家。
抗疫别妻小,相思已发芽。

（2）

良宵醉未眠,闻桂叹流年。
回首中秋夜,儿时月更圆。

咏丰收节

菊绽米粮灿,秋分阡陌香。
丰收凭汗水,岁岁送祥光。

忆九一八事变

兵犯奉天城，倭奴露狰狞。
伤痕深入骨，盛世警钟鸣。

重阳节

曾历几风霜，菊花开正香。
枫红层尽染，骚客醉重阳。

红叶情

江河流已缓，草木逝葱茏。
莫把晚秋怨，红枫情正浓。

咏昙花

（1）

夜深独绽放，仙气溢寒厅。
莫叹花期短，瞬间即永恒。

（2）

仙苑一花神，痴情恋世尘。
秋时乘夜放，只为意中人。

小酌

阴雨连三日，秋池涨不休。
举杯还未饮，缘念上眉头。

咏农

智慧育良种，田禾汗水浇。
农机阡陌走，仓满不辞劳。

重阳郊游

霜侵草木衰，独有野菊开。
潭水照人影，头如秋苇白。

寒 露

露从今夜寒，草木叶衰残。
但见菊摇曳，迎风绽盛颜。

咏周易

易作百经首，阴阳自古谜。
蕴藏天下事，闻道有玄机。

咏秋枫

丹枫秋暮至，叶老胜芳春。
不畏霜凌降，情浓蕴意深。

咏胡杨

扎根于大漠，秋暮叶成金。
熠烁映天碧，遐思境界深。

咏 竹

不与草争春，朝朝枝叶新。
寒冬从未惧，傲骨有虚心。

咏 兰

优雅胜群芳，高洁而素妆。
蕴含君子气，吐蕾送幽香。

落叶

（1）

秋寒风亦劲，黄叶落缤纷。
莫道觅无处，归根情更深。

（2）

青春梦一场，飘落映西阳。
莫问何方去，心安处故乡。

咏河床石

久经风浪击，只是角磨平。
质地从无变，波澜亦不惊。

咏鹅卵石

任凭波浪滚，静自听涛声。
岁月留痕迹，初衷不变更。

咏珠峰

雪峰高万尺，遍布是冰川。
如若不登顶，难寻仙外仙。

咏雪花

洁似玉无瑕，来时骚客夸。
人间须仰视，本是最高花。

咏窗花

玲珑花色艳，绽放染轩窗。
巧手传千载，逢春送瑞祥。

步韵有悟

推敲诗步韵，好似克难关。
冥想苦思后，方得一洞天。

咏梅得句

（1）

春到不争艳，冬来舞北风。
凌寒舒傲骨，迎雪吐花红。

（2）

院中盈满雪，墙角数枝梅。
幽静暗香送，生逢有几回。

寒夜思

寒宵空寂寞，独酌饮清愁。
孤月西楼上，何时解我忧。

初五感吟

财神应运到，福至聚祥光。
共走康庄路，家国大道昌。

泉城良宵遐思

楼高书绚烂，灯彩舞东风。
花绽新春夜，长空万点红。

新春夜驾

新月西天上，高楼披彩虹。
佳节何处去，夜驾抖春风。

立春漫吟

初春战暮冬,昼夜正交锋。
寒暖时而变,江边柳欲萌。

兔年元宵节

灯火元宵夜,烟花绽碧空。
残寒虽未尽,春意已融融。

立春得句

时序永无休,耕耘将梦酬。
人勤春早至,功到满金秋。

春 景

春暖清江绿,舟行碧浪重。
桃红知柳意,灼灼露华浓。

兔年双春

兔岁两头春,长年逐梦新。
苦行当勉励,汗水化成金。

迎春花

春回总早知,绽放展娇姿。
灿灿迎红日,东风第一枝。

归乡春景

芳草侵阡陌,黄牛披晚霞。
牧童声又起,入夜到谁家。

家乡三月

杨柳披新绿，黄鹂枝上鸣。
耕牛拂晓起，早已垄中行。

吟 早

雄鸡刚报晓，天色欲黎明。
莫负春光早，乘舟诗海行。

二月春潮

杨柳刚萌绿，江河起浪涛。
静听雷乍响，声彻涌新潮。

晨 吟

皎月西楼上，窗前闻鹊鸣。
昨宵思入梦，把酒畅心声。

咏紫玉兰

瑶台千紫雀，春暖降人间。
随我诗心动，栖枝带笑颜。

竹 韵

拔节伸细腰，翠绿叶枝娇。
篁竹裁一段，笛声穿碧霄。

咏白玉兰

春风催蓓蕾，一夜玉花繁。
朵朵如银盏，飘香情满园。

咏孝星田世国

人生诚可贵,何以报春晖。
捐肾救慈母,躬身至孝为。

雨 巷

幽幽深巷处,红伞映梅新。
倩影雨中去,情长思故人。

雨巷传情

清晨新雨后,巷静亦空幽。
小径藏春色,花鲜情自柔。

酒 巷

酒香飘小巷,不似在人间。
吟啸一杯尽,飘飘宛若仙。

暮春雨雪

民意合天道,春寒不必愁。
时而飘雨雪,依旧润神州。

吟诗偶得

闲暇平仄间,急景对流年。
碎片装成册,诗心纳百川。

西湖品茶

潋滟波前坐,轻沏龙井春。
一壶山水绿,西子四时新。

崂山品茶

仿佛临顶上,沏饮正清明。
细品崂山绿,犹闻海浪轻。

虎跑泉

洞中存虎气,泉涌久闻名。
独具非凡处,缘由一梦生。

荷 塘

绿伞托晨露,青蛙花下鸣。
大凡经此处,顿感一身清。

咏睡莲

水绿一潭静,莲开展玉容。
玲珑浮碧翠,似梦梵心同。

咏石榴花

花红浓似火,雨后倍清新。
莫道开时晚,灼灼远胜春。

试吟习性

虎猛震山冈,鹰飞擅奋翔。
人凭勤补拙,功到自然强。

草原骏马

草绿穹庐阔,风扬骏马鬃。
欲飞昂首啸,白骥若神龙。

梅雨江南

正值梅子熟，雨落似珍珠。
烟柳雾缭绕，江河入画图。

看望农村养老院并义工

驱车里子村，敬老感如亲。
缕缕真情献，夕阳满是春。

长江源

头枕大高原，清流下雪山。
溯源无尽处，疑在彩云间。

小 酌

孤自上西楼，星稀月似钩。
一杯残酒下，余味品清愁。

雨夜值勤

四更风雨骤，踏水把勤值。
赤子情依旧，丹心不可欺。

咏三峡大坝

大坝高千尺，当惊天下殊。
龙鸣飞瀑落，起舞展鸿图。

咏格桑花

绽放迎风曳，高原舞彩霞。
生根扎雪域，奉献最高花。

入伏得句

甘霖初伏降，滴滴落心弦。
暑热一时解，丰收望陌阡。

听 蝉

直弦声阵阵，知了不知愁。
细品出禅味，人生几度秋。

礼赞井冈山

五指耸云天，红旗飘满山。
手中枪紧握，根脉永相传。

咏紫薇花

夏初将吐艳，三伏立枝头。
不与芳春比，花红好个秋。

咏琥珀

晶莹温似玉，弥久送柔光。
若作相思物，欣然入梦香。

暴雨即景

电闪如龙现，滚雷天地惊。
水多风雨骤，何处不关情。

立 秋

尚是伏中日，凌晨立早秋。
星移天象转，黎庶盼丰收。

再读范仲淹

洞庭呈万象,君赋岳阳楼。
荣辱算何事,心怀天下忧。

玉之情

剔透自千山,温情人世间。
无瑕真本色,最好定良缘。

听编钟

声色调传神,威如壮士吟。
铮铮鸣铁骨,缕缕铸龙魂。

声讨倭国排核毒入海

吾家有恶邻,毒泄乱纷纷。
作孽遭天谴,终将大祸临。

小 巷

花香侵古巷,偶有鸟啼声。
莫问前方路,恬然心自明。

桃 园

三英留逸韵,结义事非凡。
岁月悠悠过,盛名千载传。

咏 伞

（1）

能撑一片天,遮雨历尘凡。
擎伞并肩走,同行是有缘。

（2）

收张人世间，此物似平凡。
但可遮风雨，黎民举上天。

桐 花

高枝花盛开，紫气下瑶台。
不与群芳比，却招云凤来。

鹤舞鄱阳

鄱阳湖上降，曲颈似欢歌。
白翼无尘俗，轻轻舞碧波。

黄河壶口

黄河奔放此，大地酒一壶。
又似长龙醉，吼声天下殊。

咏长江

滚滚下昆仑，奔腾大海滨。
弦弹逾万里，奏响巨龙魂。

咏陀螺

旋转可平衡，时时鞭策鸣。
而今国器用，稳健细无声。

白露节

柳岸晓残月，江波连碧天。
露从今日始，秋夜渐生寒。

观钱塘江大潮

千里成一线,波涛滚滚来。
胸宽潮亦阔,恰好展情怀。

咏矍铄老人

莫道人年迈,心如朝日新。
童颜生鹤发,矍铄显精神。

晨游荷塘

薄雾似纱轻,荷珠叶上明。
池塘新气送,两袖一身清。

访灵岩寺得句

浮生有短长,尘外见佛光。
悟禅无早晚,山寺映夕阳。

注:此为折腰体。

老子

紫气一身绕,西出函谷关。
成仙由此去,传世五千言。

咏胡杨

大漠望胡杨,沙场映甲光。
披金如壮士,列阵守边疆。

咏棉花

开时染彩霞,桃结绿枝丫。
再绽洁如雪,堪称最暖花。

村 巷

（1）

乡村多变迁，皎月总能圆。
小巷有新旧，无一通少年。

（2）

家村长挂念，缺月总能圆。
小巷连新旧，我心仍少年。

中秋饮

月华如美酒，团聚醉中秋。
畅饮婵娟舞，高歌庆九州。

读李白诗

大唐山与水，千载系谪仙。
月落杯中酒，豪吟诗百篇。

咏秋石榴

盛夏花如火，金秋玛瑙红。
晶莹皆饱满，粒粒品情浓。

秋风吟

枝摇鸟亦啾，枫叶映金秋。
山柿随风舞，登高放目收。

秋 夜

秋月明如镜，薄云洁似纱。
风轻星夜静，独坐品禅茶。

井冈山红杜鹃

杜鹃花怒放,此处久闻名。
何以红如火,英雄血染成。

咏芦苇

风梳枝叶舞,月照影婆娑。
芦穗如诗笔,似吟秋日歌。

夜 雪

小雪落泉城,潇潇霜女行。
下凡偏爱济,一念动真情。

问美以

疆土常年变,冤魂繁若星。
终究谁作乱,长久不安宁。

加沙地带

加沙未止戈,民庶死伤多。
弱小倍凄惨,祈天驱恶魔。

竹 海

节高争碧翠,绿浪上云霄。
竹下得幽静,清闲品寂寥。

小雪随吟

飘落千山素,消融万水寒。
最为骚客喜,玉絮舞长天。

光阴悟

汗水化为诗,功成亦可期。
有恒多事易,彼岸折花枝。

迎客松

松迎天下客,才俊聚黄山。
昔日邓公至,蔚然成大观。

诗赞人工智能

代码巧编程,丝丝智慧生。
莫忧芯片小,算力可通灵。

展望仿生机器人

仪容千百种,内在智通达。
排难助人乐,将来进万家。

无 题

当今萝莉岛,惊诧地球人。
举世大名者,是魔还是神。

咏 蚌

方寸可安家,江河到海涯。
结珠莹似月,圆润聚精华。

腊月吟

夜深思未眠,心底月光寒。
只盼严冬去,春情长满天。

冬 夜

夜深庭院静,清冷月光寒。
墙角梅疏影,花香残雪天。

咏腊梅

冬开灿若金,骚客古今吟。
花小存天道,年年来报春。

岁月感句

呱呱初落地,转眼发苍苍。
莫怨光阴短,只缘酬志忙。

迎龙年说龙

不见此灵物,深藏血脉中。
腾渊觉已醒,环宇唱雄风。

辞旧迎新

擀皮圆似月,馅满玉玲珑。
子夜锅中饺,腾腾瑞气浓。

题礼花

平地一声响,空中绚丽开。
经年长寂寞,倾刻展情怀。

咏花灯

辉光彤似花,漠北到天涯。
福送大年夜,灯红照万家。

咏水仙

仙蕾绽枝头，花香叶亦幽。
佳节情意送，俏带几分羞。

龙年喜吟

春到江河涌，城乡花满天。
龙腾兴四海，喜庆入新年。

新正感吟

龙啸入吉日，神州年始新。
军戎忙战备，黎庶庆佳春。

经十路初五夜景

灯光盈满路，异彩上高楼。
恰此良宵夜，迎春一曲收。

梅西现象

非是见识短，缘由谁可知。
港场愁满面，媚日耐寻思。

春雪即景

雪落玉生烟，春寒侵陌阡。
东风一日起，五谷载丰年。

咏康乃馨

绽放扣心扉，温香胜彩瑰。
此花开有意，束束报春晖。

雨后九如山

昨日雷鸣闪，长河落九天。
今朝滴玉翠，瀑布溅云烟。
绿树妆梯道，轻风伴笑颜。
柳拂蝉自唱，心静似清潭。

启程领奖

天涯南岭外，风雨任吾行。
鸿鹄青云志，鲲鹏万里程。
即将三亚赴，且把奖樽擎。
本是农耕汉，诗书不了情。

新春佳节

圣诞是何日，余非一教徒。
黄肤黑发后，东土中华族。
文化几千载，贤明百万书。
春节天下庆，鞭炮送吉福。

泉韵济南

趵突喷涌猛，黑虎浪花开。
风止明湖静，天晴倒影来。
鹊华烟雨布，云雾桂宫差。
泉水流诗韵，千年久不衰。

故 园

夜入九星天，窗前月沈眠。
冰霜铺大地，烛泪洒桌边。
挥笔情思重，拂风冷意寒。
故园谁可晓，亲去却不还。

公园散步

清早蹬车行，前方喜鹊迎。
公园闲步走，远处晓鸡鸣。
美景两边过，乒乓案上争。
人生多少事，风雨亦含情。

游九如山抒怀

九如山色秀，潭镜映凡尘。
碧水流清韵，青松遮绿阴。
仁和成事业，德善润芳邻。
洒墨传香远，丹心照古今。

雁 阵

万物迎霜至，天寒把雁催。
几经风雨径，长见日星辉。
结阵无孤立，凝心好共归。
莫愁前路远，相伴彩云飞。

中西战疫记

美欧瘟扩散，风雨起飘摇。
战疫无良策，为官多蜆妖。
邪魔何所惧，华夏早先消。
环宇连一体，龙腾领大潮。

高考赋句

生人为父母，望子早成龙
倦路逾十载，披星起五更。
常期科举奋，尤盼状元争。
青史多贤圣，寥寥皇榜名。

咏 柳

春风舞翠青，絮似雪飘灵。
人奏羌笛曲，心逾大漠城。
折枝珍送客，盼友早归程。
荡漾诗经里，依依杨柳情。

为军校毕业三十年而作

泪别达卅载，回首望长安。
渭水滔滔去，霜丝缕缕添。
从戎逐梦想，识友化良缘。
虽各一方处，情连铸不凡。

注：作者于1990年7月从中国武装警察部队工程大学毕业。

闻塞北雪飞而作

寒冬霜女舞,北望任神游。
好景佳人约,轻风妙趣留。
绪飞温旧梦,笔落了清愁。
纵览千秋雪,情怀荡九州。

小清河春天即景

晨风拂两岸,鸟戏柳枝头。
笛响穿林樾,机鸣耕沃畴。
白云归北去,碧水向东流。
潋滟浮轻浪,遥遥一叶舟。

小年感吟

纵是小年早,吟从大道寻。
东风催草绿,岁月励人勤。
雪化江山秀,瘟消天地新。
耕耘牛劲旺,瑞气满乾坤。

送 别

君自泉城过,相逢在早秋。
举杯情不尽,折柳意难休。
独去兵营远,别学儿女愁。
军中酬志向,策马竞风流。

中秋月

缘遇由天定,灵犀共赋诗。
冰心千里递,情意毕生期。
同是红尘客,皆怀白雪姿。
桂花香两地,明月寄相思。

神游泰山

孤鹤白云上,魂行岱岳巅。
山高天地阔,夜静月星悬。
破晓升红日,辞冬迎虎年。
只身东远眺,极目望乡关。

春雨后

喜雨午时后,初晴草木新。
鸟鸣穿碧树,夕照染彤云。
花落意犹远,林幽春渐深。
枝头留几朵,只待有缘人。

隔离抒怀

花舞鸟鸣春,神州日月新。
白衣驱疫疠,盛世聚民心。
独在隔离处,同为防控人。
枕戈凝斗志,朝暮盼捷音。

雨后晨景

昨夜雨缤纷，初晴万物新。
鸟鸣飞绿树，霞照染长云。
花落情犹在，山幽春已深。
朝夕时不待，抗疫盼佳音。

咏龙山小米

籽满色金黄，粘稠味道香。
春播清照地，秋灿大河旁。
生俱龙山韵，曾为贡品粮。
今逐时代梦，粒粒谱新章。

咏中医

神农尝百草，黄帝内经传。
历代老方继，先贤医剂研。
诞生多药圣，承续五千年。
正本能延寿，清源得久安。

栀子花

栀子满盆绿，花香景色奇。
清新侵醉客，淡雅展冰姿。
不畏红芳妒，由来素面宜。
愿君常守护，此物最相知。

霜降抒怀

风寒朝夕冷，谷米已归仓。
溪畔飘黄叶，村郊降白霜。
枫红情似火，菊雅蕾含香。
佳景寻何处，依然是故乡。

迎新春感吟

疫漫秋冬虐，阴霾四处生。
城乡鞭炮响，家户对联红。
共把瘟神送，齐将年运更。
迎新升瑞气，灯彩舞春风。

送瘟迎新

疫伴寒冬去，终归大道循。
举家燃爆竹，遍地送瘟神。
街巷霓虹亮，大年祥瑞臻。
江河新浪涌，喜看九州春。

春雪村景

玉絮展新颜，飘飞舞满天。
地白阡陌净，山远夜光寒。
晴霁迎暾日，云柔降麦田。
滴滴檐水落，雪化伴炊烟。

神游太白湖

踏青春日暖，喜览太白湖。
浪缓轻舟荡，情浓胸臆抒。
诗仙何处在，我辈大声呼。
逸韵传今古，谁人能胜出。

雨后即景

丝丝晨雨后，溪水更潺潺。
草长叶尤绿，荷开蛙正欢。
黄莺歌婉转，雏燕舞翩跹。
云淡乾坤朗，朝霞飞满天。

秋雨后山村即景

山村晴雨后，石上小溪流。
湖里归游客，波中唱晚舟。
几只鸥鹭去，一阵雁声留。
杨柳清风曳，天凉好个秋。

中秋有寄

明月知佳节，中秋分外圆。
桂香飘入夜，浊酒醉无眠。
弟住潍州里，吾居泉水边。
凭栏东眺望，杯举共婵婵。

故乡情

日落西山下，天悬月似钩。
霜辉千里照，旷野大河流。
长作他乡客，深知游子愁。
此情无计解，昼夜挂心头。

加沙小女孩

炮火纷飞地，充饥饭不多。
女童家有否，父母事如何。
战乱几时止，和平哪日得？
但求同冷暖，百姓尽欢歌。

迎春降雪

恰遇立春日，雪花飞满天。
辰龙犹早醒，卯兔渐初眠。
梅吐暗香送，竹生傲骨坚。
当知青女意，献瑞庆丰年。

春夜首雪

霜女凡心动，青龙诚意邀。
天黑风细细，雪落夜悄悄。
大地银装扮，红梅素裹娇。
佳节福瑞送，万众赶春潮。

龙春即景

福至祥龙舞，枝摇鸟唤春。
风和烟袅袅，雪化水沄沄。
杨柳丝丝绿，山川物物新。
年初谋划好，岁末报佳音。

正月初十感吟

白云轻入夜，宿雾绕泉城。
街道灯光暗，诗书心地明。
春归尤盼雨，物旧易生情。
节到思亲切，晨期喜鹊鸣。

七言律绝

泉城秋韵

柿枣桃梨百果香,清凉泉水绕城墙。
照妆倩影惊鸿现,词韵悠悠似水长。

游大明湖

(1)

二月泉城春意胜,湖堤杨柳醉东风。
阳光和煦游人兴,欢乐儿童放纸鸢。

(2)

东风吹拂绿丝绦,夕照厅前看涩桃。
最是一天春色好,明湖杏月起波涛。

立 春

冬到立春一日去,碧空万里惠风扬。
莫说不认东君面,草木屋前绿向阳。

忆儿时春日

曾记窗前桃树俏,悄然伫立过严冬。
春来花艳迎风舞,再现儿时是梦中。

参观钱学森图书馆有感

万里鲲鹏到故乡,菊香书屋闻茶芳。
苍穹利剑当空斩,闪烁钱星耀华堂。

过凉州

百年一次过凉州，千载风云早已休。
春色玉门关内看，河西丝路梦中游。

主席诗词

诗词谁敢和公比，鹏展神思上九天。
一代风流成伟业，沁园春雪颂千年。

朱德颂

龙吼一声仪陇外，井冈山上领风骚。
救国重任肩双负，伟业图新日月骄。

忆周总理逝世

苍天洒泪传哀耗，大地白花到海涯。
身化万千云汉落，山河失色挽黑纱。

贺龙颂

菜刀两把龙威在，北伐扬名立战功。
岁月峥嵘忠效守，含冤辞世泪苍穹。

陈毅颂

梅岭三章传华夏，黄桥一战美名扬。
围棋爱好终生伴，坦荡胸怀正气昌。

颂叶剑英元帅

起义枪声留史韵，长征路上走鸿途。
伟人辞世肩担重，奋斗终生志不渝。

彭德怀颂

立马横刀柔爱在,雪山峻岭向天答。
庐山会议遭磨难,却是红心为国华。

雪

(1)

云天万里雪为诗,大地银装赋客思。
华夏骚文飞玉絮,琼妃起舞报春知。

(2)

青女入凡扬瑞叶,玉龙飞舞闹乾坤。
害虫几日踪由去,朵朵梅花欲报春。

明湖春夜

东风夜放花千树,五彩明湖巧扮妆。
接踵摩肩随涌动,万千仙女舞霓裳。

明湖子夜

楼阁辉映花千树,妆扮明湖玉水莹。
子夜无波平似镜,瑶池宛若落泉城。

雨天去邹城

千里阴云飘冷雨,午时应对去邹城。
莫愁前路多泥泞,心若太阳天自晴。

雷锋名字

闪鸣龙孕雨先行,满面春风大地情。
又是一年三月五,雷锋名字永长青。

咏杏

东风轻吹春光美，小蕾新生数点红。
待到百花争秀艳，翠珠渐大入青丛。

甲骨文

寰球文字谁称古，百代相传甲骨文。
繁衍至今枝叶茂，诗词歌赋万年春。

夜梦晨语

梦中云海千层浪，尘世清欢乐百年。
岁月无情霜鬓发，人间有爱胜春天。

白玉兰

玉兰浓郁侵幽道，千树花开展玉颜。
一夜东风吹万里，广留香气在人间。

榆叶梅

路边墙角一棵树，春到花开万点红。
昼夜不言身伫立，开枝散叶报东风。

国堂宣誓

会堂鸿影传华夏，震耳声音四海情。
弘志鲲鹏忠宪法，誓言郑重振国兴。

春雨二月二

轻丝晨后泽千里，龙跃青云大地知。
忽记杜诗春夜雨，祈福秋日物丰实。

咏妈祖诗二首

（1）

妈祖化身金色灿，霞光万道起莆田。
海峡两岸齐朝拜，保佑同胞把梦圆。

（2）

天妃变幻身多少，五彩祥云进万家。
四海华人妈祖佑，神灵保护过天涯。

咏 柳

伫立池边杨柳俏，水中倒影静无声。
依依摇曳春风里，隔叶传来雀鸟鸣。

参观黄帝陵得句

轩辕柏茂高千尺，汉武出征下马行。
黄帝圣功名万载，碑文诗墨伟人情。

法门寺

佛光四射出金塔，舍利一枚照五洲。
遗物铭文唐盛事，梵音阵阵绕寰球。

翠 竹

身直绿翠春情盛，胸有虚心气韵清。
人若如竹节骨在，一生美誉颂佳声。

翡翠韵

帝女补天余绿石，精雕细刻玉颜新。
誉名翡翠情长在，皓腕凝春寄一身。

樱花林

春风一怒芳颜变,万紫千红秀艳姿。
翠鸟嘤鸣呼恋友,凤雏飞舞绕花枝。

观兵马俑得句

天兵地下两千年,威武雄风战阵连。
一统六合豪气壮,似听远处又开旋。

春游徒河

丽月景澄杨柳翠,飞来喜鹊站高枝。
徒河岸上东风暖,摘菜春游两事宜。

牡丹园

仲春桃杏鲜花艳,幽静仙园吐嫩芽。
初夏叶繁芳菲尽,牡丹芍药展芳华。

春 种

追忆花开二月天,家徒四壁不成眠。
春来本是农忙日,棚里无牛怎种田。

春 耕

曾忆春播二月天,鸡鸣五更去耕田。
如今又到农忙日,家里无牛若等闲。

小村梨花

梨树开花千万朵,小村春色雪如飞。
谁知下午东风怒,好似寒冬腊月归。

碧 桃

碧桃朵朵开花俏，芽绿油油露玉颜。
不叹平生无实果，只求美丽献人间。

寄朋友

青松不畏严寒冻，壮士焉能惧虎熊。
百岁人生谁怕败，子牙七十斗苍穹。

草原牧歌

花草随风如线谱，牛羊散动似音符。
高歌一曲迎飞雁，我引诗情到五湖。

绍兴蔡元培故居

伟人评语楹联上，泰斗声名誉九州。
书圣相邻双遗韵，激发后代共千秋。

咏闻一多

(1)

红烛光亮驱黑夜，滴泪成灰志向明。
照耀九州多遗烬，燃烧自己尽忠情。

(2)

昆明演讲成绝唱，七子之歌挚爱国。
创作首提三美境，名留青史俊杰多。

(3)

若问民国谁骨硬，勃然而起有一多。
横眉怒对黑枪口，正义英雄气势卓。

咏朱自清

荷塘月色名天下，背影倾怀父子心。
宁死不吃鹰救济，气节长在志坚贞。

王伟牺牲十七年祭

英雄已逝十七载，歌舞升平谁记得。
王伟丹心名史册，忠魂千古化清波。

百花公园

青青绿树望空翠，朵朵鲜花亮眼瞳。
本是乱蒿坑水地，谁人化得美茏葱。

看鲁迅画像得句

先生昂首看人间，锐笔华章日月新。
五岳三山松柏翠，民族魂在九州春。

看主席像得句

毛公挥手平天下，龙笔风云荡五洲。
今有鲲鹏酬壮志，誓言响彻震环球。

题百脉泉

一池潭水如青碧，百脉寒泉似滚珠。
金镜梅花观墨涌，千年清照韵江湖。

誉章丘铁锅

铁皮本是凡间物，百代相传手艺奇。
热冷煅烧多反复，功成三万六千锤。

清明夜长

亲人乘鹤飞天去，去日高堂影刻心。
心楚难眠双眼泪，泪流满面倍思亲。

忆儿时村庄

绿水青山带笑颜，村庄百户树林间。
小溪翠影霞光照，大雨泉流夜涌潺。

游黎里

荡漾青波带俏颜，梨花村落翠林间。
小桥流水白云影，常使游人忘返还。

枫桥情

夜暮游船玉瑟声，嫦娥伴舞凤长鸣。
寒山寺里传钟梵，千载枫桥古韵情。

黎明得句

骏马前方无险壑，东风正劲物争春。
黎明将到初时暗，天下雄鸡已伺晨。

公园早晨

花香青翠满园鲜，百鸟喧鸣燕舞翩。
绿树曲环飞雪絮，早来漫步抱春天。

咏紫薇

青松滴翠碧桃花，白树枝头冒绿芽。
莫道紫薇春色晚，炎炎夏日展芳华。

南海阅兵

南海蛟龙深水静,大国重器怒轰鸣。
雄鹰碧宇撒银弹,试看何人敢与争。

海上军演

银鹰空碧立国威,利剑出击未不摧。
云驾长车环宇动,战帆破浪震敌回。

周庄情韵

云绮逸飞留画韵,周庄烟柳影交融。
小船摆橹霓裳曲,天碧星桥五彩虹。

明湖春色

春满明湖惠畅风,红花杨絮水交融。
鸳鸯一对浮青柳,喜鹊成双向碧空。

烟雨双桥

乡愁画韵逸飞留,流水双桥印票邮。
烟雨周庄心不忘,大师驾鹤变新忧。

日照看海

长风巨浪千堆雪,海岸金沙喜碧流。
船载万吨依自摆,小船不惧立潮头。

咏子陵钓台

云笔挥书留古韵,碧天洒墨诞华章。
富春七里诗文荟,垂钓千年淡雅芳。

乡 愁

问君何处是乡愁,玉镜琼浆岁月稠。
杯举嫦娥陪畅饮,醒来天海亦孤舟。

参观省博物馆得句

笔绘山河舒雅韵,弦弹日月奏清音。
诗词画赋歌文物,齐鲁春秋誉古今。

田野春日

东风送暖艳阳天,柳绿旗红舞大千。
春种农田机器响,鸢飞晴碧彩丝牵。

谷雨田野

风吹冬麦千层碧,雨润禾田百稼鲜。
若是波涛金浪到,相约芒种看粮山。

看史怀古

强汉国威弓满月,盛唐西域震突厥。
大明丝路通八海,隆世龙腾有俊杰。

春 光

东风送暖芳华艳,粉蕊蜂争蝶绕香。
情系鲜花何必折,春光不负读书郎。

凤凰沈韵

丝雨朦胧淡墨烟,凤凰小镇有前贤。
先生乘鹤留神逸,十里清莹韵华篇。

药田红影

百草青园炫丽奇,半枝莲地俏红姿。
千金方得黄花喜,妙手回春会有时。

学前春景

千枝弱柳伴东风,两树桃花对映红。
紫冠杨蚕春自舞,儿童欢跳鹊鸣空。

五一登长城

首都歌颂新时代,攀上长城赋韵章。
龙势威扬名世界,豪情万丈向天昂。

寿光蔬菜

(1)

万棚千顷暖春阳,巧手勤劳种小康。
四季青蔬连不断,寿光绿菜九州香。

(2)

良田万亩绿茫茫,沃地千棚尽碧芳。
日夜飘香连不断,寿光勤手翠中忙。

马克思颂

(1)

千年出世耀群星,万载人间指路明。
命运共同追梦想,东方又见太阳升。

(2)

巨著鸿篇资本论,剩余价值问苍穹。
宣言一出红天下,命运相连指大同。

寿光菜博会

龙门石窟搬新地,千手观音到寿光。
仙客飞来追梦想,缤纷菜蔬尽芬芳。

看马恩画像得句

深邃目光观世界,东方大地换新颜。
追逐梦想恒心志,时代风雷震宇寰。

昌乐蓝宝石

神女遗石昌乐府,精雕细刻胜天工。
湛蓝六射星光闪,寄语人间总是情。

散步听见读书声

丁香满院夜空来,一架蔷薇竞自开。
两耳忽闻声朗朗,琵琶行里几徘徊。

扁都口风光

蓝天碧水彩霞飞,草上牛羊马仔肥。
远望雪山心自阔,扁都口上映余晖。

水塘春色

嫩荷俏立水中天,翠柳梳妆镜蔚蓝。
更有青莲托玉蕾,小塘春色驻心田。

白浪河边柳

碧空飞燕翔双翼,白浪河边柳静淑。
莫道绦垂枝叶软,牵来春色不输竹。

白浪河韵

碧空喜鹊逗飞鸢,河岸儿童晃柳圈。
仙鹤归来拨两掌,清波荡漾化七弦。

夜望东方明珠

夜望明珠亮碧霄,江中画舫赶春潮。
嫦娥得见飞天舞,神女遥知倍自豪。

华山抒怀

壁立南峰刺碧霄,北峰舞剑伴云涛。
习来玉女千年韵,再遇仙踪境自高。

海上遇仙都

船行百里遇仙都,万丈长廊影有无。
谁把滨城搬海上,心搜千语一诗出。

海市蜃楼

十里楼台如水墨,万人缥缈影匆忙。
搬来城市飘渤海,仙雾环缭望故乡。

忆汶川大地震

一声巨响乾坤泣,五岳三山把首低。
半降红旗云雨祭,苍天流泪尽哀啼。

孟母颂

孟母三迁陪亚圣,断砸机杼促轲学。
育儿辛苦还教化,千载相传孟母绝。

岳母刺字

慈母银针儿背刺，精忠永在岳飞身。
报国铭刻青云志，抗金名将誉武神。

庆国产航母海试

万吨巨舰迎狂浪，四海欢歌五岳鸣。
甲午百年铭刻骨，自研航母壮豪情。

梦中和娘摘槐花

白花树冠飘香韵，碧绿丛芳我上槐。
玉翠折枝娘嘱咐，闹铃一响母飞回。

雄鹰与蜗牛

雄鹰展翅越高山，小小蜗牛站塔尖。
岂让人生悲岁月，飞熊皓发舞春天。

乾陵无字碑

青石矗立通天地，守护乾陵客送迎。
双面莹光无刻字，千年风雨任人评。

鲤鱼跃龙门

池小水清浮碧翠，一年四季自乾坤。
鲤鱼争向龙门跳，朵朵莲花共竞春。

石上绿树

仙鹤叼来一粒种，发芽根入素岩中。
多年风雨朝夕过，劲爆娲石绿碧空。

翠竹

地下蓄精达五载,参天生叶却一春。
风吹雨打着青翠,尘世清欢碧玉身。

泰山顶上吟句

泰山顶上尽开怀,遥望黄河映日来。
滚滚向东流大海,历经九曲不徘徊。

梦山水画题句

百瀑相连火玉间,千条琼练嵌青山。
苍松争翠白云绕,仙雾柔莹醉画卷。

咏石榴

百树青青迎酷夏,千花艳艳嵌葱菁。
不经烈日炎炎烤,哪有秋天粒粒成。

咏菏泽牡丹

早春桃杏争相艳,菏泽花王吐嫩芽。
待到百花芬菲尽,恰逢国色展芳华。

咏牡丹

牡丹本是花仙首,天贬英魁下洛阳。
生在曹州逢盛世,雍容华贵展芬芳。

断桥缘

缘起白蛇找许仙,仙心修练悟千年。
年华不负恩情报,报使桥连起凤缘。

九州金韵

金色农田翻麦浪，山中黄杏压枝头。
碧空布谷高声唱，万里清音韵九州。

颂编辑

晶屏黑字日千行，仔细择文两眼忙。
窗外碧空鹂鸟过，心如止水润华章。

旭日升

巍巍中华人兴旺，五岳三山斗志昂。
时代催生新梦想，一轮旭日放光芒。

股市得句

方寸荧光自有天，字符赤翠淡心间。
四时红绿平常事，风雨沉浮若等闲。

园中鸟声

远处传来百鸟鸣，悠扬婉转玉音萦。
沿着声韵寻究竟，身在笼中却不明。

儿童节抒怀

诗人不老在童心，如见鲜花分外馨。
回忆儿时多趣事，年年岁岁六一新。

儿童节得句

神州花蕾彩缤纷，沐浴朝阳岁岁新。
处处绽开结硕果，返回童稚忆纯真。

蓬莱仙境

寺庙园林交相映，青山碧水彩云间。
八仙过海传千载，神境蓬莱誉九寰。

黄河颂

黄河万里奔腾去，穿越高原浪向东。
九曲摇篮华夏育，悠悠青史傲苍穹。

潍坊全鸡

色香味美神厨誉，潍县全鸡待客周。
川辣鲁醇酥肉嫩，千杯清酒醉春秋。

诗 签

青春梦里放诗签，岁月沧桑几变迁。
辗转五十生皓发，始闻香韵似芝兰。

岱顶望黄河

东岳山巅韵自开，黄河滚滚日边来。
历经九曲没歇步，一任蛟龙入海怀。

中华颂歌（四首七绝接龙）

(1)

浊酒清风我独尊，千杯痛饮醉程门。
人生得意欢须尽，岁月如歌梦楚魂。

(2)

岁月如歌梦楚魂，儒家论语誉乾坤。
东来紫气萦天地，华夏文明万古春。

(3)

华夏文明万古春，儒学释道伴来今。
一轮红日升东海，十亿神州梦想新。

(4)

十亿神州梦想新，九天揽月素娥奔。
长城内外红旗艳，撸袖加油立世勋。

高考日得句

莘莘学子龙门跳，车辆急行绿带飘。
不负青春书壮志，人生勤奋立云霄。

诗圣与科举

少陵怀志争科举，林甫嫉贤考试空。
春梦一场安史乱，大唐诗圣韵无穷。

纪念屈原

端午韵思黄酒祭，忠臣魂断汨罗江。
先贤梦想今人继，家国情怀振祖邦。

军事现代化

战舰扬帆劈海浪，银鹰挂弹碧空行。
神州重器时时守，本领提高秒秒应。

忆十三届世界杯

赛波花艳开南美，十字军团跳探戈。
长射短传球场舞，马拉多纳把王夺。

樱 桃

女娲撒落万颗丹，情定神州润大千。
鸽血红珠镶碧树，摘来汗水化甘甜。

雨夜听蛙声

入夜归来丝雨静，忽闻小院井蛙声。
抬头远望天一片，心越云层万里明。

莲藕颂

蜂语嗡嗡亲玉蕊，清风阵阵荡青裙。
千年诗赋文人颂，莲藕虚心对世尘。

仙女情韵

流水潺潺似皎晶，引得仙女梦飞情。
不知董永家何处，却使才郎羡慕生。

夏夜老家

入夏蓬蒿疯满院，窗前井水映寒宫。
山夫独步街头上，我寄哀情到夜空。

夏至夜读

夕阳西下栖茅屋，撷取诗书韵紫壶。
翻看大江东去浪，轻摇羽扇念周瑜。

嫦娥吟

美酒千杯夜色深，窗前遥望月娥吟。
若知华夏文明盛，何必升仙避世尘。

与诗友共勉

人言太白韵天成,神骥凌空万载名。
铁杵磨针应永记,纵然才俊亦勤耕。

咏壶口瀑布

水流壶口涛天浪,浩荡东奔永不休。
大美栖泊方寸纸,长城南北伴君游。

注:方寸纸指50元钞票。

得病感吟

人得疾病天知否,过午孤舟漏洞多。
自信此生二百载,撷来诗韵万千歌。

七月一日感句

长城内外红旗艳,蝶化新生震古今。
虎跃龙腾惊紫阙,大江南北梦酬真。

紫荆花开

紫荆花绽在七一,百载寒风冷雨欺。
恰遇毛公开盛世,回归华夏与天齐。

悟禅偶得

抚窗南望峰峦翠,弥勒佛光碧绿间。
常笑能容天下事,病床心静悟诗禅。

护士打针

白衣天使拿针笑,皓腕凝眸葱指扎。
患者未觉一刹那,转身咯咯到别家。

引黄入潍

黄河引水入峡山,荡漾清波万众安。
百稼农田得浸润,千顷绿麦盼丰年。

夏日稻香

金穗低头稻米香,长江两岸是粮仓。
辛勤劳作年年旺,足食衣丰贵自强。

钱塘江大潮

万马奔腾掀巨浪,排山倒海任疯狂。
是谁引得钱塘涌,八月嫦娥舞袖扬。

明湖碧荷

风雨欲来莲叶唱,明湖荡漾万千波。
历山倒影七弦奏,天水晶莹润碧荷。

午休一梦

年少不知疾病味,父亲忍痛怕花钱。
午休短梦先严泪,嘱咐声声裂寸田。

荷塘月色

夜暮荷塘月色朦,雾薄似水泻柔莹。
岸边杨柳蝉声唱,仙子悠悠韵自清。

疼痛吟

一痛衣湿汗满身,两排牙咬不呻吟。
君知江姐竹穿手,这点轻疼别上心。

夏日雨荷

碧玉婷婷立水中，绿裙袅袅舞清风。
蜻蜓飞落花香处，雨过仙姿谁与同。

夜半吟句

夜望晴空北斗辉，切囊疼痛任他摧。
皮毛小病能屈我，诗韵撷来寄梦飞。

白云湖

群鸟排空任自由，白云影落水中游。
半湖荷叶连天碧，不尽黄河向海流。

注：章丘白云湖引黄河之水而旺。

尘世感句

眼中只有孔方兄，道义仁和比羽轻。
尘世历经多少事，扪心自问是非清。

水手声

小病飞长气势汹，华佗刀起斩除脓。
数天疼痛随他去，远处传来水手声。

李杜诗韵

万古诗文李杜传，两人意境已通天。
双峰并立成绝唱，同领风骚傲大千。

梦游竹林

竹下小溪潺碧水，呼来清气润心神。
未觉世外七贤到，莫道人生不染尘。

月夜怀李白

举杯邀月齐觞饮,文曲飞来附九神。
欲醉还醒名韵致,成仙悟道必凡人。

颂董存瑞

身高五尺力单薄,只手擎雷炸蒋朝。
巨响惊天开大道,巍然傲立颂英豪。

颂杨虎城将军

华夏古来多战将,西安事变虎城功。
联合抗日开正道,血荐轩辕傲紫穹。

望星空

夜半下床窗外望,重霄星闪映冰心。
招来文曲歌一首,恍见伯牙奏古琴。

病中得句

病来山倒意难舒,疾去抽丝气色虚。
但愿人生康健在,坦然恬静伴田庐。

欧阳海壮举

鸣笛声响惊军马,四秒及时救列车。
若论舍身成壮举,今人多少与君齐。

狼牙山壮士情

绝心抗日不偷生,纵跃狼牙岱岳惊。
东海浪涛吟壮士,英雄魂魄九州鸣。

誉小赖宁

比我晚生逾四载，品学兼备小精英。
忠国殉义才十五，传遍神州誉赖宁。

听《草原小姐妹》曲得句

风吹衰草高原舞，姐妹群羊影漫坡。
暴雪突袭冰冻骨，琵琶协奏誉云歌。

颂铁人王进喜

大庆油田誉至今，舍身堵住井喷人。
玉门模范来东北，斗地流金震鬼神。

饮水思源

瑞金城外沙洲坝，清澈甘甜水井深。
追本思源应不忘，终生难报主席恩。

誉新农民

春旱多发干裂土，夏来大雨遍凡尘。
农民自古耕作苦，今借科研满地金。

飞机上观云得句

蓝天万里云翻滚，龙影飞腾越紫宫。
莫问寰球何处盛，炎黄自古傲苍穹。

兰亭怀古

遥想兰亭誉古今，鸿儒杯盏诵清音。
醇香浓郁醺骚客，把酒临风赋序文。

赞女交警

酷暑严寒路口忙,英姿女警指八方。
一身劳累一身土,四季娇妍四季香。

昭君出塞曲

向天一曲到瑶台,葱指七弦落雁来。
出塞琴声谁在诉,昭君大义九霄怀。

赞女狱警

戎装穿在高墙内,不见英姿走四方。
劳累换得春雨润,万千病树绽花香。

玉 米

碧玉妆成六尺高,和风佃雨润鲜娇。
红缨吐蕾迎伏暑,秋日千金倍自豪。

谷 子

山坡谷子悄悄长,旱地扎根水慢吸。
等到秋天八月后,黄金满穗把头低。

花木兰

铁甲金戈十二载,归来对镜戴花黄,
玉肤青发芳华展,谁认将军女子妆。

环卫工人

一年四季无冬夏,朦亮时分马路清。
借问泉城谁起早,万千环卫晓鸡争。

落花生

开枝散叶连天碧,雨洗青鲜玉翠缨。
日晒风吹金万点,落花黄土获新生。

清湖工

波光潋滟青山秀,绿意生机映我心。
烈日湖工清秽物,恍然惭愧是闲人。

大暑吟句

楼窗内外两重天,马路蒸腾似冒烟。
陋室清茶翻旧作,忆昔往日斗贫寒。

三湾改编

秋收起义到三湾,党建根基扎在连。
热血军魂由此铸,红旗飞舞漫江山。

看少帅像吟句

少帅戎装胜美男,领兵逃跑罪该担。
骊山逼蒋联国共,功过一生说百般。

评美国发动贸易战

贸战汹汹我不休,美魔私利损全球。
惜吾中华多相劝,承诺一撕溅作囚。

兴化千垛油菜花

碧水蓝天花灿烂,湖光潋滟映金黄。
小船荡漾拨清浪,蝶舞蜂飞忘故乡。

唤钟馗

丧尽人心假疫苗，钟馗尘世捕幽妖。
凡间作孽天难恕，一并捉来送死牢。

姑戏锦鲤

仙姑尘世化青莲，玉立婷婷展笑妍。
锦鲤激情缘碧水，她人修道志心坚。

颂遵义会议

敌军十万围遵义，生死危亡荐伟人。
龙笔一挥千里雪，大山三座化微尘。

四渡赤水

敌人围困万千重，扭转乾坤一巨龙。
赤水蘸来书四渡，神思妙想步从容。

魏武颂歌

挥鞭策马古今传，畅饮高歌郢上篇。
老骥暮年千里志，毕生功烈对苍天。

东北抗联

白山黑水连龙脉，华夏传人灭寇艰。
雪海抗联多壮士，抛颅洒血唤新天。

刑 警

破案寻思昼夜行，风来雨去觅实情。
今拥科技高时效，抓捕邪魔分秒争。

《齐鲁新报》编辑

选文审改对荧屏,两眼昏花泪水盈。
逐字细酌无差错,编辑辛苦促重生。

元勋邓稼先

毕生忠效酬雄志,忍受核辐立大功。
两弹功成呕沥血,一星飞跃傲苍穹。

八月风光

庄稼随风黄叶舞,历经春夏果实来。
山间田野飘香远,场院铺金挂满宅。

听《二泉映月》曲

二泉映月无明月,一曲胡琴胜古琴。
跌宕起伏凄切切,情仇爱恨奏深深。

晨梦高堂

碧空万里共秋光,银杏千株叶染黄。
风舞枝摇金遍地,梦行树下跪高堂。

余生新梦

过午秋阳辉梦想,余生撷韵九千篇。
孤舟残病抒情志,不负人间度百年。

鹊桥七夕泪

莫要七夕寻喜鹊,九霄云汉筑长桥。
牛郎织女双飞泪,珠落人间润万娇。

七夕遐思

七夕夜空新月照,心飞云汉望仙缘。
鸳鸯千载情相伴,但愿人间玉镜圆。

七夕追忆

年少不知情恋味,葫芦架下静悄听。
和言细语随风去,千里从戎望碧空。

观围棋感句

大地为盘星作子,双方激战起旋风。
玄机有道齐心聚,民意通天万古赢。

大将军粟裕

毛公千里传军令,大将神筹幄帐中。
善用奇兵决胜负,出师淮海立丰功。

血战长津湖

雄兵十万赴戎机,血染冰湖战况激。
纵使虎狼牙齿硬,群英气势退强敌。

咏三十八军

苦斗豺狼酬壮志,援朝洒血铸龙魂。
追思恶战丰功立,彭总高呼万岁军。

戊戌初秋吟句

我望山青山望我,秋吟乐趣乐吟秋。
谁知小病没痊愈,此景只能梦里游。

秋 雨

窗前薄雾飞秋雨，莫以忧愁淡悦情。
遐想梨桃香入市，悠悠碧水润泉城。

园 丁

鲜花绽放园丁苦，绿树成长雨水催。
桃李满天酬梦想，丹心一片润晨辉。

秋 蝉

秋风已解鸣蝉意，飞舞杨枝伴唱声。
叶弄斜阳莹玉翠，歌喉舒展醉余生。

人与镜

人观镜影镜观人，真假难明问假真。
平面怀中怀立体，神魂对视对魂神。

池塘偶感

涟波碧水池中静，天晓清风拂柳塘。
纵使青葱留不住，红霞一抹看朝阳。

橘子洲头吟句

东流湘水腾千浪，奔入长江不复还。
橘子洲头名九域，毛公思想续新篇。

秋光遐想

雨后秋阳光万丈，长江两岸景如春。
风吹田野翻金浪，来日黄花待客新。

忆秋天田野

杨柳随风雁字归,田间老叟夕阳辉。
少年地里挥镰舞,时看空中鸿鹄飞。

彩虹湖

彩虹湖水明如镜,岸柳轻风婀娜姿。
浩渺千波浮潋滟,天蓝连翠自成诗。

中元节祭吟

烧纸烟飘雪魄游,故园衰草泣呦呦。
吟魂含泪飞天阙,跪拜双亲叙别愁。

乒乓球

蹦来跳去两边忙,白色乒乓几代光。
史有小球传友谊,干戈化作彩虹长。

颂军人寿光救灾

暴雨倾盆连昼夜,乡村城镇水流深。
汗青千古书神禹,我颂军人救万民。

刑场上的婚礼

枪响震天婚礼炮,高山作证地为媒。
英魂牵手书青史,回望中华万里辉。

江姐赞歌

江姐绣旗迎旭日,红梅一曲唱千秋。
英雄破晓抛头去,热血丹心照九州。

桔 颂

桔熟黄色满身金，九瓣连营虫不侵。
一盏桔灯心里亮，人行正道仰功臣。

雄 鸡

浩然劲气着红冠，昂首凡间护羽群。
勇斗蜈蚣除祸害，高歌破晓早恭勤。

三峡大坝

大江翻滚千重浪，不尽英雄万古流。
高峡平湖神女舞，飞湍碧水亮神州。

颂军师吴用

吴师谋略定梁山，大将征伐必兆占。
友善关情多智策，诗书挥墨颂佳篇。

注：藏字诗，嵌诗友吴大友姓名和作者本人姓名。

方志敏烈士

遗文血洒传千古，宁死忠诚效国民。
慷慨舍生成大义，英魂化作九州春。

朱婷小传

娇姿赛场技传神，球艺高超誉世尘。
辛苦赚得千万款，倾囊散去报乡民。

颂革命先驱李大钊

红火撷来燎海宇，八方红焰沪相逢。
豪雄血染红旗展，魂化朝阳九域红。

咏荷

荷舞水中清作语，风吹雨润袅婷婷。
含羞红落结莲籽，新藕藏泥俏长成。

西瓜自吟

春天立志迎骄暑，烈日炎炎对上穹。
暴雨狂风无所惧，初心不改照常红。

自勉吟句

铁杵磨针经岁月，事凡欲速却难达。
求成势必功夫到，莫信天才好自夸。

纪念毛岸英烈士

九域苍松长桧仓，岸英忠骨异国藏。
青山茔墓连龙脉，贞魄千秋傲上苍。

注：桧仓指朝鲜桧仓郡。

观人民币图得句

峰翠参天五指连，昂然雄立井冈山。
杜鹃红艳名乾宇，长伴朱毛落纸间。

泰山与鸿毛

自古人间有爱憎，正邪两立不相容。
重于岱岳为民死，轻比鸿毛作恶终。

抗洪救灾

暴雨连绵积水患，城乡多少涝成灾。
九州大地呼神禹，千万戎装列队来。

螃 蟹

骄横无理身皮硬，若你疯狂不反思。
有日逮来锅里煮，金秋畅饮正当时。

九月九日念毛公

笔走龙蛇惊九域，扬挥泼墨润春秋。
人民万岁传千古，纸虎一词荡五洲。

咏骆驼

繁星闪烁耀苍穹，大漠传来犬吠声。
莫道骆驼能止步，直达彼岸踏沙行。

教师节感怀

白粉飞扬绘两眉，成年累月染青丝。
如今上课荧屏显，文档编排夜半时。

颂特殊园丁

高墙执教警装穿，热血燃情昼夜连。
垂范引人行正道，春风化雨润心田。

秋游吟句

风吹阡陌化金妆，雁阵高空剪两行。
眺望远方思故地，吾心归处是家乡。

颂南海驻军

南海战帆压巨浪，东风化箭岛中魂。
红旗猎猎迎曦月，赋韵长空颂我军。

闻言有感

天道心言狂酒后,芸芸过客美妆身。
人间多少浮夸事,洗尽铅华始得真。

回味电影《画皮》

昔看画皮情不懂,寸心如兔跳惊魂。
人间风雨几多事,回味揣摩似是真。

咏鹅卵石

风吹日晒吸光热,夜里温和润四方。
棱角磨圆无变质,初心不改向曦阳。

春韵秋色

耕牛阡陌写芳华,蝶舞蜂鸣恋夏花。
再看仲秋金灿烂,碧空雁阵剪云霞。

《史纪》颂

笔墨惊天青史洒,名山事业古今传。
汗竹浴血成绝唱,司马一书傲大千。

参加喜宴感怀

金秋多喜羡容姿,举酒一杯岁月思。
刑场成婚鸣礼炮,英魂执手几人知。

西汉苏武

苏武牧羊铭汉史,威逼利诱志心绝。
感天鸿雁传飞信,白发麒麟举杖节。

观菊抒怀

黄华约定仲秋开,守信赢得誉自来。
由此金菊骚客颂,虔诚君子贵情怀。

喜鹊惊梦

夜幕灯光莹绿树,窗前飞雨细如丝。
谁知喜鹊栖吾梦,不待金鸡破晓时。

闻友登华山遐想

人说西岳耸云霄,自古登峰路一条。
莫把此言绝对化,谁开新径是谁骄。

品茶吟句

人间琐碎烦忧事,愁绪难宁困客魂。
守得冰心壶韵在,玉泉香茗润乾坤。

国耻钟声

雨飞万里云天泣,国耻洪钟震四方。
铭记倭魔侵九域,中华励志更图强。

哈雷彗星

飞驰冥空万千年,尘世难闻自有天。
一道银光划夜幕,未来驶去乐无边。

题聘请函

四处飘飞聘请函,一看红字乐翻天。
头衔不小心惊诧,狮口张开却为钱。

题头衔

头衔不小震凡尘,看似呼风像大神。
背后原来钱作怪,借双慧眼辨真身。

冰凌

屋檐红瓦挂冰凌,剔透莹光赛水晶。
冬日撷来吟进梦,明心守望待春风。

忆吃汤圆

腾腾瑞气汤圆舞,旖旎芬香往不同。
一碗玲珑情似海,忆昔母爱胜春风。

警惕倭鬼

当年倭鬼侵华夏,毒兽凶残赛煞神。
莫让伪装蒙两眼,强弓时刻对魔军。

游鲜花港

驱车闲逛鲜花港,碧水青荷翠柳迎。
一叶红舟轻拨浪,心弦随动韵情生。

看《潜意识》吟句

岁月无声发染霜,梦中孤旅向何方。
床前铃响天将晓,睡意朦胧彼岸光。

中秋赏月

苏轼千年秋韵月,神州万里共婵娟。
纵然尘世沧桑变,依旧银光洒碧天。

月饼吟句

月饼三刀分六块,红丝慢咽味香甜。
如今又见嫦娥舞,桌满难寻往日圆。

中秋思母亲

回探娘亲九载前,那时玉桂绽花妍。
而今又到婵娟舞,遥望故乡泪水连。

注:2009年中秋回老家看望母亲,也是最后一次中秋看母亲。

咏书圣

千年书圣墨传香,品味兰亭序韵长。
今日写家多贵客,几人挥笔洒华章。

中秋夜梦

梦返家乡正仲秋,故园悄静魄空游。
鸟栖树上凄清月,忽觉双腮泪水流。

春秋百家

诸子名家不列侯,百花绽放解族愁。
山峰林立齐云岳,多少风骚誉五洲。

窗外即景

喜鹊成双飞绿树,碧空万里彩云飘。
撷天两笔挥清韵,雁阵一人画紫霄。

看《红楼梦》抒怀

自古兴衰多少事,红楼看罢赋成诗。
宁骑战马驰天下,不做书中那块石。

紫燕情

紫燕嘤鸣将远去,空中展翅绕堂飞。
秋深天冷寻新处,此地存情待返回。

窗外即景

窗外秋风枝叶舞,清凉如沁润情神。
飞来喜鹊传音信,心有阳光四季春。

中国天眼

华夏明瞳望紫霄,太空从此不凄寥。
星光四射无边界,龙跃银河敢弄潮。

蛟龙号

巨浪狂风我启航,海深万米又何妨。
炎黄儿女多奇志,化作蛟龙探大洋。

南极考察

方船碧水辉相映,天上银鹰伴雪龙。
更喜企鹅群起舞,红旗猎猎展冰穹。

忆老家墙头花

墙头裂土紫花栽,绽放春天不忘怀。
摇曳秋风多粒籽,如今只有梦中来。

神 舟

天宫日日骄阳照,我望长空韵雅篇。
华夏神舟争赶考,龙腾万里敢当先。

墨子号卫星

量粒纠缠千万里,两端姿态竟相同。
衷情默默通天阙,墨子成星耀碧空。

国祭英雄

五岳三山齐肃穆,鲜花万朵祭英雄。
长龙低首红旗艳,先烈峥嵘傲紫穹。

秋日抒怀

红旗猎猎云飞舞,万里长空气宇昂。
撷韵低吟诗一首,何时挥笔点雄苍。

国庆节抒怀

丹心热血染昆仑,多少英雄化国魂。
先烈丰碑齐五岳,红旗风展满乾坤。

永定河抒情

河流密布育华京,千里奔波伴长城。
沧海桑田多变幻,云天挥墨润苍生。

藕塘秋色

枫红柳翠晚秋行,叶瘦莲蓬玉藕生。
北雁南飞翔碧水,池鱼吻浪默含情。

黄河三角洲

风吹蒿草奏弦音,此处秋光胜似春。
更有鸟飞千雁舞,黄河入海壮龙魂。

看郭永怀事迹感吟

星耀长空忆永怀,蘑菇云耸避凶灾。
惊知君去双腮泪,利剑寒光震虎豺。

月牙泉

月落鸣沙山谷静,清泉玉镜映星天。
驼铃声响传音远,碧水涟漪润逝年。

问 舟

碧天玉镜水光融,一叶孤舟月色中。
范蠡西施何处去,空留船影远朦胧。

劝 学

绳锯木坚长易断,盘石也怕瓦檐滴。
古今多少名人物,咬定青山震往昔。

《围城》的钟表

围城钟摆一直慢,看过多年绕我心。
纵使今朝精纳秒,书中那表众纷纭。

佛 缘

人长皮囊走世间,心佛若在胜参禅。
如来不问何因果,行善积德渡有缘。

"加油"感句

夜深伏读灯光弱,差役巡查奖勺油。
有道张瑛亲百姓,加油学子誉千秋。

注:张瑛,清朝重臣张之洞的父亲。

岁月感句

渐去青丝半百身，沧桑岁月写年轮。
风霜几度人生路，赋韵金秋胜似春。

绿 萝

绿萝青翠长厅堂，不见谁人雅韵扬。
水润玲珑吟一曲，悠悠清气胜芬芳。

荷塘深秋

池塘霜序写春秋，杨柳青青百鸟啾。
风舞晚荷藏底蕴，寒冬玉藕润乡愁。

霜降得句

圆月高悬降薄霜，夜风习习菊花香。
蛐鸣和唱来增趣，笔墨传情向故乡。

祝"鲲龙"AG600试飞成功

鲲龙拍水千翻浪，破雾穿行若等闲。
众智神工酬梦想，云翔展翅向明天。

人生半百吟句

一张白纸千滴泪，半是劫难半是愁。
雪雨风霜催皓发，诗心不老写春秋。

半百人生

忽思往事千滴泪，半世劫难岁月艰。
雪雨风霜催皓发，诗心不老向明天。

七彩丹霞

浮光交映千丘绘,七彩纷呈万古沙。
景伴人行多变幻,娲皇青睐染丹霞。

清晨吟句

星雨敲窗惊断梦,披衣挥墨展情怀。
秋吟几句东方亮,听鹊鸣枝报喜来。

红叶谷抒怀

齐鲁风光迎贵客,古城泉水润冰心。
南山遥望红如火,一片浓情染碧林。

悼金庸先生

一代名流惊九域,江湖风雨伴鸣琴。
华山论剑今成古,侠义情怀哪里寻。

读《沁园春·雪》感句

南国如春北方雪,大河不尽向东流。
江山似画风光秀,今古风流韵九州。

哀重庆坠车惨案

长惊凄叹众生命,不守仁和口恶言。
冲动无知魔鬼遇,满车男女变冤魂。

品《围城》

夜深入静翻书看,品味国学岁月情。
钱老已乘仙鹤去,红尘依旧在围城。

高墙情

头顶警徽心系国,传承文化育新生。
拾来几字零星句,我与高墙半辈情。

窗 花

冬夜寒风入我家,轻描窗纸绘凌花。
水晶竹叶冰心对,旭日初升幻彩霞。

晨 吟

一夜凄风吹冷雨,早晨思绪竟翻飞。
远方千里传音讯,化去愁心尽向晖。

立冬题句

昨日冷风吹细雨,忧愁几许上眉头。
寒蝉早隐冬天至,岁月无声水自流。

无字碑怀古

泰山封禅是红妆,争议千年武媚狂。
七尺石碑无字迹,婵娟早已舞盛唐。

劝某年轻囚犯

当初年少气昂扬,近墨一黑染俊郎。
你必绝心思悔过,未来有梦对爹娘。

囚犯泪

前生作孽满心慌,祸害他人到处藏。
法网恢恢无可躲,牢房一入泪千行。

某囚犯

自称往日最辉煌,挥霍贪婪已病狂。
逮入班房方悔恨,原来一场梦黄粱。

与罪犯谈话吟句

繁华世界人浮躁,贪虐昏头又耍横。
仁义不遵囹圄里,绝心悔过可新生。

题高速列车

长龙卧地奔腾去,呼啸如风志气扬。
何以昼行千万里,凝心聚力向前方。

某囚犯悔泪

入伍多年曾壮志,戎装脱去变囚身。
问情深处沧桑泪,百道无颜见母亲。

泰山首雪

飞雪纷纷漫泰山,南天门里换新颜。
无边风月瑶台落,五岳独尊展大观。

咏枯荷

水下长成玉藕新,绿消红褪素平身。
依然静立熬霜雪,更待来年迎盛春。

警徽情

戎装昼夜高墙内,特种园丁闪警徽。
春雨和风滋病树,新生重塑向晨辉。

学诗吟句

词艺学来润晚霞,管他是否自成家。
寻得诗社撷灵韵,长咏骚文遍地花。

星夜明湖

半轮新月水中游,七彩霓虹染叶舟。
星夜明湖音韵远,谁家儿女醉悠悠。

冬日翠竹

竹翠节坚生傲骨,寒风吹劲志昂扬。
借君几缕脱俗气,沁润心脾醉雅章。

咏"人造太阳"技术突破

无限潜能藏智慧,撷来海水化红阳。
炎黄儿女多奇志,誓必光明照四方。

咏长征火箭

万户神灵必自豪,长征喷火气节高。
燃情壮我飞天志,追赶嫦娥上九霄。

淘 沙

自命不凡非我等,顺天成事聚精神。
大江日夜东流去,吾辈淘沙点点金。

镜 子

皎如朗月遍凡尘,冰净无私照古今。
相貌万千一镜现,百寻不见是人心。

儿时冬日滑冰

河水结冰几尺厚,陀螺人甩转千圈。
我蹬滑板前行远,不怕征程过险关。

迎春花

小蕾辞冬展逸姿,黄妆俏立遍山崖。
星花绽放迎红日,敢作春风第一枝。

无 题

江河滚滚向东流,过午斜阳几个秋。
且莫烦肠心上放,兰芝相伴化清幽。

寄雪梨园

粉黛虚情染舞台,梨园幕后酿成灾。
多年不整积浊气,寄雪飞扬荡雾霾。

知某人失恋得句

残云滴落西边雨,寂寞烟波向晚昏。
流水无情花有意,伤心总是上心人。

读《卖油翁》

尧咨百步穿杨箭,当世无双喜自矜。
过路油翁一笑尔,熟能生巧喻来人。

化蝶梦

面壁时时思己过,贬身囹圄又如何。
绝心悔罪余生梦,化作春天蝶舞歌。

忆童年冬天

儿时冬日白茫茫，雪仗欢歌醉故乡。
堆个雪人雕眼镜，手拿书本寄新航。

读史得句

红尘滚滚迷游客，汗竹传来岁月声。
人给子孙官与富，我留后代白和清。

冬日题句

明媚阳光照碧空，今冬不与往年同。
感铭壮士声声语，誓在青山绿水中。

戊戌小雪题句

飞雪未来十五到，清风明月照神州。
得闲片刻挥余墨，绿水青山化笔收。

泉水沏茶

我望泉清泉望我，潺流水净水流潺。
撷来烹煮一壶韵，吟咏江山字句间。

公园漫步

晨走公园树木黄，小猫扑落叶中藏。
清风一缕菊香味，漫步人生意趣扬。

题家庭

家庭好似演播厅，柴米油盐尽是情。
摄录百集连续剧，白头偕老韵一生。

题西方感恩节

谁记当年五月花,强人被救祸横加。
感恩节日荒唐事,土著如今剩几家。

美国加州大火

莫道西洋月亮圆,加州山野火连天。
官方迟缓民遭难,多少冤魂赴九泉。

好家庭

父贤子孝传帮带,岁月如歌尽是情。
锅碗瓢盆鸣韵律,夫妻和睦醉人生。

题电子秤

没砣无杆称斤重,身体多沉数显清。
诚信若能于秤上,人心几两自分明。

劝 学

家有浮财金百斗,不如教子好读书。
古今学者多贤圣,国道兴文走正途。

题占卜问卦

(1)

周易成名奥古书,大师占卜好吹呼。
谁人铁板如神算,命运焉能卦预图。

(2)

周易天书自古奇,大师占卜把人欺。
莫说铁板如神算,命运焉能一卦知。

(3)

自强不止走征途，莫请巫婆卦祸福。
命运从来由己定，卜占岂能算得出。

(4)

发强不止走征途，命运从来自作主。
莫让巫师来筮卦，卜占岂可算得出。

(5)

命运从来由已主，自强不止走征途。
巫师神数来一卦，天下几人会算出。

(6)

自强不止向前行，莫让巫师卦喜凶。
命运从来人作主，卜占岂能算得清。

雪原英雄

林海雪原燃梦想，风寒冻骨立青松。
子荣热血酬雄志，化作冰峰映碧空。

题破壁机

破壁机中翻水浪，旋磨五谷万千圈。
涛声阵阵飘香味，一碗浓情润寿年。

题食材净化器

每日食材需净化，污尘浊水进胸怀。
涛声碧浪青疏洗，一抹清香伴绿来。

送刘彦烈士

英雄不负苍天泪，喋血街头斗歹徒。
束束白花思烈士，声声刘彦共啼呼。

踏雪寻句

山村冬日晨风起，几缕飘香韵小诗。
踏雪低吟才尽处，迎春花蕾剪一枝。

题人参

人参原本隐藏深，天地精华润贡珍。
今入寻常千万户，神农智慧化阳春。

阶石与佛像

（1）

阶石铺路行人踩，同样凡间历百朝。
他妒大佛高处坐，不知曾忍万千刀。

（2）

尘世皆来走一遭，阶石上面有佛雕。
千磨细刻人崇拜，铺路凡材忍几刀。

泰石奇山

泰山奇石勿须雕，刚硬躯颜古朴骄。
再遇仙师来点化，韵红身正矗云霄。

题泰山孔子崖

遥望白云伴岳辉，仲尼遗迹想千回。
此崖高处连天下，一览群山绕紫微。

寒冬盼雪

晴空不见云遮日,遥望青苗染陌阡。
冬麦喜欢凝雨落,待将莹雪化春天。

题筷子

若问谁生智慧林,发明梜箸惠凡尘。
此君曾上鸿门宴,今伴苍民盛世临。

生豆芽

缸底铺些生豆粒,重压浇水几天开。
顽强种子芽儿壮,能把石头顶上来。

无 题

眼看高楼平地起,囊中羞涩问何人。
仰天长笑回头去,我有诗心蔑利尘。

小河即景

半黄半绿河边柳,麻雀一只站上头。
鸣动不停呼伙伴,水波依旧向东流。

采 莲

一叶轻舟绿水间,两只玉手采红莲。
摘枝青盖当阳伞,小调歌声逗鲤欢。

忆儿时和父亲赶集

集上家尊卖货终,火烧吃块味无穷。
于今香气飘千里,依旧难及父爱浓。

冬雨

黄叶纷纷随雨落,伤悲阵阵刺心头。
十年不见娘来济,九载诀别泪水流。

赏雪咏梅

嫦娥悔泪洒云霄,化作珍珠玉絮飘。
沃野冰封梅绽放,九州红染万般娇。

暖冬

(1)

童恋琼妃寒日舞,银装素裹扮家乡。
如今却是三冬暖,雪漫长空梦一场。

(2)

千里高空棉被厚,数年碳气更多层。
虽知温度升没几,难见冬天挂雪凌。

愚公

老翁志把山移走,昼夜餐风品苦辛。
莫笑愚公千倍傻,皇天不负有心人。

求佛

世间寺庙清修地,参拜凡民跪下身。
求佛不如求自己,观音只度善良人。

趵突泉

天下谁称第一泉,齐风鲁韵赋连篇。
清波北去明湖里,骚客心中碧水涟。

早晨即景

雪花几片落泉城,地面凝滑路上行。
摔倒老翁黄帽助,周围男女颂扬声。

在兰州观黄河

源水浩涛穿重镇,黄龙九曲育神州。
大河东去八千里,多少豪杰万古流。

大雪节气抒怀

湛蓝如碧染长天,大雪何时降济南。
谁解我心悲皓发,梦回稚岁故乡间。

大雪与暖冬

疑似仙阙开冷库,北国按令进寒冬。
云天玉絮缤纷舞,梦醒才知是场空。

冬月初一晚宴

冬月天寒雪未回,拙荆儿女火锅围。
二斤羊肉全家宴,九两醍醐醉暮晖。

注:大雪节气未见雪。

冬 青

天赋冬青沿路生,不和梅竹盛名争。
风霜雨雪全无惧,染绿神州四季情。

咏长白山

长白山峰连紫阙,一泓碧水四时娇。
天池不是凡间色,引我诗心纵九霄。

莫干山雪景

莫干何故扮银装,天女撒花变雪乡。
千古剑池精气在,青山玉树映寒光。

新嫦娥飞天

新见嫦娥奔紫阙,长空月夜写华章。
巡航乾宇开天目,漫舞轻歌唱汉唐。

盼雪咏怀

纵雪明朝降济南,诗心有意却茫然。
人生半百添霜发,多少冰情稚岁间。

无 题

浮生烟雨由它去,饭后茶余洒墨香。
一点一横心上过,半迷半醉韵悠扬。

鸢都飞雪

鸢都大雪传微信,宛若梨花舞故乡。
一片诗心飞旧地,谁人思念寄琼芳。

咏红梅

(1)

风寒万物冬来瘦,雪映梅花点点红。
撷取一枝栽进梦,傲然绽放在心中。

(2)

不和国色争华贵,冰雪泥中拒染尘。
忽有清香随夜发,迎风化作九州春。

"双十二"感怀

今朝谁记双十二,莫忘学良与虎城。
兵谏功成逼抗日,汗青长册写英雄。

记二月河

寒气冰封二月河,凡间谁续大清歌。
君留巨著魂飞去,直令人生感慨多。

雪舞遐思

北风吹雁雪没休,遥想珠峰傲五洲。
似见云中仙客舞,诗思一缕九霄游。

无 题

有人网上行欺诈,巧语花言卖假情。
悟得玲珑心一颗,世间美丑自分明。

题壶口挂冰奇观

朔吹号角下寒潮,怒水奔腾变寂寥。
壶口千姿妆谷玉,春风一起化泷涛。

题海棱蟹

遗憾龙宫一大将,不知何故贬凡间。
再生霸道横行走,人作佳肴美味鲜。

题阳澄湖大闸蟹

法海阴狞坏爱缘,玉皇降旨遁湖间。
蟹中和尚难脱罪,百姓餐桌美味鲜。

岭南圣母颂

自幼贤明多智略，千年圣母岭南春。
三朝历事怀忠效，巾帼英雄第一人。

登山半途吟句

船到中流浪更急，人爬山半险难多。
若无胆略铭心上，何以云峰奏凯歌。

早 春

朔风萧瑟入寒冬，霜雪纷飞舞碧空。
屋角向阳新草绿，早春尽在不言中。

冬至感怀

冬至时节寒刺骨，饺香酒魄对冰轮。
风霜几度人生路，心若朝阳四季春。

冬至水饺

阳气回升始正冬，擀皮包饺九州同。
开锅翻滚飘香味，缕缕传承母子情。

颂我国潜艇之父

卅载隐名今显赫，蛟龙入海守神州。
谁知黄老行忠义，动地惊天泪水流。

注：黄老即我国潜艇之父黄旭华老科学家。

诗意人生

一种情思万首诗，毫笺写尽不称奇。
人怀大义应时代，纵使低吟炫小词。

早晨即景

喜鹊鸣枝催早起,众人路上送孩忙。
街头飘荡儿童笑,朵朵鲜花向太阳。

题夸父追日

古时夸父追炎日,西去狂奔死未还。
杖化桃林花绽放,巨人不屈化高山。

忆姥姥的面条

求学路上挨饥饿,姥姥忙活手不休。
一碗面条浮脑海,浓情荡漾在心头。

回 忆

浓茶啜饮寒星数,今夜无眠忆苦辛。
经历半生多少事,烦愁抛去寄白云。

停歇小山村

山村碧树枝头舞,溪水潺潺浪向东。
喜看鸟儿鸣翠柳,轻吟诗句伫风中。

寄行路者

步伐急快难持久,踏脚留痕稳向前。
岁月悠悠成过往,回头一看越千山。

回 首

寒潮应令低温到,回首抒怀一八年。
即使严冬风正劲,诗心依旧向明天。

时间回想

分秒似刀切岁月，时间长短又如何。
心无私利征程路，大道依然奏凯歌。

2019年元旦吟句

针转如刀切岁月，叮铃一响进新年。
东君脚步声悄近，展望春天百稼鲜。

题长信宫灯

长信宫灯穿百世，千年不变是初心。
祥光开启家国盛，大汉文明照古今。

"七子之歌"感吟

一多遗韵萦心上，孤岛飘泊鳄浪生。
母子相通连血脉，更期早日启归程。

题嫦娥四号登月

八月探亲今日返，嫦娥一跃向长空。
神州慧目随身带，背影传来自桂宫。

告台湾同胞

巨龙长啸鸣环宇，耿耿昆仑字字情。
两岸统一齐奋力，复兴梦想五洲惊。

采红莲

似叶小舟浮绿水，樱唇轻吻醉红莲。
摘枝青盖遮头上，俚曲歌谣逗鲤欢。

青 松

咬定青山连翠微，扎根石砾沐晨辉。
守得一片初心在，不惧寒潮热浪摧。

冬训遐想

两岸同舟待启航，台独指日赴黄粱。
三军统帅昨发令，备战练兵冬训忙。

嫦娥游新月

夜来新月阳光照，四号嫦娥背面游。
沟壑千山明目记，瞬间传影到神州。

品经典

夜来心静翻书柜，茶水一杯品史文。
经典细读当作镜，须知自省做何人。

忆去北京会战友

泪别已有三十载，故友相邀几次催。
忆去京都思往事，浓情胜过酒千杯。

盼 雪

泉城腊月无飞雪，郊野冬苗盼瑞年。
霜女不知何处去，待春酥雨润桑田。

题高铁

白龙驰骋穿山野，长啸一声影却没。
海内纵横高铁网，游人千万梦中飞。

朋友聚会

(1)

厅堂畅酒荡春风，心里朝阳紫气东。
兄弟千杯聊岁月，小诗撷取斗苍穹。

(2)

光阴转眼一年过，故友厅堂展笑眉。
已近新春聊趣事，浓情胜似酒千杯。

(3)

纵然三九严寒到，兄弟欢歌畅饮情。
美酒千杯邀兔月，不求封拜一身轻。

游南京夫子庙

金陵城内望夫子，朱雀桥边几彷徨。
回首铺笺吟雅韵，更思论语意悠长。

待 春

布衣看淡人生路，老骥功名本不求。
且待东风吹断雾，满窗春色眼中收。

杂 感

高楼窗外朦胧色，刚气豪情荡满怀。
忽见鸟儿穿雾去，何时壮我破阴霾。

无 题

芳草园中争议起，静思小道短和长。
让它子弹飞一会，且看何能到远方。

腊八粥

冬日两寒间腊八,少时穷困铁锅凉。
今朝热粥传香韵,一股浓情寄四方。

桃花源感句

不知山外沧桑变,转眼凡身半百年。
步履蹒跚环碧水,老翁醉意在桃源。

万竹园观竹

荟萃园中千叶舞,瘦枝摇曳奏弦声。
耳闻翠鸟鸣新句,长伴青竹两袖风。

洞庭湖

烟波浩渺云天落,三五渔舟浪上栖。
芦苇半湖连水墨,一行鹤影画中题。

忆儿时播麦

冬麦一畦和月种,披星耕作带云归。
家穷早做田间事,皓发陈情稚梦追。

参观恐龙化石感怀

侏罗纪里你称雄,只是庞然又肆凶。
没有自强天必灭,缘由假象不真龙。

梁祝情

连理无望同穴去,感天化蝶共翩飞。
此情唯有真梁祝,海誓鸳盟死不违。

腊月十一天空即景

东边玉镜对西阳,日月同辉照九苍。
忽见风筝天上舞,遐情一缕到家乡。

南柯新梦

南柯可枕生新梦,四季花开汗水流。
不羡他人骑骏马,勤耕甘愿作黄牛。

于敏功勋赞

五星闪耀出东方,西域曾升两弹光。
于敏构型尤利国,功勋荣魄傲青苍。

题富春江

青山点点水粼粼,七里扬帆景色新。
画卷生辉题醉墨,诗心装下一江春。

题《富春山居图》

青山点翠久徘徊,碧水悠悠过古台。
百里清波情荡漾,一江春色画中来。

义女宴请得句

女儿宴请醉陶然,前世今生自有缘。
共话迎新即日起,举杯高唱月翩跹。

禅 悟

竹经风雨尤青翠,云过寒潭影不留。
禅悟有言多淡忘,人归恬静是清修。

写军旅诗感句

夜来人静咏长城,用尽才思五更明。
合律搔头难作句,丹心一片向军营。

题烟花

烟花灿烂舞缤纷,绽放新春胜过真。
风雨未经浇汗水,浓情四溢醉红尘。

题茅台酒

茅台镇上轻烟色,造化天池酿玉浆。
一旦酱香出酒窖,浓情万里绽芬芳。

早 春

残冬寒气冷没消,新绿悄然上柳条。
醉客不知春信早,忽闻窗外鸟鸣梢。

珍惜年华

碧水竞流东逝去,劝君纵棹绽芳华。
江河逐浪成追忆,岁月留痕望晚霞。

寄语大墙

世上浮财身外物,取之无道必招灾。
高墙一进成天泪,唯有重生化蝶来。

狱内值勤晨景

蓝天如洗闪银鹰,东望一轮旭日升。
西看空中悬半月,邀来相伴狱园情。

笔墨情

弦弹日月奏和声,挥洒余生笔墨情。
长走仕途多醉客,几人宁静淡功名。

过小年

尘埃扫尽除危患,日落西山映晚霞。
烟色炉香来祭灶,和风入夜万千家。

诗 情

似驹过隙度芳华,岁月飞出小浪花。
一缕诗情栽进梦,凝眉春绽望云霞。

扫除得句

旧尘除去品杯茶,重整阳台再摆花。
妻做佳肴桌上放,自酌美酒解疲乏。

咏《鹊华烟色》图

两山点翠长相望,十里清波缓水流,
莫问谁人泼淡墨,鹊华烟色画中收。

劝某人

不知钓誉做何人,多少虚名碾作尘。
若有情怀吟岁月,愿君凝句韵传神。

听诗友游西班牙得句

星辰日月共苍穹,难见他乡有不同。
华夏嫦娥传倩影,异国羡慕却成空。

自 勉

纵使前方无路走,心中展翼上穹苍。
穿云破雾遐思远,绝不停留再彷徨。

题除夕

春遇除夕正当时,东来紫气润成诗。
爆竹阵阵云霞舞,福到家家旧岁辞。

过除夕

工作连班十几天,得闲买菜贴春联。
福来添岁包唐饺,年味传情万户圆。

守 岁

迎新烟火心中放,春晚除夕绽笑颜。
福至家家情作饺,最佳年味是团圆。

祭 年

美食佳酿红烛亮,三柱神香化紫烟。
天地祖宗人祭拜,阴阳两界话团圆。

新年子夜即景

满天星斗闪长空,玉兔藏身瑞气中。
火树银花情绽放,零时饺子舞春声。

酒与茶

若逢知己千杯畅,能遇贤朋慢品茶。
得味人生宁静远,撷来一缕共云霞。

回上海纪少华老师

手指划屏见惠音,至诚相待送洁纯。
浮生历历经尘世,境界修为更是真。

推敲赋句

推敲典故盛传今,贾岛吟诗炼句勤。
字字斟酌承古韵,皇天不负有心人。

游羲之故里

书法奇葩出九域,羲之故里墨间游。
名流古迹今犹在,飘逸遒华心上留。

财神赠言

神仙自古人间炼,紫气修来漫九州。
求我不如求自己,勤为善道聚财稠。

题二月二

云激闪电裂长空,雨润神州万物兴。
喜见青龙节日啸,春雷化作策鞭声。

霍去病

强汉初成屈辱忍,匈奴为患祸无穷。
将军破虏飞天去,千古华星照夜空。

"人日"赋句

女娲初七化人烟,岁月悠悠过万年。
自古神州多盛世,今朝有梦谱新篇。

小春雪

风吹渐冷漫云天，几片璇花落彩笺。
不是新春偏爱雪，更期瑞雪兆丰年。

春来夜雪

昨夜寒风雪打灯，玉妃云舞过三更。
莫言不见东君面，素裹银装春作情。

泉城春雪

玉絮飘飘不见晴，化春潜地众泉清。
神思飞跃云天上，雪落千峰已入城。

题三峡大坝

截断大江长坝起，烟波千里化平湖。
巫山神女今朝梦，醉看人间走正途。

竹 边

元宵深夜飞思绪，晨起朦胧亦不明。
漫步墙边青翠处，悠悠竹气一身清。

喜鹊与小草

喜看芳邻栖树上，时常听鹊唱枝头。
引得小草春来早，一缕清香半缕忧。

夜梦高堂

梦我高堂耕事艰，东风化作泪涟涟。
二十五载思亲久，每到新春绞寸田。

春天的思念

东风化作怀思雨,泪水涟涟忆不休。
往事若能当酒下,一回宿醉九千愁。

放风筝

踏青时节东风暖,柳绿鸢翔舞九苍。
陪我放飞人已去,牵情一线在何方。

忆儿时割草

村里儿童学放早,小镰阡陌草青青。
竹筐满满回家去,一路春风伴我行。

太公垂钓

谁敢直钩渭水滨,吟歌传唱钓王臣。
太公心系苍民幸,鬓雪飞丝化九春。

太公酬志

不言对镜悲霜发,渭水逢缘绽放春。
虎变大贤谁可测,忆得以往是常人。

采茶女

玉立娉婷茶树中,两只巧手剪春风。
红纱飘洒罗裙舞,俚语歌谣逗鸟鸣。

围棋打劫

纵横交错黑白弈,棋子一颗劫打争。
胜负冥冥天意定,谁知妙算隐其中。

残冬小雪

昨夜琼花天上落，一层积雪满庭园。
莫说腊月无春色，小草堂前绿盎然。

井蛙赋句

久于井底抬头望，只是瞳中那点天。
且莫如蛙知见少，拓开视野看人间。

自 勉

月有盈亏邀太空，天分昼夜永无穷。
人生跌宕磨心志，逆水扬楫本色横。

自题句

岁月陈情化作诗，前生风雨寄谁知。
冰心时被凡尘恼，半醉云霞半墨痴。

叹褚时健

成败皆由红塔山，高墙储志塑新颜。
化蝶飞绕金橙舞，收笔浮生作紫烟。

竹边散步

春来漫步绕竹林，隔叶灵音润寸心。
清气盈盈香沁腑，长行不惧五浊侵。

二月二吟句

龙舞春风今举头，行云布雨润神州。
万千良种撒阡陌，十月将迎金满秋。

三八节感句

飒爽英姿遍九州,百行千业竞风流。
三八今遇龙腾日,携手中兴梦想酬。

家宴庆三八得句

心花绽放庆三八,缕缕春风到我家。
缘聚有根天意定,千杯畅饮醉芳华。

无 题

岁月写心今古事,竖行笺墨走神州。
前人信使凭千骑,时下传情点指收。

惊 蛰

今朝万物迎东风,龙气苏兴扫四空。
远闻新雷声阵阵,天机尽在紫穹中。

韶山红杜鹃

碧水涟漪接绿翠,杜鹃映日满山冲。
丹心种在春风里,绽放神州处处红。

晨游大明湖

一道朝阳铺碧水,鸟鸣柳岸浪飞舟。
云霞尚在天边处,湖色春光送目收。

忆登太白楼吟句

当年曾到济宁游,畅饮登临太白楼。
若是学来豪放句,敢于诗苑竞风流。

春 夜

楼外春风月不孤，悬光如水润青竹。
一幅素雅谁来绘，妙笔轻抒淡墨图。

赏白玉兰

二月百花谁最俏，玉兰绽放满枝梢。
抬头一树蓝天上，似鸟将飞去碧霄。

郊外风景

远望麦田春卷翠，北回雁阵剪朝霞。
悠闲陌上风光览，悦目桃林十里花。

赏南山杏花

寻芳步转到南山，雪杏盈盈绽笑妍，
霞映碎红分外俏，蝶飞蜂舞醉花间。

无 题

成佛必在凡间炼，宝剑须经磨砺石。
莫道曹植八斗赋，勤于书海几人知。

春 声

春来野畔耕牛早，百鸟鸣吟犁地声。
希望种植黄土下，倾撒汗水绽秋浓。

春 雨

忽有清新挤进门，缘由春雨润初晨。
撷来一缕窗前赋，送去云霞寄故人。

清明前题句

清明即到展情怀,撷取云霞字句裁。
吟颂英雄酬壮志,大风歌起不徘徊。

游太白湖

犁浪云开一叶舟,太白湖里醉风流。
燕飞绕柳翻心绪,送目烟波水墨收。

明湖春景

堤岸东风上柳梢,明湖春色几多娇。
轻舟一叶犁清浪,潋滟波光过小桥。

读《长恨歌》感句

阙内鸳鸯娇笑声,不闻安史乱兴兵。
长歌梦断嵬坡事,谁重苍民生死情。

夕作句

名利沉浮云过眼,桑榆莫叹逝芳华。
诗心荡漾春风里,早沐初阳晚赏霞。

看 戏

醉看舞台说粉黛,一方唱罢上他人。
不知真假权当戏,冷眼识珠凭慧心。

祭凉山救火英雄

惊闻烈火吞忠士,心似滔滔海浪翻。
战友报国从此去,壮歌泪雨洒凉山。

大舅清明节前去世

(1)

故地泣声传噩耗，顿觉天暗夜深沉。
谁知大舅节前去，泪忆当年对我恩。

(2)

去年十月村中见，老舅甥侄格外亲。
却在今天西驾鹤，忽听噩耗泪倾盆。

(3)

回忆童年娘舅事，瓜园苗圃远传香。
葡萄地里情多少，紫气盈盈装满筐。

清明国祭烈士感句

英碑高耸云端立，每到清明岱岳歌。
东海涛声思烈士，苍天泣雨泪成河。

和于兄共乘"渤海之眼"摩天轮

十里碧涛堆浪雪，海天一线共潮生。
摩轮齐赏云端上，昂首高歌兄弟情。

注：于兄指潍坊诗人于明华兄台。

酥雨桃花

酥雨桃林满是春，男儿不作葬花吟。
心田早种千棵树，四季芬芳天地新。

济南植物园郁金香

蝶舞蜂飞香满园,郁金炫彩柳含烟。
飘来几缕华笺落,此处芬芳竞荷兰。

游植物园无名湖

莹澈一湖映碧天,春风和畅染山峦。
絮飞似雪铺澄水,老柳垂枝绘彩笺。

新时代海军颂

重舰迎风劈巨浪,蛟龙默默水深巡。
百年壮志今朝看,海上长城筑梦新。

忆儿时摘槐花

朝阳初上娘亲喊,五月槐花绽放情。
长杆一拿门口外,哼歌转步小桥东。

环卫工

东方微亮映初晨,试问谁为早起人。
环卫街头圆晓梦,一只扫帚市容新。

寄三北护林工

为使沙尘风暴休,倾流汗水几十秋。
而今三北林连片,碧血丹心化绿洲。

照镜子

(1)

人照仪容我照心,浮生染剩几成真。
始终自信初衷在,律己格非日日新。

(2)

人观镜影镜观人，真假难明问假真。
里外终究谁是我，如今有几质朴心。

游古剑山

剑气寒光遗旧踪，峦青峰秀绽芳容。
倚天锋破绝岩壁，荡起层云情满胸。

钓 翁

远舟犁浪半青山，湖纳白云碧水间。
瑞鹤飞来仙影落，陪翁默默钓清闲。

题中美贸易

大洋西岸变无常，翻手乌云覆雨狂。
今日东风推九域，擂吾战鼓震天狼。

东海即景

朝阳霞色映长天，碧水涛涛白浪翻。
载客巨轮行渐远，海鸥题款彩云间。

赞民警无偿献血

警民血脉浓于水，倾洒青春大地情。
铭写忠诚求博爱，丹心一片润无声。

赞明湖清洁工

湖里辛劳除秽物，冬寒夏热汗溻频。
一根竹竿划清浪，碧水涟漪醉客心。

龙潭即景

霞光铺水映长天,翠岭峰峦碧浪间。
鸥鹭声声频起舞,宛如正在绘新篇。

遐想黄江之约

西山论剑惊天阙,诗意黄江问短长。
骚客百名同畅饮,举杯落笔醉新章。

早发泉城到东莞

云霞飞舞染佛山,诗意神思天地间。
身跨白龙南向粤,朝发一日到龙潭。

注:龙潭:东莞黄江镇龙潭。

江上人家

峰峦叠翠碧波中,犁浪轻舟几点红。
倩语江歌声渐远,悠然一叶到桥东。

过长沙

朝别泉城披彩霞,乘风破雾过长沙。
中流击水心头起,今日神州绽满花。

广州会战友

羊城美酒畅和风,共展情怀紫气东。
战友千杯吟岁月,小诗撷取赠群英。

中华崛起

邪浪凭何惊大海,西魔技尽耍阴招。
中华岂是池塘比,今日龙腾震九霄。

汨罗江上

龙舟飞楫翻云浪，化作当年屈子情。
醉看汨罗酬梦想，万千壮士勇新征。

忆童年渔趣

填土河中截两端，捕鱼竭泽满心欢。
天真年幼留余韵，今日思来却不安。

端午节

竞舸汨罗飞碧浪，九歌霄彻荡长空。
离骚一曲传神韵，天问何人耸紫穹。

大明湖夏景

三面荷花杨柳舞，明湖环翠鸟鸣啼。
连天水墨烟波里，鸥鹭一行把款题。

流 星

流星闪烁长空过，魅力玄宵题一行。
化作永恒天地久，瞬间顿悟见灵光。

河边散步

溪边漫步柳成荫，碧水悠悠思两亲。
泪忆先人流血汗，一生劳苦化今春。

赏 荷

青莲碧水绽花开，绿叶田田滴翠来。
舟过桥东寻不见，柔声飘逸荡情怀。

忆摘甜瓜

当年瓜种几分田,碧绿丛中望眼穿。
一个欢心强扭下,谁知苦涩口难言。

观垂钓

湖畔清风奏柳弦,鱼竿甩破水中天。
老翁独坐莲花岸,我以诗心钓碧涟。

大明湖夏日晨景

朝阳铺水万弦红,柳摆荷花碧浪中。
阵阵清风舒客意,幽香缕缕过桥东。

荷塘夜景

露珠天降叶轻收,雨后蛙声鱼浅游。
夜洒清辉莹碧绿,荷塘月色上心头。

读《围城》所得

世间百态成鸿卷,化作心中未了情。
半辈光阴来品味,蓦然回首数围城。

战友寄来瓜果

南疆龙果齿生津,西北白兰瓜味纯。
两地深情千里寄,窗前明月照吾心。

注:南宁同学吴开颜寄来火龙果,兰州同学徐峰邮来白兰瓜。

回归燕

故地房前烟柳娇,朦胧天色雨潇潇。
抬头望去成双燕,依旧飞来共老巢。

听 雨

瑞气升腾凝彩云，神光浮影荡龙音。
风吹甘露从天降，落地琼珠化作春。

参观党一大会址咏怀

星火汇集于沪上，燎原已使九州新。
而今更有春潮涌，载梦神舟驾彩云。

向日葵

日绽芳华碧绿妆，傲然昂首戴金黄。
忠贞凝聚一生毕，不忘初心向太阳。

对某些人事感句

自己脸脏从不洗，一盆污水向人泼。
若君立世心难净，空有名声却败德。

夏夜听雨

夜半雷声惊断梦，云间龙影闪长空。
甘霖定是真相许，待看金秋遍地红。

七七事变感句

炮火隆隆天地动，醒狮昂首破云霄。
大刀举起驱倭寇，今看黄河卷浪涛。

忆曾经

昔日青葱怀恋情，留存一缕伴终生。
曾经共坐屋檐下，默念天公雨不停。

看抓捕糯康吟句

毒枭作孽猖狂极,犯我中华何处逃。
剑舞湄公千里外,天兵个个是英豪。

看押解贪犯回国得句

蛀虫贪腐蚀国本,音信悄无域外藏。
捉鬼降魔天网布,浩然气正梦飞扬。

东海大演习

大军东海激狂浪,气贯云霄利剑鸣。
试看台独贼几胆,待收宝岛共昌兴。

见院中吵闹得句

窗外传来吵闹声,斜风吹雨绪难平。
小区原本和谐处,试问何人理不明。

看港独作乱吟句

紫荆花绽明珠傲,潜在邪魔乱舞狂。
莫信港独能爱港,崇洋作祟必将亡。

致曾经从戎的囚犯

曾经血汗洒军营,沥胆披肝几载情。
忘却初心身耻辱,独唯改造塑新生。

七夕偶得

月挂青霄泣半弦,鹊桥洒泪雨连绵。
此情岁岁惊天地,但愿人间重枕眠。

七夕得句

七夕殊日歌牛女，文化传承不自卑。
天地奇缘情韵久，神州共庆此节归。

观卧佛吟句

群峰竞翠韵悠长，醉把黄江作故乡。
举首前方石像看，瞬间恍若见佛光。

题龙潭

飞流直下卷白帘，跌宕生虹飘紫烟。
不见碧潭龙现影，夜来兴许有天仙。

题芙蓉寺

风吹绿浪白云深，仙雾轻飘载梵音。
此处寺中香火旺，紫烟袅袅动禅心。

咏黄江公园

云影霞光映古楼，青丛滴翠鸟鸣啾。
一园春色芳香溢，碧水涟漪心上流。

咏黄江绿道

霞飞云舞鸟和鸣，雨后清晨烟色生。
两侧芬芳侵绿道，黄江儿女勇新征。

题石井

闻名不在井多深，如镜天光映彩云，
清澈一池难饮尽，涌来活水润人心。

灵鸟吟句

吟观灵鸟徘徊久,借问缘何作故乡。
许是凡心情已动,雌雄一对恋黄江。

姻缘题句

青春作伴绽芬芳,风雨同行情意长。
若问人生极浪漫,早年红豆化夕阳。

抗利其马台风得句

狂风携雨大洋来,万里长空云浪催。
神禹传人无所惧,军民聚力抗洪灾。

自 题

平生未做亏心事,夜半敲门人不惊。
鉴悟是非行道义,再多风雨亦从容。

看今日世界

西面纷争东面雨,乱云飞度世难平。
中华万里风鹏举,酬梦安昌环宇惊。

秋 雨

窗前听雨载情愁,水墨一幅明目收。
雏燕单飞题款去,独留骚客在云楼。

赏明湖荷花

青碧一湖环翠柳,风荷袅袅亦从容。
清凉过夏擎莲子,每到金秋情更浓。

月夜观黑虎泉

声如虎啸震云天,月落长空荡碧泉。
风奏柳弦拂玉浪,源源活水涌心田。

泉城雷雨

闪电长明雷劈空,恍如龙跃破苍穹。
云团翻滚撒甘露,化作清泉润古城。

题墨泉

三尺墨泉珠玉滚,高歌伴浪任人评。
向来直涌心无惧,阵阵清莹流不停。

龙脊梯田即景

碧洗长空峰吐翠,半山仙雾下瑶台。
脚楼错落镶峦谷,云海梯田入画来。

登高眺望

万里长空蓝湛湛,撷芳一缕上云台。
倾情眺望家乡远,昔日秋光萦满怀。

咏神州

今日神州梦正酬,凝心聚力越千秋。
登山踏印推石上,不到巅峰誓不休。

无 题

云卷云舒别当真,花开花落亦浮云。
人凭虚己来游世,无事纠结扰寸心。

题醒之狮

灵石化作黄神兽,雄卧山冈气质骄。
看似百年狮未醒,壮心翻涌领新潮。

师 颂

粉笔成齑霜染发,讲台三尺写春秋。
初心不忘铭胸臆,桃李芬芳绽九州。

中秋有寄

每到中秋思念长,清辉如水透轩窗。
撷来明月冰心上,千里传情飘桂香。

雨落中秋

今至中秋逢雨天,潇潇洒落碧窗前。
几滴浸在心田里,不见儿时那月圆。

中秋赏月

细雨霏霏傍晚晴,薄云羞月笑盈盈。
天公不负团圆梦,每到中秋潮共生。

中秋夜散步

夜深蟋蟀路边鸣,倦宿梧桐鸟不惊。
云舞长空羞皎月,绿竹摇曳送风清。

游华山风景区

鹊华秋色树成荫,蝶舞蜂飞胜似春。
远望龙舟犁碧浪,浩波云影动琴心。

微山湖中秋傍晚即景

霞彩湖光成一色,高空雁阵剪长天。
渔舟唱晚烟波里,鸥鹭齐飞云水间。

红 叶

遥望山峦林渐染,霞光丹谷映苍穹。
几经寒露秋霜打,才有枫香叶正红。

咏山东省监狱警察

初心不忘敢担当,电网高墙正气扬。
缕缕春风情化雨,警徽闪亮铸辉煌。

命 运

命由人定非天定,勿惧前方风雨狂。
砥砺更强须奋进,痴心无悔看夕阳。

国庆感句

今古昌兴靠自强,新华巨变韵飞扬。
同心共筑中国梦,待看将来更炜煌。

咏 菊

冷雨风吹凋百芳,霜菊簇锦映霞光。
缘经苦夏初根壮,盛在金秋九域香。

纪念先烈陈独秀父子三人

独秀平生半世功,两郎取义最英雄。
劝君莫忘先驱血,染遍江山旗帜红。

秋 思

遥想残霞照不同，秋深茅屋燕离空。
小庭草泣谁来伴，缕缕哀思斟酒中。

无 题

古来万事已随风，浊酒一壶谈笑中。
阅尽红尘多少客，滔滔江水浪朝东。

香山红叶

遥望香山红似火，战旗血染舞长城。
莫说霜打降枫树，赤色灼灼志更明。

咏 竹

青竹迎雪舞寒风，不与寻常草木同。
霜骨铮铮枝叶翠，满腔清气贯初终。

咏 梅

玉妃催醒罗浮梦，墙角飘来缕缕香。
不是梅花偏爱雪，斗寒傲骨绽芬芳。

咏 兰

淡泊高雅脱俗气，不与寻常花草争。
静释幽香分布广，兰心慧质伴芳名。

咏 菊

身怀傲骨凌霜绽，长在枝头展俏姿。
宁可抱团生死共，寒风无力落一丝。

参加战友儿子婚宴

玉翅皇宫多瑞气,鸾飞凤舞绕祥云。
相逢缘是前生定,喜酒一杯醉寸心。

路经千佛山

佛山景色秋来晚,峰翠连绵映碧空。
似有梵音风送至,菩提无树影何生。

路过从戎故地

碧洗长空分外蓝,兵营故地换新颜。
追思过往从军事,半是忧愁半是欢。

忆登泰山

无限风光山顶望,一轮红日照千峦。
黄河金带朝霞映,最是峥嵘十八盘。

下象棋

我往你来车马炮,楚河汉界两分明。
输赢自有玄机在,无悔缘于奋力争。

题泾河

泾河荡漾水流清,交汇高陵与渭逢。
不管风吹浊浪打,古今泾渭总分明。

听秋雨

夜半星藏云密布,清风拂面几分寒。
秋深叶落听潇雨,一片冰心拂五弦。

无 题

事分前后难求共,虚幻莲花细考量。
河过桥拆身影远,无情常把有情伤。

泰山顶上

纪泰山铭千古韵,玉皇顶望罩红纱。
十八盘似冲霄路,汗作珍珠云作霞。

赋诗感句

唐宋风骚千载誉,古今总有浪花别。
诗如新蕊合时放,岂是前人能写绝。

咏银杏

历经春夏茂森森,每到深秋挂满金。
珠翠逢霜凝朗玉,果香泽润后来人。

题黄山迎客松

根扎岩壁写峥嵘,不与他山名树争。
身耸白云头顶日,雪中迎客更从容。

看父母照片感吟

爹娘才是我心佛,憾在今生报未多。
教子承恩家史记,烧香何必供弥陀。

忆父亲双手

汗水长年沟壑流,操劳掌裂茧成丘。
忆昔双手挥酸泪,先父堪称孺子牛。

咏 雪

天降璇花织作梦，雪藏秀麦孕来春。
待得明日东风起，喜看江山万物新。

小酌感吟

斟满玉杯邀皎月，欲知天上是何年。
星河水冷烟波渺，高处缘来不胜寒。

题鲁迅石像

天工韵致像含神，欲问奇石谁作魂。
忽见横眉如利剑，一生铁骨照来人。

咏华为

试问店家何处旺，华为通信敢称娇。
初心不忘追新梦，得众拾柴火焰高。

题黄果树瀑布

天河倾泻下重霄，水幕银帘卷浩涛。
声若雄兵擂战鼓，紧催万马赶新潮。

忆放鹅

东风拂柳舞婆娑，纹扩层弦红掌拨。
鹅向天歌浮绿水，童心荡漾戏春波。

咏时代信息技术

环球影像聚荧屏，诸事纷纭掌上清。
情寄嫦娥遥万里，灵犀一点月宫行。

咏七彩丹霞

人到丹霞惊旅魂，群山流韵绘成雯。
犹如涅槃经神火，耳畔传来彩凤音。

咏首艘国产航母山东舰列装

今朝装备山东舰，昼夜巡航护海疆。
科技神工多壮志，镇国重器慑天狼。

黄河岸得句

冰雪霜天风刺骨，黄河上下逝滔滔。
严冬万物藏春信，二月惊雷涌大潮。

毛主席诞辰126周年得句

云鹏风举自韶山，挥手三军震大千。
日照东方红似火，回眸伟业续新篇。

祝长征五号发射成功

万户先人应有灵，神州新箭太空行。
长征前路通星际，求索攀升永不停。

泺水秋月

风吹波皱溪中月，叶落飘飘舟自横。
掬水迎眸天在手，婵娟伴我过桥东。

无题

黄白皆为身外物，虚名浮利亦烟云。
古今君子多情义，仁爱如春沐后人。

见某风光人物坐监有感

昔日风光何可道,追名逐利看人低。
黄白皆是无情物,身陷高墙空叹息。

见某一囚犯有感

宝马洋房多阔气,贵人看似很风光。
今朝逮进高墙内,不见妻儿不见娘。

忆童年中秋节

北有芳邻南有河,儿时光景乐消磨。
桂香飘落中秋夜,小院欢声得月多。

雪龙号新征

雪龙劈浪又新征,碧海冰山南极情。
旗艳天蓝惊世界,潮头勇立御风行。

过 客

世间过客多名利,舌吐莲花不信儒。
只重黄白空悟禅,几人能做未来佛。

腊八得句

世间万物度残冬,多少浮云渐作空。
只有思亲挥不去,陈年往事故园中。

小寒节得句

昨夜层云遮兔月,潇潇寒雨洗微尘。
料天不负苍民意,待雪纷飞化作春。

小寒节到黄河

瑟瑟寒风荡水滨,树摇枝舞弄长音。
黄河今日非昨日,小草来年又一春。

同事朋友相聚

天降琼妃舞万家,灯光灿烂雪交加。
友朋情至千杯畅,瑞气迎春人似花。

咏 雪

天舞璇花织作梦,雪藏秀麦孕来春。
待得明日东风起,喜看江山万里新。

题红叶谷

群峰铺水白云荡,四季山光各不同。
试问何时情景好,金风玉露始相逢。

禅 茶

春色盈盈腾紫气,云光岚影伴泉声。
苦甘慢品禅诗味,韵在乾坤山水中。

回家过春节

春开四季春潮涌,心向团圆心却愁。
一路风光身后去,昏鸦老树对灵丘。

大寒日咏迎春花

东君拂蕾开山野,夏日葱茏风雨频。
苦耐秋霜冰雪冻,大寒节里始迎春。

鼠年除夕得句

节前何事乱心头,武汉传来新病愁。
百万白衣天使梦,疫魔除尽护神州。

期 望

新春战疫令如山,殊地隔离保狱安。
人在东楼独守望,元宵过后共汤圆。

立春战疫得句

远闻黄鹤报佳音,子弟兵临启早春。
雷火二神飞武汉,克金助力战魔君。

抗疫得句

二月龙腾逐日新,晓来窗外鹊声频。
千军驱疫旌旗奋,狂战瘟神不顾身。

三月春色

花开三月忆新年,闻令而行战疫艰。
雷荡东风驰万里,无边春色绽人间。

疫情大考

疫情大考一张卷,执笔应答各不同。
成绩好坏谁作主,以民为重立苍穹。

草原晨钟

晨钟霞照碧连天,枯尽春荣大草原。
入目沁脾芳绽绿,彩云映日落心田。

观美国抗疫有感

中华聚力驱邪疫,共战瘟神天道循。
隔岸是谁观火乐,大同世界莫独身。

中外抗疫有感

江城黄鹤影音频,三月春颜别样新。
怜叹黔驴今海外,技穷无力战瘟神。

草原晨景

牧草迎辉春向荣,长鞭策马骋如风。
嘹歌响彻穿云月,凤舞霞飞两映红。

桃花映雪

天意随谁挥梦笔,夭红映雪两分明。
冰心点艳桃花醉,诠释人间别样情。

遥祭凉山救火英雄

救火逆行身不顾,赢来岁岁满山春。
英雄壮烈惊云汉,化作丰碑泣鬼神。

庚子春吟句

离家两月驱瘟疫,拙笔一抒吟壮情。
借问寒宵知几味,熬来暖日近清明。

清明节前晨吟

烟色朦胧窗外柳,枝头喜鹊唱清晨。
冲寒已觉东风暖,驱灭瘟神万物新。

桃花吟

枝弄斜阳溪水咚,灼灼花艳引千蜂。
桃红曾落心头上,已是天涯月共明。

清 明

紫燕春回双剪柳,山边枯草绿颜生。
清明遥祭堆思念,一线筝飞牵我情。

贵州覃战友寄明前茶

都匀相隔万山重,君寄毛尘情更浓。
莫道远方知己少,故交三五比千峰。

看美国抗疫得句

政客无方瘟疫重,早前落井下石忙。
东风吹过谁当事,不以民安乱咬狂。

小溪春色

潺潺溪水柳妖娆,三五白鹅过小桥。
若有马良神画笔,几分春色梦中描。

谷雨得句

岁至暮春节气换,雨生百谷正当时。
牡丹吐蕊杨花尽,共待秋收折桂枝。

忆坐先父小推车赶集

夜落星光三两点,宵行颠簸赶集忙。
弱年不懂愁滋味,梦在车筐一路香。

春蚕

一缕银丝织岁月,琼梭莹彻茧初成。
晶华吐尽终无悔,直待春回梦更兴。

五十三岁生日梦

梦里再听慈母叹,青黄不继奶娃饥。
而今娘逝十一载,生日吟歌泪眼迷。

狱内值勤归来

月季花开绽狱园,和风细雨鸟鸣天。
归来照镜梳白发,几缕飘飘对笑颜。

槐花餐

槐花香里忆当年,热气腾腾溢满园。
今晓一笼盛岁月,苦中总带几分甜。

白杨礼赞

一树葱茏枝叶茂,参天立地广成荫。
生来不惧风和雨,缘是身直根又深。

忆故乡别院晚景

溪水潺潺杨柳依,槐花老树鸟鸣啼。
夕阳一抹红如火,篱下黄鸡唤小鸡。

小满得句

节从小满多兴雨,始有金黄染绿田。
麦浪起伏人见喜,待听布谷唤丰年。

游景阳冈

空拳打死山中虎,不识英雄何处埋。
人若景阳冈上过,归来豪气壮情怀。

防疫再出征

荷如绿伞清波上,阵阵涟漪心里流。
防疫再征生日去,归来花月荡轻舟。

外卖小哥

夏迎酷暑冬迎雪,街巷穿梭不等闲。
每日为人餐送后,几分汗水几分甜。

隔离宾馆中得句

一丈方圆别洞天,诗书伴梦白云间。
举杯茶映窗前夜,已是心中明月悬。

咏豆腐

汗滴禾土秋成豆,水煮磨压千百般。
纵是刀切浑不惧,洁白方正美名传。

路

风来雨去久重重,走到山前又一峰。
跬步积成千里路,回眸远望已从容。

新 竹

春回才露尖尖角,雨后恍闻拔节鸣。
不是东风偏爱竹,缘来鞭长九冬生。

题新娘塘瀑布

水作仙罗飞玉流,泉音跌宕化情柔。
冰姿俏展青山侧,疑是嫦娥降九州。

海上晨景

海天万里波涛阔,旗舞朝霞色更红。
抗疫连心同命运,巨轮满载是东风。

题山原生态庄园

碧空云影醉悠悠,草色霞光一目收。
清旷山原生态好,庄园小住了千愁。

游西湖

白鹭声声鸣翠柳,断桥花伞一湖春。
楫扬漫品三潭月,西子今朝妆更新。

农历四月底得句

监区值夜归来晚,晨梦南游汨水滨。
一叶小舟轻浪里,心随白鹭上青云。

荷塘花开

端午得闲履诺来,青蛙把叶作莲台。
小荷素立飘清韵,浸漫心田朵朵开。

明湖赏荷

清香十里游人醉,绿浪涟漪荡小舟。
鱼戏荷摇浮潋滟,白莲早已绽心头。

雨后游湖

依依柳下戏鸳鸯，素浪摇荷碧水长。
昨夜星空拂晓雨，晨风缕缕送清香。

读《红楼梦》有感

兴衰更替亦烟云，一部浮华几度春。
不屑胭脂堆里死，男儿筑梦弄潮人。

登泰山十八盘

阶台峻峭向云天，两侧青峰举步艰。
登顶悄然回首望，风光堆砌陡梯间。

咏十芴园

小园落落明珠韵，潭映山石景不同。
曲榭留云独到处，古香别致共情融。

忆夏日游园明园

人至此园莲不尽，残垣满目诉声声。
难抒断壁空余恨，多少烟云旧梦中。

全球新冠感染患者过千万有感

病毒摧残千万家，环球风景看中华。
疫苗研制谁先产，信是旗红迎早霞。

咏郁金香

花开四月溢春光，色彩盈盈十里香。
琥珀撷来斟美酒，畅吟一曲满庭芳。

高考日吟句

寒窗十载拜程门,高考嗟惊学子魂。
纵是时光输不得,焉能两日定乾坤。

七七事变八十三年有感

乘夜袭华魔影动,隆隆枪炮犯中原。
黄河怒吼驱倭寇,浴血雄狮镇鬼魂。

闲 吟

友朋相聚归来晚,弦月半轮上小楼。
步乱不知杯几许,院中孤影似摇舟。

伊人背影

看似无情却有情,桃花飘落丽人行。
春风一路长相伴,纵是天涯共月明。

忆江南

烟雨朦胧三四月,翠峰倒影浪千层。
归来难忘江南好,夜梦舟中听桨声。

春游江南

油菜花开金灿灿,朦胧烟雨醉江南。
群山竞翠芳争艳,梦幻飞舟月亮湾。

煤油灯吟

豆点金辉承理想,早年伏案到三更。
久怜灯火寻不见,常梦高堂灯影中。

云

时而滚滚狂潮涌,也有霞光纱半明。
若识水云多变化,谁人风雨夜中行。

去长安

泉城西去望三秦,欲沐唐风润客魂。
不畏浮尘遮远路,只缘前有领航人。

别样乞巧节

七夕岁岁节相似,惟有今年大不同。
牛女更多分两地,齐心防疫见衷情。

草原仙鹤

芳草萋萋伸白翼,腾空展翅欲飞翔。
我疑仙鹤凡心动,已把他乡作故乡。

湖畔思乡

晨飘细雨晚来晴,伫立湖边思绪生。
久住泉城风景秀,依然难抵故乡情。

看袁隆平和钟南山合影

信念种出粮万担,丹心医治众苍生。
尽忠酬梦新时代,矍铄风流两老翁。

梦回滨海看风筝

心随秋韵达滨海,梦伴多姿飞满天,
手挽银丝情缕缕,故乡旖旎彩云间,

夜半秋雨

星烁位移随斗转,江河依旧向东流。
忽闻窗外梧桐雨,滴落心头半个秋。

七夕得句

天河浩瀚人难渡,总有情深鹊搭桥。
年少想听牛女语,葫芦架下涌心潮。

月下吟

抗疫执勤将欲行,忽闻芳苑又和鸣。
举杯月下邀知己,荡起心中一片情。

忆苏州行

城内园林城外河,清波江上览清波。
客船夜渡姑苏道,吴语琵琶浪里歌。

山中小憩

绿屏环绕寒潭碧,云影悠悠过水亭。
山半微风清沁腑,沏茶柳下品蝉声。

秋天夜雨

秋落梧桐一夜雨,遐思再起故园情。
低飞双燕堂前语,闻将别离泣泣声。

秋题胡杨树

正是秋寒叶色浓,黄沙千里我枝横。
生来不惧西风劲,烈焰灼灼映碧空。

白 露

金风玉露始相逢,便是初识秋意浓。
风舞蒹葭天送爽,露催稻米岁登丰。

白露感句

残荷衰叶始寒霜,雨落西风夜更凉。
莫道悲愁今日起,乡村秋灿胜春光。

忆儿时割草

书包一放携镰去,村野迷藏玩伴追。
日落霞飞筐未满,枝条蓬起悄然回。

咏应县木塔

木塔凌空耸九遐,经灾千载炫奇葩。
峻极雄峙传天韵,恍若佛光映彩霞。

海上一箭九星发射成功有感

烈焰喷腾声啸震,九星一箭跃苍穹。
长龙化作祥光去,相伴嫦娥翱太空。

火星探测寄句

一跃星空千万里,嫦娥目送仰神姿。
问天求索追新梦,勇上苍穹探未知。

赋句秋分

节到秋分日渐凉,乡村处处正农忙。
北播冬麦南栽稻,汗水流出五谷香。

秋夜思

月光如水照无眠,一夜悲思故地间。
人去空空庭院静,幽幽秋草泪霜寒。

遐思泉畔

秋风拂抑舞婵娟,夜色星光映碧涟。
把洒斟情谁与共,一弯皎月照无眠。

中秋夜梦

每到佳节思倍增,梦中再起故园情。
月圆辉洒乡音切,庭院声声唤我名。

中秋国庆双节同日得句

月圆谁信难如外,皎亮高悬似玉轮。
畅饮夜空情尽抒,婵娟舒袖九州新。

游百脉泉

轻风杨柳水中天,游客纷纭话易安。
沸涌澄澄出百脉,布衣瘦影照清泉。

秋题雪野湖

琉璃万顷映白云,环翠峰连秋似春。
不墨自成山水画,弦波腾浪奏琴音。

霜 降

秋末冬初草渐黄,层林沃野贯寒霜。
菊开不畏西风冽,辽阔江山万里香。

庚子重阳得句

多彩江山瑞气扬，金秋烁烁胜春光。
如今又到重阳日，疫灭菊开分外香。

值夜狱内偶得

夜守高墙暇自吟，晚秋叶落舞缤纷。
心悬明月酬知己，情寄长空一片云。

涂山望夫石

治水一别十几载，望夫远眺渐成痴。
谁人能解相思苦，万缕情丝化此石。

晚 秋

寰球冷热几枯荣，物转星移万象生。
萧瑟寒秋今又是，华菊依旧笑西风。

梦中小竹林

晨色朦胧翠鸟啾，轻风拂竹径通幽。
潺潺细水浮清浪，碧影涟漪心上流。

忆从戎时光

步履铿锵追梦想，十年军旅绽芳华。
纵然一路风和雨，赤子燃情映彩霞。

思 念

年少离家军旅志，山高水远映斜阳。
双亲早逝常萦梦，涕泪沾襟思故乡。

携妻儿游天尽头

海蓝空碧舞云霞,鸥鹭齐飞处处家。
天有尽头情不尽,依依相伴到无涯。

游庐山得句

横岭侧峰谁识得,人行巅处亦彷徨。
一山穷尽千年事,云汉飞流碧水长。

咏茉莉花

卓立冰姿花不语,暗香涌动芬芳郁。
若将茉莉比佳人,素雅淡妆清韵逸。

咏长津湖之战

征衣无惧冰天地,激战顽敌斗志昂。
血染长津歌壮士,不辜时代勇担当。

马克思颂

挥笔鸿篇资本论,揭示价值意无穷。
宣言一出播星火,筑梦寰球指大同。

红叶偶得

小园昨夜起寒风,落叶纷纷几片红。
兴许有情曾似火,爱河未渡忆相逢。

小雪日得句

不知小雪何方去,蒙雨如丝空自流。
午后云开天似洗,窗前喜鹊闹枝头。

嫦五探月

大梦向天今揽月,腾腾烈焰显神威。
寰球举目嫦娥五,舒袖长空生彩辉。

庚子自题

少年有梦期高远,沧海茫茫一叶舟。
岁月未输风雨早,斜阳西下照黄牛。

听《梁祝》

婉转悠扬时切切,余音袅袅叹凝眉。
使人长久思梁祝,若水涟漪蝶梦飞。

忆春游泉水边

泉水悠悠浮潋滟,依依杨柳醉春光。
早年红豆今何在,已种心头结夕阳。

故乡小河

故园风劲荡河柳,霜雨飘零水自流。
梦里小溪依旧在,时而思念上心头。

冬天乡村

朔气森森封万物,江河村野满冰霜。
大棚不惧寒冬日,耕种春天汗水香。

回乡偶得

北风凛凛到乡关,不识农棚百菜鲜。
村镇缘来多巧手,采得冬日种春天。

百脉泉感吟

名泉百脉琼波涌,碧水潺潺心上流。
贤相词宗传韵远,至今骚客念章丘。

咏奋斗号深潜万米成功

巨浪狂风勇启航,深潜万米又何妨。
黄河儿女多奇志,智化蛟龙探大洋。

冬 至

数九寒冬天道循,乡村阡陌少行人。
一锅瑞气玲珑饺,入夜飘香万户春。

咏嫦五得月凯旋

向天探索千年梦,烈焰腾空唱壮歌。
得月归来成创举,寰球惊慕颂嫦娥。

山海关遐想明清

完坚矗立接南北,峻峙扬威山海间。
看是雄关真似铁,丧失民意换云天。

缅怀周总理

此日炎黄谁不忆,山河失色挽白花。
四十五载苍天泪,思念倾流过海涯。

冬日乡村

江河结冻封时久,雪映乡村冷气森。
纵是严寒冰刺骨,向阳花木早争春。

与于兄同榜获奖感吟

于今在耳绕梁音,明月窗前吉兆临。
华发不悲才智少,好吟酬梦伴佳闻。

注:在"中国龙山·泉韵章丘"全国诗词大赛中,与于明华兄合同获三等奖,作嵌名诗以作纪念。

过 年

老少衣新绽笑颜,堂中父母赐福安。
时空若是能穿越,一步身回过大年。

思 念

匆匆又到过年时,欲拜高堂不可期。
微信若能穿两界,荧屏或解泪相思。

致贪婪而死之徒

为官不正贪权色,搜刮民膏忘母恩。
只要青天依旧在,铡刀落下未冤魂。

冰雪世界

(1)

玉砌楼台灯作景,水晶炫彩意徜徉。
若能逆季留得住,有待伏天好观光。

(2)

玉砌楼台灯作景,水晶炫彩意徜徉。
逆季若能留得住,伏天有待好观光。

注:此为折腰体。

哈尔滨冰雕节

楼台玉砌灯为景,炫似龙宫幻九光。
逆季若能留得住,伏天可待意徜徉。

早春

(1)

江河解冻翻清浪,大地回春岁月更。
不等牛年鞭炮响,风催万物启新程。

(2)

沿河杨柳绽新芽,冬麦还青披早霞。
春暖消融梅上雪,风催梦笔已生花。

邻居

同是当年追梦人,有缘千里作芳邻。
和风如沐年年度,友善而居胜远亲。

宝钏情

寒窑苦守十八载,昼夜相思岁月艰。
心若磐石情不变,望夫得胜把家还。

家乡老井

故地先人留水井,旱时饮用旺浇田。
而今闲置清依旧,心上涟漪追往年。

年二十九晨得句

枝头百鸟鸣新绿,残雪消融生紫烟。
围剿瘟神今又捷,春风福至好团圆。

守 岁

疫消福至动心弦，溢彩流光映碧天。
绝好祥风临子夜，最佳味道共团圆。

牛年展望

疫消砥砺共牛年，风展红旗染大千。
四海兴腾潮巨涌，耕耘梦想震云天。

初二夜雨

蒙蒙细雨催新绿，正是逢春旧岁除。
潜润无声滋万物，芳菲作伴走征途。

吟诗有感

烟花夜放又经年，执笔春耕种韵田。
莫问节前收几许，诗香一缕赋新笺。

迎春花

墙角藤条身未绿，先将黄蕾立枝头。
星花不等寒冬去，绽放清香入小楼。

初五送年

乡村鞭炮响黎明，流彩烟花划碧空。
破五消灾年送走，耕牛负轭踏征程。

敬喀喇昆仑戍边英雄

边疆戈甲迎风雪，绽放青春守国门。
佳节团圆君莫忘，忠魂耸立大昆仑。

中国界碑

置立石碑分两界,字符血铸刻中国。
坚如卫士边疆守,神武龙威震恶魔。

学党史有感

皆称天下是为公,红白相争路不同。
永把苍生心里放,循行正道守初衷。

致到外地打工人

灯红月照元宵夜,明日将行辞故园。
此去他乡倾汗水,耕耘新梦化甘甜。

闹元宵

汤圆一碗邀明月,人面灯笼相映红。
狮舞龙腾节共度,黄河儿女驭春风。

扶贫有感

长有惊雷滚滚来,八年奋战不徘徊。
脱贫今古堪绝唱,坚守初心日月开。

小清河傍晚即景

春燕楼台百姓家,风吹杨柳岸飞花。
夕阳晚照轻舟远,犁水涟漪接落霞。

惊蛰村景

春雷欲响虫先醒,布谷声声催垦耕。
负轭老牛行更早,农田阔步壮新征。

咏女兵

热血应征报国家,军营无悔展芳华。
红装铸就戎装梦,步履铿锵迎早霞。

三八节感句

飒爽英姿遍九州,百行千业竞风流。
三八正遇春潮涌,亿万红装梦想酬。

植树节纪念孙中山先生

早春植树忆中山,百载提倡君作先。
后继肩承时代梦,尧天万里绽新颜。

鼠年小结

去岁苦多忙抗疫,回眸汗水尽东流。
谁知一路风和雨,明月心悬诗赋酬。

春寒之叹

簌簌花红吹落地,北风几日好无情。
春回本是长争秀,半路凋零一树空。

桃花峪

紫燕衔泥杨柳舞,潺潺溪水醉春风。
山村追梦迎霞早,对岸桃花相映红。

狱园晨景

竹外桃花一树红,小园雨后醉春风。
警蓝值守晨行早,鸟雀枝头鸣碧空。

安克雷奇对话感句

龙腾世界惊环宇,无惧西洋恶霸王。
引领寰球凭道义,曙光在望看东方。

咏海棠

绽放英姿花不同,缤纷满树舞东风。
悠然一笑压春色,尽展韶华映碧空。

换防归来题句

花绽春风绽警营,徽章熠熠铸忠诚。
长年防疫霜和雨,冷峻中藏赤子情。

品 茶

香飘云散响泉音,啜饮斟情堂满春。
日月一壶堪慢品,禅心意会小乾坤。

品 酌

窗前邀月问何时,举盏酌情味自知。
往事若能掺入酒,苦甘浓烈几人识。

登九如山

春风又绿染层林,栈径幽长草木侵。
应是青山知我意,清潭布水涌泉音。

咏春风

(1)

山岳云飞草木苓,江河腾浪送佳音。
东风浩荡春潮涌,花绽枝头万里新。

(2)

笛鸣已过玉门关，塞北回青大雁还。
风暖不随人变老，再泼浓绿染千山。

清 明

(1)

蒙蒙细雨柳含烟，往事萦怀泪眼前。
涕落惊飞窗外鸟，携悲一曲入云天。

(2)

苍天洒泪为谁泣，每到清明悲雨纷。
松柏长青山不语，神州万里祭英魂。

草原春

草绿莺飞遍地花，一弯碧水映朝霞。
牛羊骏马青原上，宛若珍珠披彩纱。

遣 怀

从戎拼搏到如今，无惧风吹雨又淋。
愿得此生长报国，不求黄白守初心。

咏梨花

一树洁白应季开，仿佛心动下瑶台。
风吹花落飘如雪，再报东君寄未来。

故乡的花

何处花开已醉人，故园酥雨洗清晨。
青枝绿叶着甘露，喜看芳菲分外新。

黄河之春

大浪滔滔势破竹，寒冰万里旦夕除。
如今虽借春风笔，难绘新潮入画图。

春之情

鸟鸣雾淡绕青山，绿水涟漪带笑颜。
三月春心无不识，诗情一片寄云天。

赏 花

蝶舞翩翩迎醉客，百花争艳引峰鸣。
芳名知否无关碍，心赏随缘一段情。

致敬荒山造林人

空旷晨昏堪寂寞，苗青点点亦无声。
倾流汗水荒山绿，栽种春天荡漾情。

致敬探矿人

不论春秋冬与夏，山川踏遍任狂风。
青丝白发皆无悔，汗透衣襟旗更红。

致敬核潜艇之父彭士禄

报国埋姓隐风流，勤志一生利不求。
核慑天狼潜大海，君如星斗照千秋。

咏蒲公英

灿灿如金花绽后，籽球宛若玉玲珑。
天和絮吐随风去，飘洒他乡亦是情。

时局有感

百载变局今已现,龙吟环宇展雄姿。
江河浩荡东风劲,正气如潮驱百魑。

谷雨题句

雨水渐多今日始,群山秀丽气清新。
农田百谷芳华展,喜盼三秋遍地金。

荷塘春色

微风吹皱一塘绿,鱼戏莲摇翠鸟鸣。
云影悠悠浮碧水,诗心旖旎景含情。

雨后荷塘

风停雨霁池塘静,清气盈盈分外新。
我赏青莲莲赏我,心和花蕾作知音。

品崂山绿茶

煮水沏茶浮嫩绿,崂山云雾紫壶收。
泉鸣香洌飘春韵,禅味一丝心上留。

故乡水

老井润泽十几载,溪边嬉戏未知愁。
最甜不过家乡水,梦里涟漪心上流。

故乡情

离家卅五年成忆,梦里携妻旧地行。
一草一花追往事,最为难舍故乡情。

咏李白

月吟酒畅梦飞扬,天纵奇才出盛唐。
浪漫豪情今古少,誉名千载永流芳。

读李白诗感吟

奇才天纵名千古,快意人生诗酒狂。
若有谪仙一缕韵,寻常花草亦芬芳。

春末风光

桃李青青杨柳绿,丛中百果暖风催。
莫愁入夏芳菲尽,映日荷花始盛开。

礼赞劳动

汗洒农田庄稼旺,春荣秋实岁丰登。
繁华从不凭空降,惟有辛勤家国兴。

红杜鹃

血染花红万朵妍,彤彤似火满韶山。
芳魂不老情长在,应是霞辉照碧天。

观兵马俑得句

宛若雄师地下藏,气吞六国伴秦皇。
悠悠千载云烟过,更喜今朝兵马强。

纪念并敬和邓恩铭先烈

血色辉煌耀世间,神州早已换新天。
百年砥砺酬君志,十亿人民慰九泉。

童心可吟

敲句经年泼墨香,诗田种草亦芬芳。
纵然对镜多霜发,我欲童心醉夕阳。

游西湖

漫步苏堤翠鸟鸣,风梳杨柳雨初停。
一湖潋滟三潭月,不尽涟漪千古情。

寄情山水

迎眸草木侵芳径,楫舞轻歌荡小舟。
闲坐云亭山水处,既无风雨也无愁。

题华容道

千载悠悠韵味藏,时光不老谱新章。
而今再看华容道,绿树良田稻谷香。

开车所得

油门一踩驰千里,两侧青葱闪后行。
不惧雨霜征路远,心明大道守初终。

泪送杂交水稻之父袁隆平院士

(1)

霹雳一声传噩耗,苍天洒泪送袁公。
神农再世今而去,震古功勋傲九重。

(2)

高产杂交震古今,海滩酬梦稻田新。
家国不幸君辞世,功列千秋照后人。

(3)

千年饥饿忧环宇，试问谁能丰稻田。
惟有袁公昭日月，今朝一去恸苍天。

雨后赏荷

雨后荷塘清气溢，鱼翔浅底吻青莲。
花摇叶动琼珠闪，人伫池边似悟禅。

赋男儿

生作男儿天地行，一蓑风雨走千重。
乌纱大小难长戴，不若为民留美名。

安居吟怀

东风四秩高楼起，兴建安居千万多。
若是少陵今日在，昔歌不唱换新歌。

读《茅屋为秋风所破歌》咏杜甫

秋风怒吼室茅掀，苦盼吟怀寒士安。
乱世谁人书大爱，家国史笔少陵传。

旧村改造得句

成片高楼拔地起，乡村改造锦绣编。
彩旗飘展安居好，老少回迁带笑颜。

花季少年

长将汗水洒农田，忆往家贫生计艰。
年少不知花季短，曾经多梦醉儿男。

咏石榴花

杏黄桃绿坠枝头，恍若芳菲去不留。
且看榴花红似火，明朝一树映金秋。

出征前感句

（1）

儿返家中昨夜酒，我将今日再征程。
自从战疫团圆少，却是深深父子情。

（2）

昨夜团圆杯酒聚，举家三口笑开颜。
纵然今日分三地，逐梦无休自策鞭。

党旗下宣誓感吟

百载工农唱大风，万千矢志践初衷。
江山根在民心里，永举镰锤共映红。

题丹霞地貌

近看如巾远似雯，长宽短窄色缤纷。
游人惊艳非凡貌，疑是霓裳化彩云。

观狱内小池塘

幽寂小池清几许，莲花浮水悄然开。
天蓝柳绿白云过，只等禅心故客来。

赋高考

十载挑灯夜半明，寒窗恍若苦僧行。
笔挥开启前方路，处处勤耕定一生。

咏海燕

纵横展翅百千般,海上飞翔若等闲。
身小却藏鸿鹄志,击风迎雨水云间。

祖率感句

圆三径一终多少,筹算艰辛不等闲。
自古专攻须寂寞,数年转瞬过千关。

咏春蚕

汁当美酒叶当食,露宿青桑展玉姿。
为报三春无怨悔,柔情一夜化冰丝。

感习总书记与神十二航天员通话

话语殷殷和蔼亲,地空虽隔宛如春。
九州圆梦传奇迹,喜看天宫胜比神。

咏七一勋章

百载奋争风雨路,久经磨难万重关。
丹心铸就勋章灿,倍感峥嵘耀大千。

遐思桃花潭

波光潋滟碧粼粼,酥雨桃花岁岁新。
李白汪伦乘鹤去,千秋潭水照来人。

忆参观兵马俑

遐思勇猛大秦兵,气势赳赳战马鸣。
化俑千年威不减,似闻一统六合声。

七七事变纪念日感句

战火虽然早已停,八十四载愤难平。
莫言狼子能知悔,保我家园强我兵。

农 家

绿杨澄洗舞云天,三五乡娃泥水边。
田中蛙鸣雷雨歇,溪流逐浪柳含烟。

咏轩辕柏

枝繁叶茂耐冰寒,暴雨狂风若等闲。
岁月五千根更壮,深扎黄土耸云天。

梦

时有时无难解谜,如真如幻境中奇。
若成好梦先吃苦,汗水长流方可期。

忆剿匪记

令行乘势追余寇,匪祸多年三载除。
喜看江山戎马壮,兵民亿万走宏图。

八一礼赞

战胜强敌守九州,灼灼荣耀照千秋。
始从起义枪声响,威武雄师岁月稠。

八一枪声

豫章枪炮声声吼,一吐真言震九州。
长夜迎来星火亮,血光赤胆照千秋。

河南抗洪记

九天云汉泻河南，洪水湍急心上悬。
坚信兵民承大禹，终除灾祸旺中原。

看杨倩夺东京奥运首金感句

枪响一声穿靶心，摘得奥运首枚金。
红旗升起国歌壮，骄傲身为华夏人。

看杨倩夺东京奥运首金

提枪策马入东京，看我中华奥运兵。
斩获首金旗更艳，寰球皆听国歌声。

庚子元宵夜

锅内玲珑锅外情，一团瑞气正生成。
汤圆恰似心中月，寄意江城夜更明。

访蒲松龄故居

闲日驱车到柳泉，浮生一梦访狐仙。
鬼妖贪虐浑如戏，细品聊斋卷内言。

八一抒怀

昔着橄榄绿十春，军转藏蓝穿在身。
两个警徽同样重，辉光烁烁映丹心。

梦游悬空寺

佛影灵溪碧水清，香烟缭绕向晴空。
无尘总是明如鉴，一树菩提心上生。

赞女子标枪夺冠

标枪诗颖战东瀛,一掷穿天环宇惊。
不愧生为齐鲁女,斩金昂首报佳声。

立秋感句

时光指日到立秋,缕缕西风自古愁。
万里江山今喜看,北国金色寸眸收。

咏泰山迎客松

五百年来如一日,枝伸叶茂立山腰。
望夫松翠白云伴,往事悠悠把客邀。

咏华山迎客松

傲立悬崖苍劲盛,诸峰如画白云低。
虬枝横卧经千古,头顶蓝天谁与齐。

军嫂情

丈夫戎马献青春,两地相思爱恋深。
缘梦三生红豆守,夕阳待醉向金婚。

月亮湾

碧水一泓似月弯,柳如眉睫凤眸边。
轻舟楫荡秋波起,脉脉传情望眼穿。

梦游果老岭

小路弯弯古树青,只留果老往年名。
凭生不冀成仙道,岭外红尘万丈情。

遥想西藏

雪域交融自盛唐，文成公主史流芳。
相承血脉传千载，喜看今朝兴未央。

注：庆祝西藏解放70周年。

忆年少秋晨即景

苍黄云淡起西风，野旷无人草自零。
雁叫霜天征晓月，秋思孤影写长空。

遐思佘山

莫看双山百米高，登临借势望波涛。
出名不是凭神殿，却有天文探紫霄。

咏手机

荧屏大小七英寸，天地玄机藏在芯。
君若不离她不弃，一生厮守胜如亲。

写在日本投降日

平生勿忘八一五，东面时传魔鬼音。
倭寇阴魂仍不散，止戈唯有壮吾军。

八一五日本降日抒怀

莫道冯唐今易老，雄心未变守神州。
东洋若是来侵犯，鏖战倭奴胜不休。

七七事变抒怀

万千儿女抛头去，不灭倭奴誓不休。
恨我晚生三十载，空将壮志梦中酬。

八一五日本投降日得句

阴魂不散起东京,近日常听拜鬼声。
血海深仇君莫忘,强吾将士守和平。

抗日感句

小小倭国魔鬼多,侵华百载动兵戈。
军民奋起黄河吼,九域长鸣义勇歌。

游泰山西湖

旗猎歌扬飘远山,泉喷似雾漫云天。
不知西子曾来过,只见一泓岱岳前。

赞班超

投笔横戈书壮志,扎根西域几十秋。
边陲万里雄风唱,今古谁如定远侯。

圣洁纳木措

恍似宝石镶雪域,蓝光静谧映长天。
白云飘荡湖中影,潋滟传情山水缘。

赋咏至孝

慈母畏雷儿守护,王裒泣墓史流芳。
何为首善传千古,孝感苍天继世长。

秋 夜

无视天涯屏上见,传情翰墨醉心扉。
金风吹过长空夜,玉露星辰交映辉。

咏喜鹊

朝立枝头长报喜,英姿舒展亦无骄。
年年七夕飞云汉,夜幕星空架爱桥。

麻雀

机警成群爱自由,笼中宁死不当囚。
气节刚烈生来具,翅羽轻飞遍九州。

桂花酒

桂子飘香八月开,仙人入梦下瑶台。
吴刚传我将花酿,欲敬双亲泪满怀。

秋钓

平湖沃野尽秋光,雀鸟啾啾闻稻香。
弦动云开钩下水,风轻浪静钓夕阳。

忆看电影《少林寺》

荧屏剑影醉拳狂,观看归来入梦香。
一曲牧羊犹在耳,唤回多少旧时光。

感悟

山难路险水千重,转眼一程又一程。
雪雨寒风足下过,余生信步踏歌行。

朱鹮

秦岭南坡草木香,自由飞舞沐春光。
有鹮愿信东瀛好,切莫他乡比故乡。

听《悠悠岁月》感吟

风来雨去百千尝,四季含辛苦亦香。
岁月悠悠听一曲,仿佛回到老时光。

秋 荷

每遇西风叶渐衰,荷仙或许返瑶台。
池塘写满沧桑相,却把浓情赋未来。

白露吟咏

西风一夜染清秋,雁叫长空江自流。
凉爽多从白露始,乡村恰好梦千酬。

秋月感古

西楼月照清秋夜,庭院深深锁古愁。
连下金牌十二道,可怜大业付东流。

白露吟咏

西风一夜染清秋,雁叫长空江自流。
凉爽多从白露始,乡村恰好梦千酬。

秋月感古

西楼月照清秋夜,庭院深深锁古愁。
连下金牌十二道,可怜大业付东流。

梦游草原

千里飘香牛仔旺,羊肥马壮草原兴。
花红叶绿蜂蝶舞,莺唱云飞鸟雀鸣。

夔门感咏

大江浩浩下昆仑，跌宕瞿塘惊客魂。
千古滔滔流不尽，诗情似浪涌雄门。

题金丝猴

跳跃龙腾轻似燕，金丝横纵绿林间。
美猴许是仙石孕，与共中华千古缘。

咏金色桂花

金桂花开万点黄，迎风飘逸韵八方。
婆娑馥郁通人意，每到团圆分外香。

桃花坞

山村风暖换新妆，阡陌乡间多众芳。
十里夭桃春意闹，伊人宛在坞中央。

记某些同龄人

科举能赢堪入仕，乌纱戴上记民情。
有人得意春风后，负了初心毁一生。

庆航天英雄凯旋

亿万星辰共伴飞，乘龙天地任来回。
恰逢桂子飘香日，喜看中华壮士归。

写在九一八事变90周年纪念日

国弱从来招虎狼，斑斑血泪岂能忘。
柳条湖上那时月，悬至如今带旧伤。

中秋值勤感吟

值勤灯火意阑珊,子在他乡亦不闲。
可叹中秋明月照,拙荆独自守家园。

乡村石榴树

花开夏日红如火,凝聚秋实将梦酬。
为照乡村民富路,灯笼挂满树枝头。

有感孟晚舟女士归来

押于胡虏未低眉,心有中华志不卑。
苏武精神传史久,国强喜看晚舟归。

赞西北治沙人

戈壁安营几十秋,赤心追梦利无求
餐风戴月征寒暑,汗洒黄沙变绿洲。

礼赞刘永坦院士

默默耕耘几十年,雷达海上望长天。
只求报国无私念,奉献终生比古贤。

国庆抒怀

七十二载正芳华,看我江山遍地花。
万众扬帆同筑梦,红旗招展舞朝霞。

国庆抒怀

泱泱华夏五千年,强盗欺凌近代残。
马列传来天地辟,斩波逐浪靠红船。

咏东风导弹

百年苦胆卧薪尝,砥砺前行凭自强。
快递东风昂不语,驱魔护国慑天狼。

同学情

学问相帮交友朋,校园逐梦意无穷。
当年趣事知多少,每到逢时入酒浓。

题秋荷

晚秋荷瘦叶虽黄,枯亦亭亭风雨尝。
纵使铅华皆洗尽,老茎依旧立夕阳。

晚秋小酌

浊酒一杯饮晚秋,笑看尘世乐和忧。
人生岂可皆如意,无愧于心将梦酬。

某国欲殇

身已中干空外强,谁人不识逞虚狂。
霸权长久追私利,终有一天皆败光。

秋观壶口瀑布

秋风千里雨潇潇,不尽黄河万古涛。
浩浩狂澜壶口泻,龙吟响彻贯云霄。

晚 秋

霜吻枫红染碧天,时逢盛世又丰年。
大河南北秋光好,征雁迟飞恋不凡。

红　叶

秋风萧瑟寒霜至，山野枫林尽染红。
叶落休言情不再，归根许是意还浓。

羲和探日颂

射天吐焰飞乾宇，探日追光路不停。
揭秘星空凭智慧，巍巍华夏最关情。

忆琴岛观日出

琴岛东临忆往年，碧波万里浪生烟。
日出海上红如豆，直到夕阳燃满天。

秋　枫

深秋七彩美如期，山野枫林展俏姿。
待到叶飘红满地，浓情一片是相思。

咏时代青年

蓬勃朝气似阳升，行业峥嵘亿万英。
筑梦复兴为己任，扬帆共济壮新征。

梦游千岛湖

月照千山湖水静，陡然一镜浪花开。
倾情吐尽胸中墨，诗若轻舟天际来。

红尘客

人生本是匆匆客，花落花开几度春。
莫把沉浮心上放，淡然一笑看风云。

登泰山看日出

梯陡登攀将梦逐，南天门跨望雄图。
玉皇顶上开新境，云海喷薄红日出。

闲庭品茶

（1）

老茶慢品闲庭坐，叶落夕阳听鸟声。
墙内幽清墙外噪，心安此处是空明。

（2）

静坐闲庭品老茶，小园夕照似红纱。
鸟鸣几处声声脆，送与轻风共晚霞。

（3）

夜来弦月照闲庭，老树秋深叶自零。
倦鸟归巢声渐止，只闻溪水似琴鸣。

兰花

悄自花开香暗送，淡泊素雅静无声。
不和百卉争娇艳，身俱谦谦君子风。

神舟12号出舱感吟

天外乘龙球自转，神州儿女写传奇。
炎黄酬梦新时代，探索星空志不移。

游红叶谷

深秋欲尽荡西风，幽谷层林已染红。
枫叶霜侵情更甚，千姿飘逸落心中。

航天员太空漫步

大宇龙飞出九州,上天揽月数风流。
太空一步三千里,蓝色星球明目收。

小 酌

晚风小月上西楼,把盏稍倾饮细流。
莫道独酌多寂寞,一壶浊酒品春秋。

冬日首雪

大雪纷飞舞立冬,银装素裹映苍穹。
天公许是应人愿,冻死瘟神迎岁丰。

立冬小酌

立冬夜暮寒风至,杯酒斟情小火炉。
自古浅酌多慢品,且凭诗兴尽倾壶。

农村老家

梧桐叶落映残阳,寒日风吹老木窗。
过往柴扉多少爱,一针一线入情肠。

立冬次日晨吟

清晨玉树小寒风,万物银装冰雪封。
盼望入冬酬众愿,扫除一切害人虫。

时代感吟

苍生共住地球村,命运相连已至今。
岂让大千由鬼主,巨龙呼啸定乾坤。

闲 庭

溪水潺潺风自清，叶飘几下落无声。
情丝一缕心头系，明月天涯潮共鸣。

十九届六中全会感吟

远行万里凭灯塔，时代红船气势昂。
避短扬长劈浪阔，帜明帆正续新航。

夜读偶吟

时约皎月小窗前，笔墨轻声字句间。
学海行舟无寂寞，经书夜伴洞中天。

咏金橙

枝头悬挂绽金黄，个大圆圆映夜光。
硕果万千如满月，荧华烁烁照康庄。

夜观长白山天池

月洗长空天在水，澄蓝似玉嵌峰巅。
宛如王母瑶池落，涤尽凡尘无俗烟。

游珍珠泉

悠悠云舞映清涟，澄澈一泓可载天。
鱼戏浅翔浮细浪，泉喷珠玉柳生烟。

观《秘境之眼》

灵物凝眸方寸间，静观秘境万千般。
休言小景无关我，闻道和谐大自然。

赞新愚公黄大发

绝壁凿天渠万险,引来源水梦终酬。
大发开启殷实路,时代愚公誉九州。

问 春

天和日暖草先知,杨柳芽黄亦不迟。
若问春姑何月嫁,东风吹绿作新衣。

小雪夜思

冬来秋去不期求,半百光阴似水流。
煮酒一壶迎雪夜,知音三五上心头。

冬日环卫工

手执笤帚度春秋,落叶尘埃扫未留。
有梦严冬寒不惧,倾流汗水洗街头。

雪中梅

雪落寒冬封万物,苍蝇冻死不为奇。
梅花一笑冰光映,暗送幽香展玉姿。

月夜大明湖

云破月来花弄影,风平浪静水中天。
灯光湖映接山色,半是空灵半是凡。

咏银杏王

根扎厚土逾千载,春茂枝横秋满金。
勿忘感恩谁种下,前人未负后来人。

夜经藕池

犬吠传来偶几声，荷残柳瘦北风轻。
冬寒鸟宿尘嚣尽，月落池塘心上明。

享《月光下的凤尾竹》之美

悠扬婉转如天籁，倾诉心弦一段情。
此曲只应仙境有，竹林月照透空明。

寒夜感吟

槛外山溪水自流，一弯残月照西楼。
光阴不老催霜发，唯有真情心上留。

咏白菜

玲珑玉翠有灵根，平淡一生守本心。
纵是秋风霜雪打，青白不变历红尘。

论高矮

身高几许谁来定，总是人人各不同。
自古圣贤谈论少，多评才德孝和忠。

晨 吟

集结号响雪节前，使命千钧责在肩。
此去再征燃斗志，归来将是又一年。

小聚得句

掬情把盏话沧桑，畅饮开怀义气扬。
欲仿青莲无巧句，也来诗酒两三行。

吟诗之感

琢文敲字酿诗香,碎片光阴赋几行。
灵感忽来生妙境,华笺落笔偶得芳。

天宫讲课

宇宙无垠尽目收,太空讲解数风流。
杏坛今在云霄上,情系苍生探不休。

雪 花

寒气云逢花竞开,六出巧妙是谁裁。
料应霜女凡心动,幻化晶莹下九垓。

写在南京大屠杀国祭日

倭罪罄竹书不尽,滔滔怒火在燃烧。
余悲化作强国梦,正举风鹏傲九霄。

中国文联暨作协盛会召开有感

龙吟号角声声切,响彻文坛震九霄。
笔赋炎黄逐梦想,高歌时代涌春潮。

惜 时

四时轮换年年过,寸寸光阴不等人。
自古酬勤天未负,成功唯有倍含辛。

冬日农棚

农棚数九如温室,果菜青莹胜绿茵。
料是春光先到处,诸多汗水不辞辛。

买车感吟

待字高阁身价贵,有朝到手落凡尘。
事情大抵皆如此,用过一回不再新。

风

无色无形宛若空,四时无影似无踪。
夏吹热浪冬播雪,最喜依然杨柳风。

冬夜

枝梳月影鸟无鸣,夜色安然眷恋生。
诗与远方缘不尽,悠悠韵伴梦中卿。

冬至

日到最南今欲返,寒冬数九应时来。
休说万物皆封冻,喜盼梅花迎雪开。

冬至饺子

娘压皮子爹包馅,水饺一锅瑞气扬。
长大曾吃千百次,想来还是那时香。

雪夜

刺骨风吹雪打窗,楼前脚印两三行。
谁知寒冷高墙内,热血燃烧夜未央。

过元旦迎虎年

电网高墙冰雪天,铁衣寒夜少成眠。
封侯依旧春风度,笑举金樽迎瑞年。

感 吟

十万青丝今剩几,举杯浊酒问苍天。
西边日落东边月,可叹人无再少年。

西安抗疫

雪舞长安唱大风,古都千万众心同。
新冠余孽休得意,指日清除须放晴。

火

雷电裂空龙影现,地喷烈焰世难逢。
燧人钻木得薪火,开启文明万代荣。

蓝关古道

曾经日暖玉生烟,亦使先贤马不前。
古道往来多少事,春风几度过蓝关。

雾 凇

江岸谁栽千雪柳,晶莹闪烁亮银花。
长堤装点如仙境,疑是蟾宫落我家。

岁月可品

年少离家别故乡,山高路远斗寒霜。
若将岁月当茶品,苦涩回甘禅味长。

小聚得句

火炉煮酒雪花飞,畅饮难知干几杯。
相聚红尘情万丈,豪吟潇洒走一回。

数九寒天

山川萧瑟北风侵,诸水冰封冷气沉。
地冻天寒应有尽,红梅凌雪早迎春。

友赠水仙花

天然丽质绽厅堂,素雅清新溢馥香。
友送一盆来作伴,不觉忆起老时光。

岁末吟句

凌寒梅绿华灯夜,盛世烟花一岁除。
变局百年谁指引,红船驶向总如初。

元旦感句

始从零点入新年,齿岁忽增夜未眠。
回味曾经多少事,舒眉一笑逝如烟。

元旦感句

子夜钟声入岁新,长安抗疫待佳音。
最期故地瘟神灭,盼我中华盛似春。

元旦感句

溢彩流光不夜天,大街小巷庆新年。
复兴正似先人愿,滚滚车轮驶向前。

雷

闪电划空裂九霄,震天声浪动山摇。
若于静处听惊魄,云海翻腾起大潮。

看CBD灯光音乐喷泉感吟

灵幻灯光迎岁新,泉喷绚丽送佳音。
但凡奇迹由人造,莫负年华智与勤。

观美国疫情动态有感

甩锅推诿谁能比,无视新冠种祸殃。
病患朝夕超百万,人权民主向何方。

晨 曲

五更一曲夜阑珊,举目星空望眼穿。
忽有春风心上过,相思已寄彩云间。

白帝城

水绕小城千载韵,几经云涌数风流。
托孤人物今何在,不见当年空自愁。

咏我国女航天员首次太空行走

娇姿漫步太空新,俯瞰寰球天上巡。
旗映巾帼英气放,嫦娥相伴报佳音。

日月交辉

不见天河星灿烂,长空遥望两方明。
西阳晚照东边月,共沐交辉凝远情。

祝福北京冬奥

义勇歌声响九霄,北京冬奥领风骚。
奖牌雪映尤为灿,将是新潮胜往朝。

喜迎北京冬奥

梅骨凌寒迎雪开，健儿渴望上金台。
虎年鸿运乘兴启，冬奥逢春喜自来。

隔 离

隔离常态奈吾何，斗疫驱瘟蓄志多。
来日一出如虎豹，豪情十万仗横磨。

四九感句

雪地冰河四九天，红梅吐艳斗严寒。
幽香暗送传春信，指日东风一夜还。

腊月十五感怀

凡事三思路不歪，修身自省少横灾。
洁如十五空中月，守正心悬明镜开。

咏五味子

溪旁沟谷绿枝藤，春茂秋实万点红。
天地精华凝五味，结珠似玉济苍生。

诗 情

花木朝阳先得绿，梅凭傲骨斗残寒。
诗心无惧容颜老，总是芬芳开不完。

抗疫展望

众心凝志斗瘟神，前线频频传鹊音。
病患清零犹可待，江山靖疫度新春。

怀旧

得闲回味旧时光,总念童年饺子香。
岁月无情催皓发,心安归处亦家乡。

闻济南突发新冠疫情

新冠余孽祸泉城,万众同心斗志生。
纵我无才非扁鹊,愿从披甲作尖兵。

观虎丘试剑石

似听剑落迸雷音,散去云烟石两分。
不论当年成与败,缝留千古比雄心。

晨景

云淡星稀月似弓,银河远望影朦胧。
休言学问君行早,已有工人扫五更。

看迎虎年红灯笼感吟

耕牛默作岁丰登,虎瑞灼灼灯火明。
百载变迁民作主,启航引导靠红星。

忆童年守岁

门悬灼烁大红灯,吉降新春长夜明。
鞭炮一声除旧岁,人增福寿饺情浓。

写在除夕前

自古除夕月末还,团圆恰是在人间。
终年血汗迎福至,喜看顽童带笑颜。

贴春联

出门千里把家还，汗洒终究将梦圆。
贴上春联辞旧岁，明朝增寿换新颜。

挂灯笼

喜看家国紫气钟，灯笼彤烁久传承。
迎新更是盈堂彩，人焕春风醉映红。

大年初一感吟

鞭炮声声辞旧岁，春联对对贺新年。
万千欢聚元辰日，多少征衣家不还。

看女足勇夺第二十届亚洲杯冠军

看我玫瑰情绽放，远离故地战韩国。
两球落后神尤勇，逆转铿锵奏凯歌。

看冬奥会谷爱凌夺冠终极一跳

倩影一划掠碧空，腾挪翻转若飞鸿。
娇姿引领新丰采，雪地高台任纵横。

红尘一叹

举目星空唯叹吟，斟情邀月醉诗心。
青丝一缕共霜发，缘是前尘已种根。

趵突泉灯会

澄澈涟漪水色清，元宵灯会把宾迎。
泉声寄韵光华好，火树红波绣锦城。

元宵感句

月色盈盈落碧空,银花火树对联红。
灯笼烛照元宵夜,瑞降神州愿望同。

早 春

山溪日暖水叮咚,沃野河边草木青。
莫道春姑无处觅,已披绿色嫁东风。

咏河套美酒

河套玉浆纯酿造,性如烈马草原狂。
若来待客情深厚,底蕴悠长醉梦乡。

雨水节吟句

此节归后翠云增,南北河开草木青。
喜雨渐多潜入夜,随风飘落润无声。

贺隋文静韩聪花滑夺金

魔幻瑶池光影动,龙驰凤舞若惊鸿。
众姿卓绝谁争冠,冰上飞旋中国红。

下围棋

金角银边宇宙心,黑白连片两难分。
弈棋看淡胜和负,交错相依大道存。

春二月

新绿轻轻上柳枝,乡村正是种田时。
春播汗水洒阡陌,十月金秋仓廪实。

惊 蛰

春雷乍响蛰虫醒,初暖东风满陌阡。
电闪苍穹惊万物,江山锦绣衬尧天。

忆煤油灯

油灯点亮腹中光,陋室孤萤照纸窗。
伏案低眉憧憬绘,春风如约绽花香。

预祝全国两会圆满成功

三月花开情烂漫,乐闻两会沐东风。
议题关切民为重,同喜家国欣向荣。

梦酌大江

提壶浊酒大江前,狂饮春风笑对天。
滚滚向东流不尽,豪杰多少化云烟。

思 乡

晨飘细雨晚来晴,伫立窗前思绪生。
异地迎宵灯火好,难及游子故乡情。

听《命运交响曲》

管弦交响曲铮铮,急缓更迭号角鸣。
命运终归谁作主,抗争呐喊贯终生。

写诗感吟

朝起耕耘下夕阳,推敲勿废碎时光。
诗田浇灌不辞苦,总会芬芳三两行。

看电视连续剧《人世间》得句

善恶分明凭是非,剧中演绎喜和悲。
世间自有真情在,名利浮云切莫追。

山耕图

山野春回草木青,又闻布谷叫催耕。
夕阳驮在黄牛背,斜影弓身缓缓行。

车间隔离偶得

门推半扇面朝阳,小院春风花送香。
莫道隔离多寂寞,撷来一缕也芬芳。

清明上坟

雾雨纷飞祭祖天,墓旁冥币化尘烟。
孝心不在上坟纸,应是生前知色难。

咏旗袍而作

驱寇杀敌怒火烧,血流沙场染霜刀。
丈夫未必无情汉,多少旗袍爱战袍。

题大墙内桃花

执勤三载大墙中,小院桃花今又红。
借问疫情何日灭,来年慢品笑春风。

封闭听雷雨

闪电如龙划夜空,轰鸣彻地裂苍穹。
小楼孤影听雷雨,窗外雾霏春意浓。

以诗为伴

云似春纱霓若裳,风伯朝暮舞霞光。
感时升境新天地,诗绽芬芳缕缕香。

赞航天英雄

灿若星辰映碧空,上天揽月立丰功。
英雄莫问来何处,酬梦积勤傲九重。

忆当年军校阅兵

步履铿锵彻九霄,长安故地聚天骄。
当年踔厉酬鸿志,报效中华披战袍。

江边晚景

过往船只向晚忙,余晖将尽影霞长。
红妆一抹远方眺,每遇来人问返航。

咏白衣战袍

身裹白衣不透风,满腔热血报初衷。
疫区踔厉明双目,汗水涔涔战意浓。

监狱三年抗疫

庚子初春行至今,高墙职守战瘟君。
三年风雨含辛路,多少英雄泣鬼神。

望月吟

庭院清清皎月悬,星空仰望夜难眠。
新冠余孽何时灭,待我前方捷报传。

街景偶得

路静街宽车马少,层楼林立悄无声。
市民百万何方去,防疫居家别样情。

封闭执勤归来

解甲归来逢暮春,换防依旧斗瘟神。
身居陋室挥余墨,咏赞白袍战疫人。

五一前核酸检测

核酸检测排长队,一抹夕阳照我身。
耳畔鸟鸣隔绿叶,白袍话语缓人心。

惊闻6名同袍因劳累而殉职

同袍早逝正英年,妻恸孩哭失靠山。
白发又将黑发送,问天何忍子归天。

过黄河隧道

人在车中灯让路,油门一踩过黄河。
泉城发展逐新梦,巧匠能工奏凯歌。

咏黄河第一隧

浪涛滚滚流千载,隧道一开车自如。
当代鲁班新智慧,大河地下变通途。

咏布袍

春种秋收汗水浇,年年辛苦把粮交。
世间多少青云客,难比农家一布袍。

忆毛公在延安

红色劲风催号角,延河水荡浪花开。
雄文论道新灯塔,照耀前方向未来。

咏西花厅海棠

久占心中意未央,枝摇蕾放不寻常。
西花厅伴周公影,似雪含红万里香。

看世间

草木悲秋花竞春,茫茫世界众纷纭。
星光不问前行客,岁月只酬追梦人。

封闭备勤吟句

莫道独居寂寞生,诗经慢品到三更。
心花若梦春长在,拂晓推窗听鹊声。

听《可可托海牧羊人》曲

管弦缕缕诉曾经,心海独舟击浪声。
许是前缘犹未尽,生而难忘曲中情。

五十五岁生日得句

年少天真懵懂多,饱经苦难与曲折。
心中已种不屈志,暴雨疾风又奈何。

咏棉花

(1)

蓓蕾开出五彩葩,结桃青翠满枝丫。
金秋吐絮洁如雪,却是人间最暖花。

(2)

朵朵白云皆似雪,桃开吐絮宛如花。
生来不是谁能比,每到寒冬暖万家。

(3)

棉田五彩繁葩落,绿色桃生枝上压。
只待金秋开口笑,便成百姓幸福花。

(4)

生来不与百花同,始自洁白后变红。
碧绿丛中千万朵,迎风摇曳谢棉农。

除魔反霸

小小环球魔乱舞,东倭西霸又疯狂。
中华高举倚天剑,卫道同心正义扬。

佛与因果

(1)

世上本来因果报,谁能种豆结成瓜。
纵然请佛不能改,厚道为人福到家。

(2)

做事为人凭厚道,平时无德莫高歌。
心中无佛往家请,得果由因其奈何。

雨后赏荷

潺潺碧水过桥东,翠绿亭亭花蕾红。
诗梦盈怀时正好,青荷雨后送新风。

赋神舟十四号发射

烈焰狂喷箭上冲,三英揽月去苍穹。
飞天不是寻常事,梦想延伸外太空。

酱香酒

茅台赤水浮烟色,造化天池酿玉浆。
只待酱坛出酒窖,浓情四溢尽飘香。

题幸福渠

走壑穿山流九曲,宜都老少喜安居。
追思盛世幸福水,血汗曾经洒满渠。

庆福建舰航母列装

巨舰旗扬四海腾,列装下水啸长鸣。
国添重器劈浊浪,震慑天狼梦复兴。

梅雨村景

山村溪水伴蛙鸣,烟霭朦胧总少晴。
朝夕时而梅子雨,街头红伞步轻盈。

鲤鱼戏莲

荷叶田田池水静,鲤鱼时跃戏莲花。
休说没有龙门跳,枉费光阴逝岁华。

夜陪杜继凯同学南效宾馆内散步

昨夜清风从北来,小桥漫步共徘徊。
友情恰好成诗梦,流水蝉鸣两寄怀。

夏夜听雨

夜半雷声惊断梦,云间龙影闪长空。
苍生久盼甘霖降,只待金秋迎岁丰。

雨中荷

风吹雨密几蛙鸣,闲坐低吟倚水亭。
溅玉飞珠从叶落,红荷袅袅画中生。

贺王嘉男世锦赛跳远夺冠

嘉男一跳是多少?红影如飞不用猜。
逆转夺魁留史册,十年血汗铸金牌。

庆祝建军九十五周年

九十五年风雨路,丹心铁血铸辉煌。
强军展望未来梦,一统江山国永昌。

暑天品茶

轻斟慢品明前绿,恰度三伏宛若春。
遥想山间泉水细,低吟幽境似亲临。

晨梦江南

朦胧如幻目难收,时有山青云雾柔。
水墨江南晨入梦,轻舟烟雨画中游。

观采莲

如叶轻舟浮绿水,纤纤玉手采红莲。
摘枝青盖头遮日,时调情歌逗鲤欢。

七夕情

鹊飞霄汉架桥忙,牛女双星泛泪光。
相会七夕虽夜短,天河难比此情长。

东海时局

大军东海撒天网,何惧台独傍霸王。
宝岛从来华夏姓,江山一统灭豺狼。

持退役军人优待证感吟

(1)

长宽不过两三寸,却是家国一片情。
红色军魂依旧在,心昭日月铸忠诚。

(2)

一张红证伴身行,彰显青春那段情。
半百人生堪细品,最佳回味是当兵。

台海风云

风云骤变有天机,台海周边大浪急。
那句豪言犹在耳,敌如犯我必歼敌。

看我军围台演训

三军亮剑大东海,战舰银鹰导弹飞。
试问台独和美日,当今天下理归谁。

梦临故乡

踏遍青山魂未改,老屋小院梦中临。
孤凄不见高堂影,街巷无人何处寻。

初秋吟句

西风初露涌秋潮,春夏几经云雾消。
在望丰收堪细品,有谁辛苦有谁骄。

咏 荷

仙子凌波青气送,风吹雨润袅婷婷。
枝头花落擎莲籽,白藕泥中自有情。

大明湖荷花

小荷出水尖尖角,盛夏花繁映碧天。
最爱明湖雷雨后,凌波仙子醉人间。

游淌豆寺

熟路轻车淌豆泉,寺中银杏耸云天。
谷幽山绿清流下,借点时光好悟禅。

咏谷子

扎根黄土悄悄长,田野青青无艳姿。
雨打风吹从不语,只求穗重把头低。

秋雨梧桐

西风细雨少蝉音,小院梧桐叶落纷。
若问辞秋何处去,归根方可润来春。

秋 雨

碧水潺湲溪自流,长云密布锁清秋。
梧桐叶落昨宵雨,洒满庭园风满楼。

中秋夜

(1)

每到中秋明月夜,桂香飘逸共婵娟。
世间多少团圆事,看似平凡又不凡。

(2)

白云弄影舞婵娟,金桂飘香夜不眠。
多少他乡打工客,隔屏相守叹团圆。

中秋咏边防将士

戎装飒爽界碑前,手握钢枪夜未眠。
将士一心家国守,边疆万里共婵娟。

忆童年中秋

今遇佳节思往日,高堂膝下举家兴。
最圆还是那时月,每到中秋分外明。

悟道得句

知行血汗洒长天,无悔人生青壮年。
成败古今转眼去,早将过往比当然。

咏钱塘江大潮

浩渺烟波卷怒涛,浪声滚滚彻云霄。
钱塘潮水秋时月,独领江南千古骚。

偶 得

人生有梦未曾酬,莫恨时光不倒流。
笑看古今天下事,滔滔江水总无休。

祝陈冬、刘洋两航天员成功出舱

跨出天宫绕地飞,两人同框月同晖。
仲秋折桂云霄外,筑梦星空扬国威。

重阳抒怀

江山多彩又重阳,乡野东篱菊正香。
喜看霞辉余韵远,无边秋色胜春光。

楼顶观景

溢彩流光楼耸立,秋风轻拂几丝凉。
泉城景色沁心腑,路远灯明夜未央。

秋 情

枫灿榴红柿子香,陌阡霞照送秋光。
赤橙黄绿青蓝紫,多彩浓情染故乡。

国庆节清晨

蒸蒸旭日跃东海,灿灿霞光写满天。
遍地红旗迎国庆,江河山岳绽新妍。

漫步偶得

(1)

低吟慢步品闲庭,倏地神游山海经。
看似离奇荒诞事,蕴含真髓九州兴。

(2)

骚客皆酬时代梦,沧桑巨变引诗潮。
惜吾没有少陵笔,几句吟来不敢骄。

遐想量子纠缠

万物感应何所藉,时空穿越有纠缠。
揭开量子新一角,玄妙微观蕴大观。

贺梦天实验舱发射和对接成功

烈焰腾腾破夜空,箭声呼啸上苍穹。
梦天对接开新境,揽月捎星唱大风。

绿军装回忆

登科求学又扛枪,子弹曾经上满堂。
时拥春光浑不觉,几身军绿到斜阳。

秋游黄河三角洲

草呈黄绿水泊新,百里秋光胜似春。
更有莺飞鸿雁舞,大河入海壮诗魂。

冬雪遐想

晶莹似玉絮飞扬,山野桑田变雪乡。
素裹银装望不尽,寻梅偶得两三行。

咏王昭君

千年莫忘汉家女,北去和亲身未还。
落雁琵琶留史册,边疆大漠少烽烟。

咏貂蝉

董卓失义朝纲乱,闭月一出立大功。
从此不知何处去,教人千载觅芳踪。

咏映山红

百里花开染碧天,似霞如火展新颜。
芳菲一览频回顾,独爱韶山红杜鹃。

忆军校时光

登科进取肩扛枪,绽放青春意气扬。
军绿四年浑不觉,至今长忆旧时光。

雪之情

天降璇花织作梦,冰封大地蕴来春。
待得明日东风起,喜看江山万物新。

和诗有感

和诗敲句过难关,朝暮冥思亦汗颜。
一旦空明灵感出,泛舟宛若水云间。

冬季恋歌

日暮冬初雪打窗,低吟忽忆旧时光。
情丝曾系几十载,暖语消寒感寸肠。

赞朱彦夫

援朝抗美不惜身,耿耿一颗赤子心。
当代堪称新保尔,志坚行远傲凡尘。

听石琴

一曲石琴千古音,空灵悠远绕山林。
似临幽谷听泉涌,绿树白云明净心。

瑞雪纷纷

朔风吹劲入严寒,青女偏偏喜下凡。
舒袖散花轻漫舞,皑皑万里兆丰年。

憧憬

疫去人安总可期,待看大地复苏时。
江河万里腾新浪,浩浩东风不会迟。

元旦献诗

正逢冰雪天寒彻,喜见梅开暗送香。
更待东风吹九域,江山万里绽春光。

在潍北抗疫执勤

(1)

瑟瑟朔风声怒吼,严寒难阻去执勤。
胸中热血燃如火,铸就拳拳赤子心。

(2)

刺骨寒风奈我何,白衣作甲战瘟多。
曙光已现别松懈,指日还家奏凯歌。

注:2022年11月26日到12月26日,在潍北监狱抗疫执勤一个月,正是最冷的时候,温度曾到零下十几度,刺骨的寒风,冻透了警服,感吟两首与战友们共勉留念。

冬至偶得

夜长昼短入冬至,地冻天寒战疫灾。
数九正逢梅吐艳,迎风凌雪报春来。

迎兔年

驱疫迎新辞虎岁,烟花响彻报春声。
兔年开启酬宏愿,逐梦明天向远行。

咏古银杏

灿叶如金凝入药,疏通心脉养精神。
千年老树舒筋骨,辛苦当时益后人。

颂毛公伟业

少出乡关酬壮志,图存救国撼苍天。
沁园春雪豪情展,伟业功勋傲大千。

咏鲁源芝麻香酒

沂源山水浮烟色,造化天然酿玉浆。
醇碧挂杯分外郁,厅堂四溢齿留香。

小寒感吟

时令匆匆到小寒,流沙如过指缝间。
严冬更盼雪飞舞,驱走瘟君灭疫顽。

兔年立春

月照江河水缓流,烟花绚丽映街楼。
迎新莫怨春来晚,待听惊雷动五洲。

咏军队冬训

滚滚车轮驶向前,大军开训正迎年。
男儿何惧入三九,敢教天狼胆颤寒。

忆2016年南海危机

南海焉能任霸狂,强弓利剑慑嚣张。
敌人胆颤舰逃遁,惧我中华正义扬。

咏中国潜艇

万里波涛大浪狂,任吾潜艇搏蓝洋。
似龙入海深千尺,蓄势遨游慑列强。

怀念周总理

笑貌音容长不忘,平生甚喜海棠春。
读书只为国崛起,伟业千秋照后人。

咏遵义会议并纪念毛周两伟人

四面敌围遵义城,小楼一夜火烛明。
始迎命运转折点,迈步长征开太平。

雪舞小年

瑞雪飘飞正小年,灯红梅艳映冰天。
喜迎吉兆家国盛,福佑东方舞大千。

小年寄思

梅绽迎新凌雪开,素红两映总萦怀。
此情深有相思意,展望春天梦里来。

咏烟花

少叶缺枝身外红,开时不与百花同。
倾情绽放良宵夜,溢彩流光福瑞浓。

忆在潍北特殊执勤

朔风吹劲执勤日,大白加身战未眠。
不惧病缠天职守,丹心谱写岁华篇。

酒后偶得

熙熙俗世为名利,万丈红尘多假情。
本就清欢人数少,知音三五不虚行。

虎年大寒

大寒除夕又新年,疫去花开不夜天。
吉兔归来祥瑞降,春联灯彩福连绵。

虎年除夕夜

辞过大寒除夕到,烟花绽放贺新年。
驱瘟纳福胜于昔,家国昌兴逐梦圆。

家乡新年

(1)

除却瘟神喜满怀,村中老少锦花开。
声声锣鼓启新运,舞动春风迎面来。

(2)

新春一到阴霾去,老少村头意气兴。
抗疫三年实不易,爆竹今奏凯歌声。

初三大明湖

碧波荡漾伴严寒,鸭戏舟行似在天。
或许只能西子比,名泉汇聚满湖蓝。

夜游大明湖

漫步湖边夜踏歌,春风吹过小桥多。
灯红柳岸舟犁浪,泉水人家枕碧波。

春 忙

抢抓时令备春耕,农事由南到北争。
唯有奋发兴九域,黄牛酬志踏新程。

元宵观花

窗外声声鞭炮响,长空炫彩映元宵。
月圆花好新征启,忙趁东风弄大潮。

元宵偶得

烟花绽放元宵夜,月照长空分外圆。
喜度佳节辞往事,人勤春早待丰年。

致六零后

少时不识愁滋味,杂布粗粮逗耍多。
辗转而今霜鬓发,蓦然回首已成歌。

杂 感

摘掉乌纱权杖去,难寻得意往时春。
世间多少人和物,落尽繁华方见真。

春雨遐思

朦胧小雨细纷飞,杨柳滋萌盼燕归。
鹅鸭欢歌划绿水,待看桃李早迎晖。

春雨姑苏

春风细雨润如酥,水墨江南入画图。
鸥鹭两行天际处,烟波二月看姑苏。

观 潮

浪卷直击海岸礁,雪峰突兀耸云霄。
水蓝天碧波涛涌,提振心神起大潮。

郊外春景

雪逢春暖化晴柔,山野良田眼底收。
料是东君知我意,紧催冬麦绿油油。

海上日出

朝旭东升映海红,霞光万丈耀苍穹。
磅礴灿灿连胸臆,笔下潮来写大同。

竹林听雨

甘霖滋润物新清,溅玉飞珠亦共鸣。
最是人生应去处,竹林雨下听心声。

听布谷声

知春布谷叫新耕,农作欣闻天籁声。
婉转悠扬常忆往,陌阡枝叶倍关情。

听蛙声

夏春草木展荣颜,油绿葱葱映碧天。
最喜粮田新雨后,蛙声一片唱丰年。

惊蛰得句

雷公击鼓百蛰惊，草木回青阳气升。
万物复苏龙乍动，春泽九域始方兴。

咏桃花

千载夭夭岁不同，城南往事已成风。
不知崔护可知晓，当年桃花今更红。

壮哉歼20

穿云破雾裂长空，银翼翻飞任纵横。
逐梦蓝天豪气壮，战鹰酬志展雄风。

学习雷锋六十年

春风吹过六十年，遍地花开千百般。
惟有精神能不朽，广播四海代相传。

草原春光

千里草原春意浓，牛肥马壮沐东风。
羊群云朵两相映，绿野欢歌到碧空。

春游偶得

轻舟楫荡柳成荫，樱杏芬芳别样新。
一阵东风花瓣雨，幽香扑面动诗心。

感 吟

青丝银发弹指间，岁逾半百驻苍颜。
往昔踔厉当无悔，老有诗心比少年。

清明时雨

(1)

濛濛小雨细如丝,正是清明柳绿时。
游子凭窗空远望,低眉思念有谁知。

(2)

轻柔飘落细无声,溪水潺潺柳色青。
又到清明思故地,泪如飞雨几时停。

(3)

清明入夜雨潇潇,何以凄凄下九霄。
应是苍天悲烈士,怆然涕泪落今朝。

高考生

寒来暑往十年苦,学海行舟各不同。
直到全国高考日,方知笔下见真功。

春景偶得

梨花点点似琼英,柳絮飘飘飞满城。
月照闲庭一树雪,了然物外看分明。

思 亲

风拂老柳雨将临,院静庭空草自春。
锈锁难开门紧闭,年年燕子问行人。

暮春即景

闲暇漫步小河岸,花自飘零霞映红。
夕照休言春欲尽,几枝青杏逗东风。

韭菜吟

迎日春畦绿色娇，株株竞翠蕴辛劳。
谁家栽种谁收获，岂让他人乱动刀。

再听雷雨

疫后初逢龙影闪，惊雷一道裂长空。
去年封闭何曾忘，喜看当今大不同。

感咏泼水节

金盆玉碗水晶莹，遥想当年总理情。
笑貌音容依旧在，至今忆起绪难宁。

去太原路上

一路春风上并州，同窗往事涌心头。
长安四载齐逐梦，不负戎装将志酬。

在太原见军校老同学而作

驱车过午到龙城，昔日同袍别样情。
莫道千杯能醉客，晋阳关上喜相迎。

注：2023年4月16日，本人携爱人姜丽萍和仇洪民、胡立蓉伉俪共游山西，在太原受到军校老同学康红兵、卫步云热情接待。

与同袍畅饮

汾河碧水浪滔滔，杨柳春风花正娇。
今借浮生来作客，情浓酒畅胜良宵。

应县木塔

八角为形平地起，峻极矗立入云端。
遥知不是凡间塔，隐现佛光照大千。

雁门感吟

春风已过雁门关，柳绿花红正斗妍。
遥想往昔多战事，黎民更喜乐尧天。

云冈石窟观吟

春过雁门杨柳绿，云冈一览久徘徊。
佛前多少红尘客，有几全然忘苦悲。

望悬空寺

衡山陡壁寺悬空，中外闻名谁与同。
岂是壮观多一点，佛光千载韵无穷。

游五台山

未到五台空想象，而今游览叹奇观。
红墙金瓦依然在，不见康乾几百年。

春游晋祠

柳杨竞绿花争艳，画栋雕龙似诉说。
若识晋祠真底蕴，古今吏事细琢磨。

游王家大院

翘角飞檐谁不夸，青砖碧瓦诉繁华。
昔时大院宅前燕，已伴春风进万家。

游平遥古城

票号曾经通四海，保镖给力贯初终。
沧桑巨变古城在，今昔兴隆各不同。

游黄粱梦吕仙祠

（1）

同程一路访卢生，未见神仙见友情。
换盏推杯人欲醉，邯郸有梦不虚行。

（2）

旅程一梦到邯郸，只会同袍未见仙。
不晓卢生何处去，红尘若悟便安然。

柳 絮

飘飘洒洒形如雪，洁似白棉亦像花。
飞舞风中终有尽，栖身安处便为家。

忆咖啡屋

当年初品咖啡味，苦涩含香韵致留。
灯映情浓人未忘，许些往事上心头。

风铃曲

悬挂空中身影动，飞音清脆沁魂灵。
迎风借力奏仙曲，胜比非凡天籁声。

淄博烧烤

串串飘香亲友聚，举杯畅饮醉良宵。
欲尝烧烤何方去，品味淄博情义高。

写在五月三日

当年惨案警钟啸，倭杀泉城血泪仇。
身是炎黄存傲骨，岂能盛世忘心头。

咏牡丹

下凡仙子展天香,华贵雍容着盛妆。
不惧火烧凝玉骨,长安东去两家乡。

晨梦采槐花

故园槐树飘香韵,叶绿花鲜正盛开。
攀上折枝娘嘱咐,雄鸡惊梦再难回。

听蝉声

草木夏时格外绿,蝉鸣阵阵唱晴空。
生来音调从无改,知了一声贯始终。

立夏吟句

斗指东南别暮春,天多雷雨暑将临。
夏时麦浪千层穗,更盼丰收利庶民。

听雄鸡报晓

东方鱼白雄鸡唱,正是凌晨天欲明。
报晓声声催奋振,今闻再起故园情。

夜听蛐蛐声

吟虫低唱潜秋夜,年少常闻蛐蛐声。
小曲催眠人入睡,安然一梦到天明。

大明湖春夏即景

云舟犁浪开诗境,叶绿花红景色深。
若问风光何处好,明湖春夏柳荷新。

题咏嫦娥

偷吃灵药千年悔，独守蟾宫寂未央。
入夜长天空自舞，清晖倾洒尽思乡。

嫦娥自吟

灵药一吃奔月去，广寒宫住几千年。
如今寂寞亦无惧，长有神舟问我安。

明信片

尺寸形如巴掌大，飞鸿来往信为明。
别看短短几行字，流露笔端皆是情。

沈园余韵

(1)

酒断沈园存遗梦，陆唐无奈痛别离。
此情千古空余恨，直教来人复叹息。

(2)

遗恨沈园空遗梦，伤别又遇复伤悲。
怆然题下钗头凤，直教来人伤百回。

乡村四月

一溪碧水村庄绕，千亩金黄映彩霞。
几缕炊烟轻袅袅，麦香阵阵进农家。

追 怀

浊酒一杯思往事，几多蕴意憾流年，
光阴若是人能借，万里行吟山水间。

荔 枝

树树葱茏粒粒稠，宛如玛瑙挂枝头。
唐时远送贵妃品，蜜果今朝遍九州。

题咏石林

是谁畅饮一时醉，鬼斧劈石传古今。
大小高低千百态，神姿各异巧成林。

咏黄河大峡谷

壁立峰峦峡谷深，浪涛滚滚下昆仑。
高歌拍岸奔东去，铸就长龙不朽魂。

题虎跳峡

两岸连峰峡谷窄，激流汹涌浪涛急。
浩然气壮势如虎，雄冠江河旷世奇。

诗悟天道

春气阳而景色明，秋风起见果实成。
自来万物应天意，逆道衰亡合道兴。

礼赞某飞行二大队"时代楷模"

战鹰横翼破防线，敌舰惊慌十万分。
慑退天狼飞将勇，赤心铁胆立功勋。

亮剑南海

战机锁定里根号，只见强敌甚恐慌。
南海并非无主地，神州将士慑天狼。

与友同乐

几位远朋携紫气，佳肴美酒恰如春。
陶然相聚千杯少，诗韵泉城与日新。

送行感吟

黑虎激湍能啸月，趵突泉涌易安情。
总惜未览明湖水，唯盼将来听浪声。

怀旧

旧锁残门土草房，珍藏多少老时光。
可怜岁月匆匆过，不识何方是故乡。

喜闻我党今有九千八百万党员

昔日红船放曙光，燎原火种洒东方。
而今凝聚九千万，逐梦新征党领航。

咏红百合花

花不寻常别样红，夏时绽蕾似春风。
清晨含露尤娇艳，晚映夕阳情更浓。

七七事变感吟

夜半隆隆枪炮声，倭奴踏破宛平城。
石狮怒目黄河吼，四亿神州共抗争。

子夜暴雨

大风呼啸乌云滚，电闪雷奔万类惊。
许是天仙狂醉后，乱将玉露洒苍生。

说楚汉

力拔山兮气贯虹，别姬自刎愧江东。
千年姓汉谁来定，惟有英豪唱大风。

抗旱记

当头烈日禾苗瘦，抗旱浇田老少忙。
不惧热天倾汗水，终将化作米粮香。

说韩信

胯下低头能忍辱，报恩老妇系心弦。
封坛拜将展才志，成败皆由一念间。

说张良

运筹不会凭空得，抬履三番知品高。
终获玄机雄略展，助催大汉领风骚。

说萧何

为兴大汉倾心血，重任长年挑在肩。
力荐曹参接相位，前嫌不计品节端。

诗赞监狱警察

热血一腔不为名，耕耘教化利无争。
警徽闪亮大墙内，默默担当谱赤诚。

咏女监女警

英姿职守高墙内，别样园丁教有方。
汗水化为春雨后，万千病树绽花香。

观《长安三万里》

盛唐骚客已成仙，万事沧桑大变迁。
不见长安昔日月，诗潮澎湃越千年。

火山遐想

风光不与别山同，远古岩浆比火红。
沉寂至今成胜地，天然造化立奇功。

咏南炼丹炉火山

宛似丹炉天上落，环形玉带巧成峰。
草原突兀一仙境，何处风光与此同。

题富贵竹

节青叶翠不争艳，摆放厅堂四季春。
有竹并非求富贵，几株碧玉送清新。

回 首

转眼天真变老翁，悲欢岁月太匆匆。
渐白鬓发幸福远，多少时光回味中。

白头山

冷热变迁清冷长，天池碧水映天光。
山如白首越千古，醉了游人醉雪乡。

诗咏范仲淹

年少含辛志更牢，窖金苦读品节高。
岳阳楼记忧天下，誉满千秋文正骄。

咏美人松

婷婷秀丽绝无二,枝舞蓝天每日新。
形似美人非媚俗,长年冰雪作芳邻。

题七夕

星汉迢迢万古愁,泪流七夕几时休。
人间情侣盼长聚,永不分离共白头。

咏磨剑石

寒光剑影火星溅,锋刃多曾磨砺出。
莫道顽石灵性差,牺牲自己渐脱俗。

观试剑石感吟

寒光一道从天降,剑落顽石彻地鸣。
昔日英雄何处去,只留豪气使人惊。

诗咏岩画

岩石勾划力方遒,粗犷刚洁远古留。
纵使文明刚起步,形神质朴立千秋。

忆童年迎新春

雪花飞舞小村庄,梦里童年见故乡。
袅袅炊烟鞭炮响,迎春最是好时光。

山乡图

桥下烟波桥上牛,半湖碧水荡轻舟。
青山倒影美如画,淡墨传情一目收。

题逢中花

枝头摇曳绽花香,莫问根须几寸长。
逆境生存何所惧,纵经风雨亦芬芳。

新场古镇

拱桥月下映云朵,一叶轻舟寺比邻。
纹浪似弦波阵阵,宛如呼应那禅音。

题长江

东下昆仑长万里,碧波漾漾荡神州。
英雄不尽传千古,且看如今谁一流。

礼赞教师

讲台三尺连天下,头顶星光总晚归。
授业倍辛生皓发,万千桃李尽朝晖。

赞华为麒麟芯片

奋发逾恒梦必酬,麒麟开拓不停留。
突围破局惊天下,更喜华为数一流。

青岛栈桥

栈桥横架云天阔,拍岸惊涛滚滚来。
临海观光独此好,亭阁瞭望展情怀。

忆开国大典

开国声震五洲远,傲立东方红日来。
遥忆毛公呼万岁,寰球谁有此情怀。

感 句

草木荣衰年复始,人生四季几回搏。
任由岁月风和雨,一路悲欢一路歌。

写在九一八

夜黑风高倭寇狂,柳条湖上月无光。
勿忘国耻催人奋,亿万炎黄当自强。

忆从戎

十载从戎成往事,燃情岁月握钢枪。
身着军绿和平守,一段青春压上膛。

杭州亚运会观感

溢彩流光花灿烂,亚洲健将唱雄风。
杭州锦绣旗招展,最爱依然中国红。

中秋感怀

水调歌头千古唱,万家团聚正逢时。
独缺宝岛一湾月,共盼归来别再迟。

再读《唐诗三百首》

字字珠玑三百首,唐风酥雨润如春。
曾经不识句深意,再读浑然醉入神。

中秋国庆双节间回潍坊

驾车齐鲁美高速,任我前行亦自由。
恰好中秋连国庆,欢歌一路到潍州。

国庆感句

旗红万里江山秀,国庆同欢月亦圆。
今日中华何以盛,追思先辈换新天。

与老友喜聚

国庆回潍走一程,昔年老友喜相迎。
举杯畅饮不知醉,义重情深共此生。

注:2023年10月国庆节,携妻回潍坊一趟,与家乡知己好友代永红、杨新田、于明华、梁忠富共聚一场。

照镜感吟

鬓发霜白入镜生,皱纹如壑几分明。
艰难苦恨随云散,心有阳光总放晴。

书法感吟

蘸笔抒情住我书,谁能轻易可脱俗。
墨香熏透三千日,只是疏狂难自如。

小村秋酌

稻谷成堆霞色染,东篱把酒菊花黄。
暗香盈袖秋风拂,更盼年丰粮满仓。

国庆假期游大明湖

杨柳风梳波荡漾,万千游客涌如潮。
超然楼上登高望,节日明湖分外娇。

光明草

山野扎根春夏茂,悠悠小穗满金秋。
生来从不乱摇曳,只向清风频点头。

秋游天赐山

层林红遍由天赐,尽染峰峦映晚秋。
水色山光能醉客,星眸一览解诗愁。

重阳节怀念姥姥

深秋皆道重阳好,吾却心头悲自来。
感似菊花知我意,黄昏不语墓边开。

注:姥姥的生日在重阳节。

橘子洲寄怀

橘子洲头雕像立,伟人凝目览江山。
沉浮终究由谁定,吟啸长存天地间。

读史感怀

天地山川盘古开,豪杰历代展情怀。
圣贤德立大功业,龙啸长空盛世来。

水之韵

海洋湖泊大江流,雨露溪潭云雾柔。
变化多姿情万种,无声润物利千秋。

巴以战争痛吟

巴以战争今又起,万千妇幼作冤魂。
不知撒旦何时灭,重构寰球秩序新。

看巴以冲突

虚假文明兽性真，农夫良善予蛇恩。
今知邪恶终无解，勇敢持枪做猎人。

井冈山红杜鹃

碧绿连天接翠峰，叶摇枝舞荡春风。
花开怒放英雄血，每到清明别样红。

王祥卧冰

求鲤卧冰不畏寒，捕鱼救母用心专。
王祥至孝史书记，千载流芳人世间。

小雪节气得句

暖冬不冷树仍绿，朗朗长空气候殊。
祈天能降及时雪，好煮新醅小火炉。

冬日长白山

天池如镜入寒冬，峻岭云峰大不同。
素裹银装新气象，雪光闪闪映长空。

读鲁迅

弃医当自从文始，化笔为刀刻世魂。
呐喊彷徨革旧命，声声唤起九州春。

瞻毛主席纪念堂感吟

傲然矗立中轴线，肃穆端方仰大观。
百载峥嵘成伟业，千秋功烈撼苍天。

咏毛主席延安照

相片一张传至今，补丁针线系黎民。
衣服虽旧连天下，待到开国万里新。

注：纪念毛主席诞辰130周年。

元旦感吟

光阴似水又元旦，谁不人生感慨多。
苦乐酸甜风雨过，诗心不老久当歌。

咏哈尔滨冰雪节

游人偏爱北方雪，冬去冰城惬意生。
仙境龙宫能醉客，水晶世界万千情。

潍坊辣子鸡

椒青肉美满锅香，味辣汁浓尽玉觞。
若问此肴何处有，逸情作客到潍坊。

富庄芥末鸡

芥末拌鸡香四溢、青疏点缀沁心脾
富庄特色绝一味，人到潍州谁不知。

腊八节感吟

佛祖如来成道日，此节一过便迎年。
腊八粥蕴新希望，喜看梅开冰雪天。

品咖啡

撷取研磨淡淡香，品闲一刻碎时光。
人生多少甜和苦，恰似咖啡慢慢尝。

题旭日东升

喷薄东起霞飞舞,红日一轮照九州。
应是中华合大道,江山赤色最风流。

题龙翔寺

圣地龙翔天下知,清风林鸟弄花枝。
四灵胜景传千载,古刹禅音悟在思。

忆开山感吟

宛若疾雷声震吼,山开石裂乱飞驰。
长年不越雷池者,也有惊天动地时。

立 春

寒中略带几丝暖,万物将苏日渐新。
柳岸风吹江起浪,枝头早有鸟鸣春。

龙年早春

东君有意春归早,暖树发芽六九前。
大地喜迎新气象,江山万里进龙年。

迎龙年试笔

开春试笔新光景,人到龙年各不同。
逐梦未来千彩放,践行大道唱东风。

看春晚之《山河诗长安》感怀

唐风浩荡穿千古,盛世归来万里香。
春晚良宵歌又舞,烟花绽放送吉祥。

贺中国春节成为联合国节假日

千载中华逢盛世,浓浓年味久飘香。
环球共庆大春节,古老文明今更昌。

看我海军航母感咏

航母轰鸣驶大洋,载机劈浪慑天狼。
炎黄儿女展奇志,卫护和平靠自强。

咏南海舰队

南洋直下三千里,战舰长鸣旗帜扬。
海上倚天抽宝剑,龙威大展送祥光。

寄第十四届全国冬季运动会

冰雪健儿冬运会,奖牌每块必争夺。
平时血汗能酬梦,唯有拼搏奏凯歌。

股市遐想

绿红交错成常态,问股惊闻潮起声。
兴在龙年千百好,几番雨后向新晴。

龙年元宵节

新年元夜不同往,疫灭灯红鞭炮鸣。
更有青龙生瑞气,烟花绽放万千情。

初春荷塘

柳杨吐绿舞春烟,池水能容一片天。
莫笑残荷枯更瘦,韶华已献代相传。

看中国军事

看吾鹰击几千里，守卫中华享太平。
耻辱百年铭在骨，而今不让鬼横行。

正月展望

烟花绽放映长空，试问何时天下同。
黑恶霸权终会尽，寰球浩荡大东风。

时近惊蛰

阳气回升节序变，蛰伏渐醒始迎春。
生机更待惊雷响，浩浩东风万象新。

雪落黄山

入夜狂风云滚滚，清晨翠顶换银装。
万千松柏成瑶树，几十巅峰化雪乡。
玉蕊天都连大地，碧空晴日照琼芳。
黄山奇丽人称道，更赞今朝好景光。

五一郊游

千红万紫蜜蜂鸣，潭近蛙歌却立停。
蝶恋芳香成对舞，人游深处几回应。
鲜花嫩草铺新地，丽鸟青虫作美声。
翠绿欲滴春色好，前行莫惧有阴晴。

军校梦

昔日青春着绿装，挥汗母校笑声扬。
从戎岁月情牵梦，化蝶时分泪沾裳。
桃李满天飞华夏，百花争艳绽家乡。
我为大地寻常草，军旅情怀报国长。

冬雪

霾重长袭雾气孬，北风吹过跳珠潇。
桔黄灯火莹芳亮，夜色泉城玉絮飘。
雨雪无踪使地旱，害虫又现害人糟。
盼来瑞叶良宵舞，明日迎春大地娇。

雨中千佛山

雨丝漫步入佛山，碧翠娇滴换妙颜。
青鸟声声隔树唱，梵音阵阵伴风传。
水珠恋叶晶莹亮，松柏参空郁茂轩。
谁引天公来作美，烟轻雾绕彩云间。

雨后登千佛山

狂风暴雨昨飞至，今早佛山空气鲜。
翠柳舒眉娇影立，百灵开口丽音传。
苍松翠柏夹山道，梵宇僧楼建中间。
一揽泉城风景处，风光无限在山巅。

忆参观林则徐纪念馆得句

中兴宗衮红墙在，左海英雄照九州。
松柏参天拔萃萃，虎门壮举势赳赳。
新疆水利屯田建，一体兵农制度优。
开眼向洋观世界，千秋万代子孙讴。

锦屏春晓

霜节过后赴南山，栌树渐红遍顶巅。
秋韵无须红叶谷，风光今有野山岩。
不知红叶谁来染，却看秋风笑不宣。
更有悬崖深百丈，锦屏春晓醉秋颜。

漂 流

苍发激情撑气筏，孤舟急下踏千浪。
玉河泉莹甜醇厚，泉水呼噜美誉扬。
汹涌奔腾湍漩急，从容冷对勇担当。
自强不息心何惧，今世为男报祖堂。

感悟新时代

千古金沙淘碧浪，豪杰壮志启新朝。
岐山鸣凤乾坤秀，泰岳昂头日月骄。
人藉德行人上善，树凭苍劲树曾乔。
英雄不问出生地，阔步前方领主潮。

钱学森颂

远隔万里忠华夏，壮志燃情报祖堂。
气动科学称泰斗，苦研火箭射天狼。
五年六载将关破，两弹一星向空扬。
碧血丹心酬大业，英名千古震八荒。

雾 霾

抚窗追忆儿时景，银汉繁星浩月圆。
绿水清清鱼戏底，柳杨翠翠鸟鸣天。
妖霾数载弥无际，玉兔时常隐早眠。
振臂直呼孙大圣，高擎金棒扫人间。

清明去莱芜

时值清明驱百里，抚今追昔去莱芜。
寇侵华夏山河变，党领人民使命殊。
陈指粟令天地应，南征北战黑云驱。
上苍洒泪英灵祭，齐鲁牺牲万勇夫。

端午登九如山

骄阳端午九如山，木栈阶石树影悬。
绿翠叠峰天似洗，清潭瀑布梦相连。
攀登上下多求索，此去回还不畏难。
若问九如山怎样，断崖飞瀑水流潺。

雨夜梦华西

夜半江阴阴密布，五更雷响响惊天。
梦乡身影华西客，书记名声世纪贤。
万丈高楼平地起，千家别墅鲜花妍。
醒来看看楼窗外，秋雨丝丝入逝年。

寒 秋

萧萧叶落水东流，宝鉴盈亏不会休。
昨夜寒风吹冷雨，今天北雁叫新愁。
世间变化无常在，天道轮回有此秋。
情意绵绵遥祝愿，月光皎皎照神州。

冬 至

冬日落山辉映尽，饺香随夜进厅堂。
少时饥乏轻过节，白发温余重庆祥。
大地运行长晷景，苍天行健近春光。
谁言冬至寒之极，我看家家热气扬。

三亚行

天涯碧海深蓝远，百米观音顾俗尘。
小鹿回头羞月影，长弓掷地定天姻。
千帆踏浪增风景，墨客迎波湿衣巾。
结缘诗书行三亚，却难常做鹿城人。

十月颂

金秋十月惊雷响,旗展长城内外扬。
时代变革激四海,家邦复兴荡回肠。
人民信仰中国梦,大会豪言北斗航。
奋战百年长自信,脉承思想放光芒。

周总理与泼水节

阳光雨露似珍珠,总理泼出大地呼。
澜水波涛闻笑舞,景洪花草见容酥。
手持银碗挥天瑞,时现虹霓献厚福。
神态佳音传颂久,鞠躬竭力旺民族。

月全食有感

苍穹万里星作伴,冰月中间桂魄洁。
天狗兔追连昼夜,东空嘴咬始边角。
嫦娥怒气踢鹰犬,后羿知情射寇穴。
玉镜重园金色灿,神州大地怕何劫。

少年中国颂

自古英雄年少出,儿时立志决心强。
汉朝去病驱鞑虏,近代恩来为国昌。
乳虎啸吟禽兽怕,潜龙腾起势威扬。
文明古国从不老,万代千秋似旭阳。

注:鞑虏指匈奴。

梦游霸王岭

霸王岭上狂风雨,晴后天蓝绿更鲜。
碧树舒眉娇影立,红鹃飞去丽音传。
山峦叠嶂飘轻雾,独木成林绕片天。
长臂猿声情侣唱,结缘人类万千年。

金谷颂

抗日人民尤奋战,白冰热血赴红都。
黄河传唱延安颂,前线游击战斗殊。
岁月陈情追往事,塔山金谷走新途。
苍天大地中国梦,时代昂扬震五湖。

注:塔山指宝塔山,这里指延安。

强军兴国颂

潜龙蹬底腾渊起,四海遨游气势扬。
东望犬鹰忧导弹,南观猴虎怕长枪。
中华智慧多奇伟,诸夏人民更奋强。
筑梦复兴心不改,蓝图双百铸辉煌。

注:双百指两个一百年的奋斗目标。

赋人生

岁月沧桑难静默,回眸追忆感怀多。
人生苦辣酸甜过,世事哀愁喜乐说。
往事如歌含顿挫,功名若就历难磨。
陈情似水胸中记,心若朝阳大地歌。

忆过年

少时腊月期年到,童伴玩多忘字书。
新帽新鞋新褂裤,有馍有菜有联福。
馒头水饺加猪肉,街中孩儿放爆竹。
高兴吃出钱枣饺,笑期今世好前途。

今过年

春节岁岁今朝惧,菜肉天天入饭食。
白发年年增几缕,体形日日变多脂。
抬头望空无娇月,入耳传音有舞姿。
户户除夕福祜夜,家家旧岁饺时辞。

年 祭

家堂轴子贴墙上,贡品方桌摆满盘。
日落时分鞭炮响,人集墓地祖先牵。
烧香指引来堂室,颂语辞说记脑间。
子夜跪求天与地,初一午后送行安。

春节抒怀

迎新除旧几千载,文化脉连承古俗。
帝舜祭天兴美政,春节传布记青竹。
东风今绿长江岸,山岳即扬度岁福。
遍地飘红怀志远,初心不忘映南湖。

潍坊风筝

腾空猛虎添云翼,龙凤呈祥庆九州。
大圣摘桃仙女舞,天蓬跃月素娥悠。
古风新韵交相会,兰客芳邻来共游。
银线一根连四海,鸢飞万里过洋洲。

武 侯

丞相祠前思武侯，徘徊树下忆三国。
隆中对策三分鼎，兴汉伐曹六整戈。
奏表出师情义盛，鞠躬尽瘁政德卓。
卧龙壮志惜千载，今冀长江万里歌。

草堂怀少陵

蓉城草屋留千载，绿翠环围不静宁。
松拔竹青长茂盛，鸟鸣花灿碧融晴。
北征春望忧华夏，三别心伤泣语声。
史笔风骚家国卷，少陵诗圣万年名。

戊戌咏怀

百日维新已是空，中华崛起待潜龙。
辕门血溅横刀笑，天柱飘魂奋力争。
一甲杜鹃花色艳，今朝鲲志语声鸿。
凛凛正气谁能阻，恰借东风伟业隆。

都江堰

都江堰建秦时郡，汶水分流岁月安。
波浪涛花依旧在，金堤日夜不停闲。
双蛟折柳情难舍，两岸隔空绿盎然。
天下奇观泽百世，李冰父子万年传。

忆游青城山

青城山水松拔翠，天下一幽万载名。
别称丈人黄帝赐，玄宗佛道诏文铭。
酒酣耳热同窗聚，心旷神怡绿色行。
莫道风光游客醉，我说厚谊比真情。

注：忆2013年7月6日大学毕业23年，同学聚会成都并游青城山。

自贡行

千载盐都荣自贡，恐龙万纪故乡名。
美食天府纯川菜，巴蜀花灯秀古城。
战友学奇途似锦，绿装橄榄亮如瑛。
酒香景胜长明夜，不负今生赴此程。

游蜀南竹海

蜀南山水四时绿，碧海林荫万岭菁。
瀑布彩虹呈景幻，长廊翡翠唤凉风。
笋芽遍地精神爽，幽径通山气韵清。
人若如竹节骨在，一生美誉颂佳声。

武夷山

薄云万里零星雨，空气鲜新细水潺。
幽谷红袍三古树，朱熹名誉武夷山。
百峰叠翠双遗产，九曲溪清十八弯。
毓秀丹霞光映色，醉迷游客忘时还。

南溪梦

南溪垂钓飞熊去,今望乡田话丽天。
农场春来舒绿翠,秋风轻到变新颜。
丰收万亩人欢笑,唱晚蝉声鸟舞翩。
千载白云清水映,九龙涧里梦音连。

同窗情

戊戌甲午元宵后,恰好同窗相会兴。
三载高中学校乐,五十岁月面容青。
趣谈昔日发生事,关爱家国淡利名。
笑语欢声天禄共,举杯畅饮酒浓情。

两会抒怀

长江南北红旗艳,今日惊蛰万里晴。
杨柳风吹山岳醒,潜龙吟啸五湖应。
苍天保佑兴华夏,大地激情竞世功。
精卫之魂于四海,神州千古永长青。

咏浮烟山

层峦叠嶂葱茏绿,幽谷禽鸣与岱连。
百米攀登观景色,千年过往忆先贤。
麓台秋月长遗在,碧草芳华总变迁。
莫道浮烟山势小,誉名海内代相传。

咏大姚白塔

夕阳白塔相辉映,远望霞光护磬锤。
岁月无情吹雨打,楼台有韵赋诗知。
密宗佛教滇西物,砖印铭文梵迹碑。
天碧晴空如莹雪,云南独景九州奇。

禅牵梦

静听禅韵轻牵梦，脑海犹来五梵音。
酸辣苦甜咸淡味，喜愁哀乐怒舒心。
柏松长大经寒日，鹰隼击空靠自身。
不问生辰劳作处，自强德善永长存。

瑶琳仙境

瑶琳镇内存仙境，泉有八音古瑟笙。
千米纵深藏地下，亿年恒久化琼莹。
穿行扑朔迂回景，去影无踪异水声。
玉彻亭阁辉色美，思凡月兔动春情。

德天瀑布

瑶池仙液汇德天，数道白帘百米宽。
瀑布漫湖辉熠映，群山环翠彩虹斓。
缠腰玉带春江夜，垂首银丝碧色潭。
中越两国边境美，千秋万代水相连。

延安颂

延河浪水流千载，多彩祥云宝塔山。
春季礼堂鸿志立，毛公思想九州传。
人民岁岁精神旺，松柏年年绿色鲜。
昔日热情红似火，今朝国梦复兴宣。

咏成本华

鲜花凋落七十载，遗影一张震九州。
勇猛抗倭何惧怕，辱污溅血不屈求。
笑容轻蔑贼心畏，正义长存史调讴。
千古中华英女志，万年永续写春秋。

杨靖宇颂

黑水白山驱日寇，青松血洒见轩辕。
冰天斗鬼多豪壮，雪地除倭不畏难。
凶兽残毒剖腹验，赤魂效死慑敌寒。
英雄气概名华夏，热血丹心誉万年。

清明忆主席

峥嵘岁月盼君临，旭日东升旧政沉。
重庆会谈挥帽礼，融情交往展胸襟。
龙豪泼墨风云曲，旗帜飘红赋韵吟。
舵手撑航行大海，沁园春雪唱来今。

潍坊萝卜

春种长高多半载，水浇除草绿颜菁。
青身玉翠缨枝展，两寸琼白地里生。
赠送钦差成贡品，秋收冬日进京城。
今邮百姓家千万，清脆宜人有盛名。

赵尚志事迹感吟

风吹麦地千层浪，雁送征人抗日顽。
林海雪原崇尚志，江山热血换新颜。
红旗漫卷扬南北，时代高歌斗野蛮。
华夏万年何所惧，英雄豪杰震尘寰。

刘公岛感吟

旭日霞飞亮眼瞳，万棵松柏翠苍穹。
世昌瞭望察千里，志远拼搏誓效忠。
甲午风云穿百载，今朝兵马有强弓。
湛蓝环岛天晴碧，鲜艳军旗四海红。

庐山怀古

山顶楼阁如紫阙,一湖绿水似琼浆。
千年瀑布前川美,万朵桃花麦月芳。
天碧晴空鸾凤舞,峰青横岭雾帷扬。
风云几度穿今古,不忘春秋细考量。

百花公园晨吟

难眠长夜盼清晨,漫步花园润五神。
蝶恋花鲜花恋蝶,人观鹊喜鹊观人。
彩霞万里红云影,挚爱专情竟世尘。
心若朝阳随处景,意中四叶草争春。

看《厉害了,我的国》感句

鲲鹏展翅云飞越,华夏蓝图傲上穹。
跨海桥梁桥海跨,通村道路道村通。
飞机呼啸一声过,高铁惊魂两闪鸣。
天眼望空千亿里,烟花绽放到星宫。

海军颂歌

毛公云笔墨飞扬,重担千钧授劲光。
岛碧旗红飘海境,兵精将猛灭豺狼。
蛟龙深水平安守,神箭东风万里飏。
习总强军酬梦想,崭新时代向天昂。

思念父亲

梧桐春色凄音惨,桃蕾哭声对断霞。
六岁母亲悲早世,二十西北献韶华。
平生积善人忠孝,重病持家子靖嘉。
痛恸先严旬有六,吾随夜梦泪天涯。

诗书人生

凤宿梧桐深夜静,人居陋室卷归神。
虽无学者说中外,却有名流论古今。
经史子集成挚友,诗歌词赋作知音。
天长地久书为伴,雨露怡魂日日新。

相约北京领奖

汇集京燕东风畅,桃李芬芳岁月新。
古有兰亭朋友会,今和墨客赋诗吟。
静听台上抒骚句,锦绘神州诵玉音。
北调南腔华夏颂,传承文化尽丹心。

诗书获奖感句

纯阳翠柳戏蓝天,初夏蔷薇展笑妍。
陋室清洁迎客到,白墙墨韵举家欢。
蝶飞花绽扇双翅,斗转星移书六年。
获奖开杯应痛饮,人生在世策长鞭。

青年节得句

江山万里春风畅,中夏千年树草情。
一代伟人谆嘱告,韶华世界旭阳升。
鲲鹏北大新叮语,立志求真重立行。
学就爱国德业建,终将梦想付功成。

王老师来济

晚春柳翠云天雨,立夏蔷薇展玉妍。
学友老师人会聚,汇源宾馆众相欢。
俊华有浩恒秋笑,兆智秋团古趣言。
更有淑元添美酒,微醺妙语赋诗篇。

注:2018年5月5日,王恒秋老师和王俊华同学来济南,徐秋团、毛有浩、孙淑元和作者本人在汇源宾馆把酒相迎。

西岳华山

西岳高峰达碧宇,青岩观日伴云涛。
沉香救母劈千丈,忠孝铭恩震九霄。
玉女修行存古韵,少陵挥笔誉风骚。
不才随赋诗一首,万载华山今更娇。

忆汶川大地震

一声巨响乾坤泣,五岳闻听把首低。
半降红旗凄雨祭,天流血泪尽鸣啼。
千军万马全心救,四面八方众志齐。
遭遇大殇国屹立,忍藏悲痛梦将期。

小满偶感

今年小满雨潇潇,千里农田起麦涛。
雨后新鲜青叶翠,风吹层绿丽人腰。
阳光照到浆长满,忙种收割亩产超。
总是酬勤天愿助,建功更要重担挑。

游小清河感怀

凉爽微风吹翠柳,船迎波浪鹊飞行。
心如止水观云卷,身似浮萍恋镜清。
一曲高歌河面起,两边游客掌声应。
人生喝彩青春梦,岁月沧桑总有情。

颂枣庄石榴园

万亩榴园落枣庄,千姿百态美名扬。
春风吹绿芽油嫩,雨水飞来叶碧芳。
翠树花开红似火,丹珠会聚紧如簧。
炎炎烈日熬长夏,粒粒酸甜赤色香。

咏牡丹

诗颂花王古韵长,骚人泼墨赋天香。
相传烈火烧焦骨,不惧毒威绽洛阳。
岁月悠悠连武媚,九州处处是家乡。
今朝国色菏泽盛,展露芳华比大唐。

中华史韵

盘古开天华夏旺,炎黄后代傲凡尘。
商周崛起连秦汉,唐宋歌吟到日辰。
长憾岳飞遭桧害,不怜南宋被元吞。
明清烟火飘飘过,共盼中国世世春。

夜读感吟

夕阳西下栖茅屋,撷取诗书韵紫壶。
翻看大江腾巨浪,轻摇羽扇想周瑜。
儒巾谈笑千帆灭,演义传言万古输。
读罢仰天长感叹,更期来者展鸿图。

足球世界杯

绿茵场上人飞跃,苦战双方对阵忙。
紫队进攻红队守,红方点射紫方墙。
四年准备环球赛,一载功成世界彰。
大宋蹴鞠今竞技,冠军高举奖杯昂。

咏峡山水库

齐鲁峡山拦水库,防洪灌溉用途强。
仍怀劳力拼搏苦,难忘农工奋战忙。
百里碧波情荡漾,千年绿水意徜徉。
今逢盛世风光美,梦想酬成起远航。

咏黄鹤楼

莫论鹤飞何日返,浪涛依旧向前流。
长江南北千秋梦,碧水东西万里舟。
地覆天翻新面貌,星移斗转炫金楼。
众人咏赞高歌唱,闪熠华辉照九州。

南京雨花台

南京城外雨花台,碧翠环山树致哀。
千古豪杰流血处,万名好汉受兵灾。
塔身耸立青云志,天意悲思勇士骸。
魂魄归来新筑梦,东方崛起不徘徊。

齐鲁抗灾感怀

旋起大洋温比亚,狂风暴雨过山东。
农田万顷遭灾涝,青菜千棚被水冲。
众志成城除祸患,凝心聚力数群英。
军民共战惊天地,齐鲁精神傲上穹。

秋 怀

西风萧瑟雨丝莹，漫舞飘飞雾色轻。
岁月无声催皓发，人间有爱伴今生。
闲来雅趣清茶润，撷取华章韵律成。
四海扬波歌盛世，金秋畅饮颂真情。

题解放阁

泉涌清清水溢池，风吹杨柳展丰姿。
当年解放题楼阁，陈帅追思寄石碑。
黑虎啸声邀皓月，群英洒血染红旗。
夕阳万里云霞映，先烈千秋颂史诗。

赞园丁

万里江山花灿烂，园丁汗水润晨辉。
四时黑板白尘落，三尺平台梦想飞。
解惑不停传道业，诲人尤善扣心扉。
率驹以骥惟垂范，桃李芬芳接翠微。

游湖得句

霜降寒风卷晚秋，玉妆阡陌漫山丘。
芦花摇曳招云月，兰舸漂游逗水鸥。
雅客茅屋吟韵律，轻尘烟色绕阁楼。
吾生庸短余情在，诗意争春意更稠。

岳王庙怀古

岳王庙宇归何处，西子湖边葬俊雄。
还我河山豪气壮，铭君襟韵满江红。
欲除兀术军人志，想捣黄龙武穆忠。
千载含冤精魄在，激扬华夏蠢苍穹。

初冬夜雨抒怀

日暮时分寒雨下,风吹树曳舞缤纷。
禅思岂让俗名占,凤意弗随冷眼巡。
吟咏律诗抒故志,品读古典润冰心。
世间万物周而复,叶落三冬孕作春。

游微山湖

湖光潋滟连山色,群鸟纷飞画碧空。
骚客咏荷传万里,夕阳铺水亮千层。
火车呼啸一声远,脑海追思几影明。
铁路游击驱日寇,琵琶弹起踏歌行。

雪域高原

群山云水映高原,自古形成韵永年。
神域清明天净碧,珠峰昂耸雪延绵。
东方红日升空照,白色哈达唱礼连。
青藏蕴含千载梦,今朝环宇向长安。

题碣石山

东临碣石观沧海,豪气盈怀涌浪波。
魏武扬鞭吟壮志,毛公挥笔谱新歌。
神州千载风流数,才俊十年刀剑磨。
我荡轻舟犁碧水,诗心纵意上云河。

冬至遐思

苍柏直拔壮顶天,历经寒冽过千年。
春来岱岳尤青翠,冬至婵娟舞蹁跹。
一夜北国冰万里,孤舟大海水云间。
光阴似箭添霜发,凝气豪情叩九关。

2018年末抒怀

眨眼时光到两寒,星移斗转又一年。
严冬岁物风中瘦,莹雪红梅日更妍。
霜雨征程催脚步,芸窗临月染容颜。
东君欲要丹青绘,更喜春风醉大千。

戊戌小寒抒怀

时至小寒仍未雪,古城峭冷也无风。
冬梅凝默花招客,泉水叮咚浪向东。
不见青苗棉被盖,担忧明夏麦粮轻。
胜天与否由人定,祖辈千年重力耕。

题泸州老窖

岭为绿屏流碧水,骚人无数赋仙乡。
酒坊调制出神手,技艺相承产玉浆。
川地山风甘冽味,窖池花露厚醇香。
绵柔原是泸州酿,传韵中华岁月长。

梦游酒城

古城相伴大江流,畅饮千杯梦境游。
川有玉浆凭巧匠,人拥厨艺作珍馐。
百年老窖浓香郁,十里商街美酒柔。
若是太白今世在,纵诗长醉卧泸州。

观人民币感怀

存金钞票纸虽轻,唯有人民冠币名。
七秩春秋多变化,五洲家国喜相迎。
数符储值勤和智,方寸知谁善与清。
环宇从今同命运,荧屏一指启新程。

迎春追怀

新春即到我彷徨，回忆当年影不忘。
父母操劳经岁月，弟兄成长历风霜。
每逢佳节思亲远，常念深恩落泪凉。
今把高堂吟进梦，情归安处亦家乡。

迎春抒怀

梦里光阴犹似箭，诗心依旧向朝霞。
不觉辞岁新春到，常在得闲古典查。
禹域圣贤传雅韵，文坛诗墨绽奇葩。
华笺撷取云窗坐，用笔轻沾洒月华。

迎春寄语

时光如箭佳节到，多少男儿远自家。
雪地寒天兵将备，祖国重舰浪涛压。
神州勇士防疆土，深海蛟龙斗恶鲨。
挥笔行云一曲颂，戎装百万献芳华。

磁山题记

峰脉相连青点翠，毗邻大海水云间。
琼楼玉路接天阙，神庙檀香化紫烟。
山岛有仙荒古记，女娲赐子美名传。
今朝景色游人醉，凭览风光客忘还。

游金山怀古

远望金山烟色淡，书台却在雾中幽。
遐思诗骨新潮领，遥见君家战事谋。
壮志未酬身早去，忠心可敬世常讴。
沧然而下忧愁泪，流过千年润九州。

听朋友游日月潭感怀

竹壁青山如翠帐，白云飘荡浪中天。
昊苍洒落瑶池水，兰客凭临日月潭。
君遇老兵怀旧岁，我搜佳句酝新篇。
海峡两岸心相印，共盼昌兴立大千。

长城与孟姜女

攀山越岭古今情，横贯东西世界惊。
谁记当年防务苦，君颁圣旨筑壑成。
壮男多少身先去，烈妇悲伤泪不停。
孟女若能穿百代，眉开绽放咏长城。

茅台酒之韵

赤水河边珍味酿，天然造化酒称神。
奥深灵感情发酵，馥郁甘醇气染熏。
昔日红军留韵在，今朝梦想赋诗吟。
白云入夜追明月，晨起茅香四海滨。

茶 赋

润叶茶香飘九域，千年啜饮载文明。
紫砂壶纳春江水，俊客胸怀岁月情。
宁静安闲求境界，清修淡泊悟人生。
慢滋细品沉浮事，不钓虚名与世争。

看《开国大典》遐思

巨龙呼啸惊环宇，红日东升照大千。
创业奋争传壮语，进京赶考有先言。
长城内外军旗艳，百载存亡碧血鲜。
烈士丰碑铭史册，复兴路上写新篇。

游琴台抒怀

大唐诗有琴台韵,古汗关联李杜名。
千载甘泉怀单父,四君逸兴荡高城。
至今盛赞陶公绩,天下倡扬创业声。
佳话连篇留史册,携来美酒壮新征。

观景抒怀

百花洲里百花奇,潋滟浮光潋滟迷。
曲水厅街闻笑语,明湖杨柳醉鸣笛。
观游不忘吟诗句,思虑初成过午时。
今涌新潮催战马,待看海岳卷虹霓。

注:新韵入群格。

题龙华烈士雕像

雕像昂扬天地久,龙华烈士傲苍穹。
为酬壮志抛头死,绝不低眉枉此生。
山长云竹节骨硬,人怀信仰义心忠。
纵身浴火经烧炼,洒血燃情化彩虹。

元宵夜观赏

泉城绽放花千树,炫色灯笼照暮更。
每度元宵湖畔闹,又逢星夜月宫明。
忽听西面燃鞭炮,再看东边舞彩虹。
远望长龙呼啸起,大潮涌动五洲惊。

晨游公园赋吟

公园景色凌晨秀,鸟语声声唱不停。
杨柳枝头新染绿,荷塘水面缓流明。
人行路上弘人道,我在风中赋我情。
尘世艰辛沧海过,珍惜当下且从容。

元曲之韵

诗词唐宋荣天下,元曲花开有盛名。
六月雪飞冤窦氏,佳人莺语醉张生。
小桥流水秋思令,倩女离魂节爱情。
百载奇葩传古韵,撷来吟唱颂辞呈。

纪念"四八"烈士

四八忠骨埋何处,高耸丰碑立大千。
每到清明思烈士,由来魂意赴延安。
谋求正义飞身去,为救民族洒血还。
雄俊捐躯酬壮志,唤得万众换新天。

三八节颂歌

谁说女子不如男,多少英雄使命肩。
一曼血书青史誉,呦呦美誉世人传。
休言自古当家妇,且看今朝夺桂冠。
忽忆毛公声震耳,巾帼风采绘新天。

英雄山祭烈士

青松绽绿连十里,高耸丰碑翠柏间。
雄墨塔文歌壮士,毛公天韵映名泉。
恩铭尽美人长忆,碧血丹心世永传。
若问清明何处祭,英灵魂在第一山。

五四运动百年感怀

百载峥嵘追五四,京都德赛浪潮掀。
东风呼啸吹华夏,雷雨冲刷洗碧天。
浴火凤凰新气盛,迎春山岳晓光斓。
沧桑巨变雄狮醒,更看今朝争领先。

春登鹳雀楼

红日初升雁阵还,黄河东去映云天。
望峰列嶂连烟阙,绽绿环阁听素弦。
骚客春情风景赏,唐诗哲理古今传。
登高远眺于何处,鹳雀名楼赋续篇。

瞻包公祠感怀

汴水涟漪照古今,包公祠里拜忠臣。
一身浩气垂青史,三口铡刀震恶魂。
碑有颂文实意敬,心无杂念正德存。
清风阵阵吹中域,且看江山日日新。

咏汴西湖

数朵白云铺碧水,轻舟飞棹荡穹苍。
当年一片荒凉地,今载千重潋滟光。
若是东坡来此处,却疑西子在他乡。
莫寻澄绿何方降,兴许瑶池落汴梁。

鸢都

古今骚客醉华章,竹瘦清节骨韵强。
春润浪河飞柳絮,秋成金色遍村乡。
风筝直上蓝天舞,年画长留瑞气扬。
滨海新潮时代涌,征帆再起是潍坊。

咏黄江

黄江镇上吟清韵,花果飘香情自生。
醉看龙潭飞瀑布,喜闻锦凤共和鸣。
世人盛赞冯公绩,云笔抒发雅客声。
佳话连篇留翰墨,千杯美酒壮新征。

赠知己

才英荟萃宛如春，神俊流芳缘有根。
早起咏歌开此日，夜来笑语醉诸君。
人生从道功名淡，诗海行舟情义真。
绿茗慢滋香沁腑，冰心一片寄知音。

忆七七事变感怀

宛平城内炮击声，破碎江山启抗争。
九曲黄河歌壮士，万家赤子胜魔兵。
倚天剑铸神州跃，登月车遥热血腾。
看我雄狮惊世界，五洲丝路勇新征。

咏云龙湖

云舞红霞铺绿水，青山环绕翠烟绵。
当年奇想空遗恨，今日清波有旅帆。
四季醉人说景好，八方游客咏歌欢。
一湖澄碧来何处，西子云龙姐妹连。

雷雨抒怀

阵阵长雷骤雨声，绪飞窗外自难平。
浮尘转眼如涤尽，老树还青像更生。
霁后天飘仙雾荡，楼前花落水光清。
世间万物随时变，道似无形心静明。

壶口瀑布观感

源起昆仑壶口收，巨流掀浪向东流。
怒涛跌宕雄姿展，热血翻腾鸿志酬。
曲壮黄河驱日寇，旗红山岳醉金秋。
今犹擂鼓云霄彻，筑梦昌兴振九州。

登泰山

苍松幽翠鹤长鸣,踏步石阶汗水晶。
风月无边传韵事,烟霞不尽荡云峰。
登顶方见群山小,望岳尤知我辈轻。
归去从头书海渡,扬帆破浪走新程。

七夕抒怀

银河夜望吐心声,再叹七夕醉二星。
年幼不知牛女恋,故时且喜鹊桥成。
人间多少情悲憾,日下别离利恶争。
设若浮财能带走,何如挚爱共一生。

感中美贸易战

大洋彼岸吐豺声,开口狂言丑陋形。
四海翻腾云水怒,九州激荡鬼神惊。
东风不惧西横霸,丝路终将国复兴。
亿万炎黄齐奋进,振吾华夏聚群英。

雷雨抒怀

阵阵奔雷骤雨声,倚窗一霎览新晴。
嫩荷出水飘双燕,老树摇烟啼乱莺。
霁后风轻云雾散,楼前花艳绮霞明。
世间万物随时变,循道心清境亦清。

咏潍坊

玉浪追逐奔北海,风筝一线绕全球。
雨催月季花争艳,墨洒青竹韵不休。
怀古雄才情志旺,啸歌浩气烈节留。
而今筑梦新时代,且看潍州振九州。

题长白山天池

满池水色清如许,游客流连于此处。
黄鸟翩跹向日飞,白云飘荡随风去。
全身宛在小壶天,两耳似闻蓬岛语。
俯望泓澄映峻峰,神来灵念动诗绪。

赴京领奖感吟

仲秋雅聚金风畅,诗苑芬芳时代新。
古有兰亭骚客会,今于京阙地名吟。
彩屏蕴意浮佳句,锦色神州诵玉音。
婉转悠扬声顿挫,素笺铺就写丹心。

凤归昌兴

岐山鸣凤舞坤乾,绽放新思继圣贤。
四海扬帆劈浪阔,五洲共命拓荒宽。
抟鹏有志翔重九,筑梦兴邦立大千。
追忆南湖情荡漾,平生不忘那红船。

亚 圣

松柏森森环庙宇,邹城孟府映云天。
典文传韵遗碑上,黄鸟鸣枝翠叶间。
教子择邻名百世,为儒入圣母三迁。
丈夫重义仁和礼,玉振金声遍大千。

看红叶有感

漫山飞红绽纷纭,舞进寒冬孕早春。
待到明年枫叶绿,预留今日韵格新。
晨钟一响惊良客,暮鼓千声唤惑人。
最是初心知故友,苦茶共饮品甘醇。

汨罗江端午抒怀

青山竞翠鹤云悠，楚水滔滔层不休。
天问一辞今古觅，离骚百句志操留。
龙舟飞橹划千浪，角粽飘香润九州。
莫道弄潮别处勇，汨罗江上最风流。

题吉鸿昌将军铜像

铜像铮铮耸世尘，苍松翠柏蕴英魂。
将军傲骨豺狼惧，壮士悲歌天地存。
驱寇救国生就义，抛头洒血死凝贞。
一腔浩气冲云汉，留取丹心照后人。

记泉城马拉松

清晨喜鹊立枝头，迎客声声唱不休。
飒爽雁风吹胜境，峥嵘赛事送深秋。
彩旗飘舞泉城醉，健将飞歌梦想酬。
忽忆毛公昔日语，增民体魄旺神州。

咏新时代科技

今日中华登月圆，明朝潇洒火星边。
蛟龙探海深渊处，天眼凝眸银汉间。
引路向前凭北斗，领航追梦谱新篇。
世尘若有神仙在，难比炎黄智不凡。

炎帝颂

神农耕艺太行南，垦拓荒丘攻克艰。
草咀药尝医百病，刀耕火种谱新篇。
战赢涿鹿炎黄颂，开启文明今古传。
试问盛君谁主定，以民为重大于天。

忆童年的小河

挽出小手把鱼捉,泉涌翻涛趣味多。
垂柳绿绦拂晓岸,白鹅红掌荡青波。
笑声朗朗溪边舞,流水哗哗心上歌。
往事悠悠吟进梦,倾情还是幼年河。

忆追逃

碧空布谷叫耕田,忙种风吹麦浪翻。
戴月披星乡野处,持枪巡捕大河边。
便衣汗透迎炎日,浓泡足疼磨警男。
金色盾牌心血铸,芳华谱就最新篇。

注:1999年于芒种前后到博兴县着便衣追捕逃犯10天。

腊月初一感怀

光阴易逝如流水,寒峭风扑腊月门。
尘世炎凉一笑过,声名荣辱几年存。
天悬新月裁眉俏,人到除夕迎岁新。
更喜严冬飞瑞雪,梅红卧醉酒含春。

咏新中国水利工程

碧波荡漾群山映,阡陌农禾带笑颜。
挥汗库成八万座,拓荒地润亿畦田。
清明岁月勤为训,今古苍生粮是天。
百稼年丰凭命脉,毛公洒墨有先言。

晚秋游趵突泉

晚秋雨露是情深,玉浪腾空霞似金。
水畔楼亭铺碧水,林间翠鸟绕青林。
客游此处尊为客,心有清泉廉作心。
君若赏光余做伴,唱吟一曲共新音。

感怀《诗为最美奋斗者歌》一书

(1)

时代新潮酬梦想,芳园争艳玉连篇。
风骚荟萃英雄曲,热血燃情岁月笺。
四海浪声歌奋斗,九州墨客咏红专。
凌云展翅飞鸿鹤,正气昂扬天地间。

(2)

碧空浩瀚灿星光,热血丹心化玉章。
国有英雄民敬颂,人存壮志韵铿锵。
俊才荟萃乾坤大,岱岳巍峨岁月长。
华夏诗坛皆聚力,豪杰自古史流芳。

纪念《共产党宣言》中文本诞生100周年

国耻民疾深苦难,陈公译述赤幽灵。
点燃火炬播星火,闪放龙光醒巨龙。
红色满天天已换,青云大道道尤明。
今朝回望来时路,筑梦初心再远行。

注:陈公指陈望道先生。

读史感吟

自从盘古开天地，后有仓颉造字传。
九曲黄河翻巨浪，万年沧海变桑田。
往来共赏婵娟舞，朝代更迭规律含。
大道茫茫无止境，民心为上覆舟难。

全国战疫情感怀

冬去春来迎鼠年，白衣战士谱新篇。
壮心酬志彰忠效，沥胆为民咏俊贤。
信是神农天佑在，敢云良策病除安。
江山万里驱邪疫，风展红旗染大千。

立春抗疫感吟

春早春迟总是春，滔滔江水盼佳音。
迎新万户邪神乱，闻令三军雷火焚。
医界精英齐上阵，九州民众共驱瘟。
待得捷报频传日，花绽飞红四海欣。

步毛主席《送瘟神》韵送新瘟神

碧水滔滔层浪多，欲知黄鹤报如何。
瘟君出世江城虐，壮士披肝义勇歌。
物转星移参北斗，雷鸣声震彻云河。
疫情必被衷情克，将是红花映绿波。

抗疫抒怀

去日瘟多今日新，滔滔江汉鹤声频。
千军策马齐除疫，万众凝心共奋身。
旗展出征殊地苦，狱封阻战此情深。
韶华不负春光秀，斗破邪魔尽啸吟。

题庚子年三八节

杨柳风拂百鸟鸣，三八节日醉琼英。
江山瑞彩生仁气，时代娇姿战疫情。
酬志逆行瘟疠灭，披肝济世岁华更。
春回万里迎明月，朵朵白莲旗映红。

江城庚子春

杨柳风拂鹦鹉洲，征衣乘鹤赴名楼。
披肝战疫仁德聚，沥胆为民新梦酬。
三月樱花迎旭日，无边春色上心头。
烟波浩渺龟蛇静，江水滔滔万古流。

贺菩提源公益讲学堂十周年

源起菩提久照邻，广播智慧启灵根。
十年慈善无私利，万户庭园多紫云。
教化追寻先圣道，歌呼承做后儒人。
大德不问收何报，立命生民仁作心。

清明节举国哀悼感赋

四海笛鸣旗降半，江河凄恸彻长空。
驱瘟将士轻生死，酬志英雄受敬崇。
春到清明花带泪，涕流诗句眼含红。
化悲聚力凝新梦，风雨环球筑大同。

武汉开城感吟

十万铮铮写不凡，逆迎风雨谱新篇。
龟蛇山锁层层碧，江汉花开朵朵鲜。
难忘戎装驱疫勇，更铭护士救民安。
而今霾散城通畅，大地春回四月天。

悼念援鄂抗疫张静静护师

悲憾匆匆花谢早，素笺滴血泪成溪。
丹心皓发失娇女，大义男儿丧爱妻。
碧野千丛春草咽，挽歌一曲杜鹃啼。
小娃哭唤娘亲去，君耸魂高山岳低。

再次出征感吟

正是泉城花竞放，芙蓉出水问何时。
整装挥手别亲友，寄意抒怀赋小诗。
世界疫情狂虐重，神州新貌备防实。
但得月后归相聚，净宇莲开赏不迟。

岁月如歌

遥想当年多少梦，星河仰望对长空。
天经风雨霓虹现，人尽耕耘紫气兴。
零碎时光装一册，温醇诗酒伴余生。
撷来小句邀明月，倾洒银辉别样情。

听《知音》古筝曲感吟

似风拂岸翠竹鸣，纤指轻拨入九重。
流水潺潺芳径过，青山郁郁碧云生。
曲调婉转识人意，思绪翻飞知己情。
击筑踏歌持剑去，弦音缕缕越时空。

隔离备战感赋

婉转声声飘进窗，鸟欢新霁醉朝阳。
春回四月江山秀，韵至三分意气彰。
身在隔离情不断，心期阻战梦飞扬。
枕戈以备击余孽，携手同袍斗未央。

游曲水亭街

潋滟涟漪一目收,依依杨柳有何求。
泉流细浪明湖去,人荡春风曲水游。
借点时光观古韵,满帘景色上心头。
风骚洒墨多于此,碧水悠悠映小楼。

黄鹤楼咏怀

把盏遐思黄鹤楼,叹奇崔韵震千秋。
青莲举首难成句,闲客凝屏尽染眸。
今荡疫情豪气壮,遥观武汉盛时赳。
滔滔碧水东流去,万众铿锵青史留。

夏日游明湖公园

白鸥避客云烟渺,一任轻舟荡水芳。
蝴蝶双飞追浪漫,碧波十里醉徜徉。
铁公祠内心潮涌,历下亭前韵意扬。
漫步闲游观自在,赏荷依柳忘炎凉。

赞珠峰测量队

峻峭晶光映碧空,珠峰登测壮新程。
燃情汇聚凝一志,逐梦飞翔向九重。
雪域高山天路险,神州勇士气节雄。
凌云直上三千丈,风劲旗扬今更红。

六一致红领巾

神州万里领巾红,宛若朝霞冉冉升。
俏脸无邪生气盎,殊姿多样禀分灵。
胸前旗染承先志,书海舟航练苦功。
明日梦酬今日筑,光阴不负向兴隆。

忆麦收

金浪起伏霞色早,碧空布谷唤声声。
镰刀伴麦田中舞,汗水成盐身上蒸。
天热忙收人不等,雨急快运秒须争。
待得劳碌归仓后,粒粒含辛粒粒情。

芒 种

芒种时节闻布谷,灿黄翻浪映双眸。
早年汗洒持镰舞,今代机鸣把梦酬。
田送麦香新气象,人操农械异风流。
归仓再作播希望,将会灼灼金满秋。

海水稻赞歌

万亩青禾迎曙光,晨风摇曳谱新章。
改良碱地连东海,开垦桑田产主粮。
咸水润滋秧叶翠,金秋飘逸稻花香。
酬得梦想含辛路,当代神农意气扬。

闻北斗导航卫星全部发射成功

狂喷烈焰跃西昌,北斗今朝启满航。
谁忘当年多坎坷,我歌时代倍铿锵。
俊英奋战芳华献,科技攻研昼夜忙。
水远山高风雨路,群星闪烁绘新章。

醉 酒

人逢知己琼浆满,畅饮千杯气谊浓。
把盏斟思沉岁月,吐言逗趣淡功名。
归时上望婵娟舞,止步低吟馥郁生。
念念不休追往事,梦中呓语更关情。

七夕感吟

天河昼夜滔滔水，千古忧思从未央。
织女眸低眉不展，牛郎色暗气难扬。
鹊飞万里虹桥建，家聚一朝涕泪长。
但愿人间情切切，枝结红豆醉夕阳。

梦游岳阳楼

史上巴陵梦里楼，洞庭俯望醉悠悠。
长空浩渺翔鸥鸟，碧浪迢遥荡客舟。
自是贤声依旧在，纵然江水向东流。
纷纭千载说忧乐，心有苍生今古愁。

看美日军演有感

撕下伪装出本性，妖魔海上弄阴风
邪身防疫驱无力，脏弹撒烟污碧空。
秋后蝗虫欢几日，世间小丑妄一生。
荒唐撼树蚍蜉戏，唯有红旗荡九重。

黄河颂

源自昆仑万里长，摇篮九曲育炎黄。
刀耕火种传天地，文治武功兴汉唐。
宛若神龙东入海，化为勇士正开疆。
大河追梦惊环宇，巨浪滔滔浩气扬。

登蓬莱仙阁

蓬莱阁上望潮东，浩淼烟波滔不穷。
似见八仙奔大海，若闻千里展神通。
沧桑已是今朝变，天地还看我辈雄。
亿万舜尧催奋进，江山多秀倍峥嵘。

咏蒙古长调

战马嘶鸣气势雄,似经血染挽长弓。
悠扬声调播原野,醇正歌喉彻碧空。
风奏弦弹层浪起,神怡心旷逸情生。
谁能共伴白云舞,大雁高飞虹彩中。

礼赞孔繁森

久在心中容像现,高原雪域写传奇。
两离齐鲁援西藏,九度春秋树德碑。
七尺男儿生死舍,万千父老梦魂思。
江山多秀娇如画,正是英雄血染旗。

纪念抗日战争胜利75周年

肆虐江山兵乱重,黄河怒吼马嘶鸣。
太行浩气驱倭寇,雪岭忠魂励后生。
泪忆前朝家国耻,情牵先辈岁华荣。
百年变局从今始,信我神州筑梦成。

中秋国庆同日有感

(1)

中秋国庆喜相逢,皓月生辉分外明。
万众驱瘟还静晏,九州聚力历峥嵘。
壮吾兵马江山固,任尔西洋豺虎凶。
把洒斟情时代曲,阳关道上唱雄风。

(2)

庚子金秋瑞气浓，佳节同日庆重逢。
苍天有意福双至，四海欢歌月共明。
不忘英雄鸿志举，当怀忠孝岁华荣。
神州多彩旗飘展，万里江山分外红。

礼赞鲁援鄂抗疫医疗队

本是春回黄鹤鸣，忽来新冠虐江城。
悬壶扁鹊出征快，济世黎民生死争。
浩气盈盈驱雾散，樱花片片映天晴。
疫除得胜别荆楚，洒下浓浓齐鲁情。

祭圆明园被烧160年

火烧园毁化尘烟，百六十年泪水寒。
两盗无情如恶鬼，残垣不语对苍天。
徒悲空恨谁能立，砥砺图强人永安。
筑梦大同开盛世，回眸国耻励儿男。

长 江

东下昆仑奔万里，起伏跌宕险重重。
惊涛拍岸山川过，碧水连天昼夜争。
穷览平湖情荡漾，遥观飞瀑梦从容。
壮怀千古承国运，大浪滔滔腾巨龙。

雪中情

瑶池琼液云霄降，青女撒花到世间。
白絮扬扬蝶弄影，莹光洒洒玉飞烟。
森森寒意冰江水，厚厚银装暖麦田。
指日东风吹万里，满冬瑞雪化春天。

小浪底遐想

涟波遥望荡飞舟,倒影青山云亦悠。
坝筑沙除积碧水,湾交渠纵润良畴。
黄河儿女功勋立,大禹精神世代讴。
浩渺无边天地阔,高歌壮举竞风流。

水龙洞村新貌

霞光映照满庄红,街巷房屋面貌更。
昔日羊肠铺大道,今朝乡户沐春风。
扶贫引种花椒树,致富交融鱼水情。
数载耕耘酬志路,驻村书记第一功。

雪忆故乡

梦到黎明鸡报晓,梨花洒洒落南窗。
捧来百朵辞长夜,静爱三分忆故乡。
年少不知愁味道,岁寒犹自念梅香。
蕴冬更想东风起,化作春天意气扬。

瞻仰中山陵感吟

身腾浩气乾坤更,帝制推翻立巨功。
郁郁钟山难做北,滔滔江水总流东。
终逢星火承鸿志,敢教神州唱大风。
时代翼扬鹏正举,梦酬天下欲一同。

2021年元旦感赋

同心砥砺克时艰,倍感峥嵘忆去年。
邪疫成灾新冠肆,白衣披甲赤情燃。
不才纵我非扁鹊,沥胆防瘟守狱园。
思绪翻飞辞旧岁,大河逐梦护昌安。

警察节抒怀

藏蓝飒爽展风流，徽烁英姿雄志酬。
执甲除魔生有愿，卫民沥胆意无休。
初心不负韶华梦，皓发甘为孺子牛。
看我山河多壮丽，警旗猎猎护神州。

秦淮河之韵

千年烟雨锁金陵，潋滟秦淮映月明。
夫子庙前人有愿，乌衣港里韵传情。
六朝花谢余香在，一梦潮来新浪生。
涌向大江涛滚滚，长闻两岸唱雄风。

咏拓荒牛

负轭前行不顾身，低头两角向天伸。
踏石留印凭全力，戴月披星无悔心。
筑梦兴国新域创，攻关历险壮图奔。
拓荒何惧风和雨，喜看三秋遍地金。

咏老黄牛

矢志前行心不老，薪刍几把到黄昏。
犁田种地长蹄奋，起早贪黑任雨淋。
辛苦从来如一日，衰迟甘愿负千斤。
耕耘默默无求报，血汗滴滴化作金。

咏孺子牛

身驮孺子过晨昏，俯首当骑情更亲。
佳气开云知向日，和风化雨待如春。
初衷坚守从无怨，远梦相酬正有新。
漫漫征程辛不计，时时未忘细耕耘。

牛年元宵节感怀

(1)

喜看婵娟舞夜空,灯笼烁烁映街红。
凝心抗疫谁能比,富国强军今不同。
旗帜飘扬循正道,炎黄奋进守初衷。
神州筑梦新潮起,引领环球唱大风。

(2)

举头明月照长空,街挂灯笼人映红。
城市繁华生瑞气,乡村老少驭东风。
载歌共庆元宵度,曼舞何曾今古同。
万众皆追时代梦,春潮浩荡显峥嵘。

济南元宵之夜

月照泉城花似海,大明湖水映灯红。
流光炫彩连十里,把酒盈杯醉五更。
忆往千秋出俊士,而今万众展雄风。
波涛新奏黄河曲,起舞高歌庆兴隆。

巾帼颂

谁说女子不如男,多少红装使命担。
一曼血书青史颂,呦呦美誉世人传。
休言自古为家妇,喜看今朝舞大千。
忽忆毛公声震耳,巾帼风采绘新天。

牛年全国两会有感

阵阵惊雷久未央,腾腾瑞气九州昌。
共商国是关天下,齐划红船驶远方。
聚力凝心十四亿,拓荒砥砺万千行。
春潮滚滚鸣新曲,风正帆扬启大航。

梦中同学会

月似轻舟荡夜光,醉眸星斗舞癫狂。
人逢知己千杯少,韵伴豪情一路香。
同在泉城为异客,忆酬鸿志共学堂。
窗前车响惊晨晓,缘是长思作梦乡。

观电视剧《觉醒年代》感赋

乱世危局国难重,遥思前辈倍峥嵘。
南陈北李先觉悟,同道齐心共奋争。
长夜不眠寻正路,双君点亮指明灯。
东风热火燎原势,红遍江山梦复兴。

解放阁感怀

澄澈涟波漾碧池,松青柏翠柳多姿。
昔年解放题楼阁,陈帅追思寄琬碑。
矗立泉城迎日月,缅怀先烈染旌旗。
峥嵘彪炳名华夏,高耸英魂万古垂。

游太行山大峡谷感怀

神工造化世无双,峭壁峥嵘壮太行。
俯望断崖刚劲露,遥观天路蜿蜒长。
武丁追梦寻忠圣,王相逢岩兴大商。
峡谷古今藏底蕴,维新革旧振家邦。

草原春韵

春绽草原花似锦,霞光炫彩伴长虹。
绿波荡漾连千里,奶酒芬芳醉不穷。
起舞狂歌云汉落,扬鞭策马势威升。
挽弓追溯思余韵,更喜今朝共兴隆。

泸州窖韵

绵甜崛起大江旁,爽净淳浓传韵香。
妙质酿成追史远,嘉声入咏寄情长。
笑迎宾客浮清影,辉映星河泛月光。
窖老不输时代梦,醇深味正誉八方。

饮泸州老窖之遐想

岭若青屏铺碧水,彩云弄影向长江。
天然妙境出佳酿,绝好良方继盛唐。
川地山风甘冽远,瑶池玉露雅醇香。
驰名缘是泸州造,把盏情浓星斗狂。

礼赞中国共产党百年华诞

(1)

峥嵘百载忆初心,华夏民族苦难深。
黑夜红船星火亮,神州硕俊志识新。
为求解放旗鲜艳,犹是追寻道正真。
时代征程凝众意,复兴酬梦大昆仑。

(2)

尧天七月遍祥光,百载峥嵘留史长。
血洒万千生死弃,花开南北国家昌。
黄河腾浪歌红日,东岳摇旗庆小康。
寥廓江山新梦始,宏图大展帜飘扬。

(3)

石库门中赤色光,红船星火照前方。
九州生气风雷恃,四海腾波旗帜扬。
砥砺百年酬壮志,缤纷七月绘华章。
潮流浩荡惊环宇,筑梦初心向远航。

(4)

回首昔年石库门,烛光星火照初心。
万千悲壮英雄血,百载峥嵘天地新。
聚力复兴酬梦想,执旗奋进建功勋。
大同世界中华领,再展宏图向纵深。

礼赞中国航天

神州十亿舞翩跹,揽月飞天立大千。
两弹一星惊世界,嫦娥五号扣心弦。
倘如万户今朝在,时见中华新梦圆。
漫漫征途无止境,太空求索敢为先。

酬梦追昔抒怀

强国逐梦震寰球,揽月飞天星际游。
回首峥嵘兴九域,燃情烨烁照千秋。
进京赶考毛周伟,驱疫彰宣道路优。
百载芳华今正茂,帆扬旗艳数风流。

回首星星之火

回眸星火广燎原，照亮中华忆往年。
蒋政西沉白帜落，大军南下凯歌旋。
天安门上升红日，纪念碑前溯本源。
酬志强国旗正艳，炎黄筑梦报轩辕。

浮龙湖之春

岸上莺飞紫燕还，澄泓碧透柳含烟。
湖心岛似舟一叶，波面光如鳞万千。
信是有龙潜在此，终将布雨跃于天。
游人接踵春风暖，无限生机正盎然。

济南灯光秀庆党百年华诞

溢彩楼高路又宽，流光如幻醉无眠。
追思尽美播星火，已化泉城不夜天。
荷柳风吹湖色好，镰锤帜会党旗妍。
华灯璀璨酬新梦，阔步征程勇向前。

望岳行

雨后凉风三两缕，叶摇珠落鸟鸣新。
远山似黛白云淡，平野如春绿色深。
转步驱车南望岳，征途咏史早行人。
家国至上钦诗圣，尽我一颗赤子心。

追昔西柏坡

延安东渡过黄河，决战赢于西柏坡。
帜正心齐谋更切，志同群策计方多。
扎根百姓江山定，挥手三军胜利夺。
由此赴京忙赶考，初衷赓续凯而歌。

观电视连续剧《大决战》有感

北国枪炮隆隆响,血染红旗破晓前。
三战雄风惊世界,千军浩气彻云天。
挥师解放金陵府,回首凝思淮海篇。
百万车推粮与物,翻身民众是江山。

纪念抗日女英雄奇俊峰

青山不语常思恋,垂泪滴滴忆俊峰。
驰骋草原姿飒爽,纵横疆场势恢弘。
黎明前夜遭敌害,血色丹辉映日红。
深念女王杀寇勇,卓绝抗战展雄风。

雨后感吟

朝来风起云遮日,细雨雾霏向晚晴。
夜色茫茫悬皎月,银光朗朗照空明。
树高不语扎深土,草绿无言长满坪。
自古江山多志士,耕耘酬梦淡名声。

咏云门陈酿

三春酥雨润青州,沃野霞辉金作秋。
陈酿悠长彰逸雅,酱香醇厚胜绵柔。
举杯如幻心潮涌,把盏传情岁月稠。
每到佳节邀贵客,云门玉露展风流。

金秋颂

霜打篱菊正灿黄,风吹沃野稻花香。
鸟鸣机响收田早,蝶舞蜂飞采蜜忙。
阡陌草衰禾上色,长空云淡雁成行。
村前水映秋时月,最美依然是故乡。

深秋感吟

夜深庭院起秋风，愁上西楼月似弓。
谁不少年怀壮志，何曾明镜照衰容。
光阴寸寸催人老，半世昏昏建业空。
余力添花增锦绣，老枫玉露叶飘红。

看辛亥革命110周年纪念活动有感

大河怒吼震玄黄，猎猎戎旗御虎狼。
俱盼统一听号令，共除分裂步康庄。
收吾宝岛三军奋，策马西风万弩张，
何惧台独勾美日，鲲鹏遂志更图强。

有感半百人生

年少谁人无梦想，光阴岂可任蹉跎。
曾经立志青云上，怎奈知非白发多。
送走风霜迎雨雪，余留岁月斗阎罗。
滔滔历史长河客，敢叫平凡唱壮歌。

茶余暇吟

稍纵指尖如过隙，岂能虚度寸光阴。
点滴集腋连成片，微末回青化作春。
不畏红尘名利乱，须知大事是非分。
翻书敲字吟一曲，莫负年华与日新。

冬日畅想

大河万里正冰封，竹翠青青曳碧空。
期待絮飞天漫舞，喜看梅绽雪莹红。
知音三五围炉坐，往事七八斟酒兴。
华发不应多笑我，浮生有味醉长更。

2022年元旦抒怀

花开花落又一秋,辞旧迎新将曲留。
苍狗白云皆过客,时光流水不回头。
经冬莫叹冯唐老,应运别因李广愁。
薄酒斟情堪慢品,纵然平淡亦悠悠。

和诗咏怀

唱和芬芳总共鸣,红尘诗侣信真诚。
天涯虽远存知己,塞北谁能比秀英。
待我曲成将进酒,为卿吟醉已含情。
草原佳遇多希冀,岁月同增百事兴。

咏西安抗疫

变异新冠切莫狂,古都不老志昂扬。
三秦大地旌旗奋,九域苍生兄弟强。
待到疫消还静晏,且看民健倍兴昌。
遥思雁塔迎红日,万道霞光送瑞祥。

赋警察节

品正廉清浩气昌,纵经风雨梦飞扬。
警徽烁烁职责守,铁骨铮铮重担扛。
心有苍生怀九域,情关大业护一方。
赤诚奉献从无悔,卫我红船向远航。

与妻书

待字闺中美姓姜,姻缘石刻侣为梁。
酸甜苦辣皆含涩,锅碗瓢盆亦带香。
情系先生熬岁月,心连子女忍风霜。
此生共济同舟渡,携手云霞共夕阳。

观雪随感

晨起玉龙三百万，寒梅凌雪送幽香。
瘟虽变异从无惧，国自兴隆当更强。
广众赤心除疫疠，倚天长剑慑豺狼。
欣然虎气盈华夏，喜看祥风吉瑞扬。

汾酒待客

高粱纯正出三晋，酒藉黄河而化醇。
古井泉喷澄澈酿，清香瓶透老白汾。
迎宾一解相思意，举醉千杯似见春。
翌日醒来情慢品，梦中尽是杏花村。

迎虎年感咏

牛年回首忆神舟，喜看天宫成热搜。
风雨百年旗更艳，栋梁千万梦将酬。
大同憧憬生佳境，欣咏颜开赞九州。
虎啸龙腾今胜昔，新华奇迹震寰球。

大年初一出征

恰逢元日再出征，换我戎装策马行。
瑞虎闹春年正庆，铁衣闻令意尤浓。
胸怀九域初阳夜，职守一方灯火明。
老骥披星风雨路，纵添霜发骨铮铮。

注：写于2022年2月1日，即虎年正月初一，自2020年正月初三封闭执勤以来，两年共计18次封闭执勤离家367天，这是第19次出征，恰逢正月初一，将在封闭执勤中度过大半个正月，以此留念。

世界百年之未有大变局有感

(1)

怜乌傀儡万民殃,幕后西洋黑手长。
美帝从来私利重,北约东扩祸心藏。
当今世界向何处,以我红船导远方。
逐梦寰球同冷热,奋发踔厉续荣光。

(2)

忧怀赋笔意难平,乱象纷争何日停。
东扩已将人类害,交和方可世间宁。
邻国烽火除邪恶,赤县春风斗疫情。
酬梦寰球匀冷热,星条衰落大同兴。

看电视连续剧《人世间》感吟

(1)

本性使然呈百态,家常邻里众纷争。
世无矛盾不为世,朋有分歧亦作朋。
情感起伏穿岁月,沧桑迁变话人生。
荧屏演绎凡间事,宛若吾曹影与踪。

(2)

情感波折怨与恩,人活在世守初心。
纷争劝解和为贵,积善谦恭德有邻。
吾辈历经千百事,芳华不过几十春。
诸般或许命中定,勿忘前行天道循。

大上海抗疫

变异新冠漫疫情,恰逢春暖又清明。
驱瘟南北红旗艳,守沪平安华夏宁。
将令一出集虎旅,征衣十万赴申城。
待得决胜报捷日,黄浦涟波映彩虹。

忆陕甘宁边区

滚滚黄河万里腾,尧天难忘陕甘宁。
当年不见官僚气,到处只闻鱼水情。
先辈明心图解放,征途酬志系苍生。
谋福为庶江山坐,华夏而今梦复兴。

暮春感吟

谷雨时节正暮春,草青花绽遍乡村。
雾霾入夜随风至,百姓播田到日曛。
南北鸟鸣阡陌绿,东西稼盼晓阳新。
盘中粒粒皆珍贵,盛世初逢莫忘辛。

庆神舟十三号凯旋

牛年秋夜乘龙去,虎岁携雷下九霄。
揽月摘星达半载,探空求智聚高标。
天宫铸就科研梦,万众欢腾时代骄。
长盼英雄出不尽,赶超世界领风骚。

品王朝酱酒

久闻赤水誉八方,酱酒王朝品味长。
古法传承陈酿正,金波独特口碑良。
举杯寄语浮星影,邀月为宾映玉光。
昔日中秋轻把盏,至今夜半梦留香。

五四与红船

忆往大潮汹涌起，苍茫九域孕新生。
救国火种撒南北，燃血青年知废兴。
上海相商旗帜艳，红船开启远方征。
劈波冒雨斩浊浪，满载中华逐梦行。

写在汶川大地震十四年纪念日

当年巨响汶川震，五岳闻听把首低。
半降红旗悲雨祭，倾流泪水夜眠凄。
忍藏怆痛激人奋，共克艰难将梦期。
踔厉前行十四载，江山谱写大传奇。

新时代红船

红船驶进新时代，踔厉前行十度春。
揽月飞天惊世界，脱贫施政为黎民。
阴霾除却江山秀，伟业垂成夙夜勤。
满载中华劈巨浪，鸿图大展告英魂。

小满日留句

乡村城市絮飘飘，户外农田麦正骄。
雨润光鲜青玉野，风吹芳馥绿波涛。
端阳欲到翻金浪，芒种收割忙昼宵。
天助酬勤千古是，舜尧亿万看今朝。

延安颂

延河滚滚流千古，多彩云飞宝塔山。
忆往礼堂鸿志立，知谁旗帜九州传。
黎民处处精神旺，圣地年年气象鲜。
昔日热情红似火，而今新梦著宏篇。

常梦同学

去日同窗常入梦，音容皆是往昔时。
求学一路交情重，毕业多年旧事思。
我辈合群凭义气，女生传信借心知。
曾经点点未能忘，但愿重逢会有期。

咏酱香

赤水滔滔佳酿纯，天然造化润精神。
味浓长是情发酵，馥郁多应韵与存。
昔日红军留逸事，今朝梦想有嘉音。
白云入夜追明月，晨起飘香四海滨。

忆双考念恩师

适逢双考忆恩师，传授知识倍爱惜。
数位情深心上记，多年意重梦中思。
品高端正解吾惑，业敬遵德救我急。
叹已至今功未就，师恩难报念朝夕。

注：求学十几年，先后得到了小学、中学和大学十几位老师的关心和爱护，在此特别感谢王伯平老师把我送进了县一中，王恒秋老师和王风乐老师把我送进了军校大门，感恩难报，以诗为念。

庆七一和香港回归二十五年

紫荆花展歌华诞，今到七一分外红。
廿五年回归盛赞，百余载砥砺长征。
江山烂漫重重庆，时代鲜明日日兴。
不负韶光同筑梦，宏图阔步壮新程。

感悟人生

滔滔江水向东流，多少英雄史上留。
惜己曾怀千里志，忆前常历缺衣愁。
年逾半百知天命，业未功成已白头。
有幸生逢新社会，从戎忠孝报神州。

诗润人生

碎片时光要吝惜，万千滴水可穿石。
茶余饭后吟当趣，月下花前情化词。
朝暮推敲佳句酿，神魂隐见故国驰。
偶得妙手入新境，求索人生恍若诗。

八一抒怀

晨梦如闻号角鸣，身穿橄榄作新兵。
飘扬旗下歌声亮，演练场中枪法精。
戎马生涯酬志愿，铁衣岁月铸忠诚。
赤心本色从无褪，万里江山军旅情。

秋兴感吟

梧桐叶落早知秋，极盛一时总有头。
昔日帝国先破败，近年西霸亦多愁。
纵观天下何方起，料见中华大梦酬。
十月红旗格外艳，风骚独领是神州。

大道自然

雨后初晴见彩虹，人形雁阵剪长空。
风吹雾散寻常事，春去秋来造化功。
江水滔滔流不尽，朝阳灿灿照曾同。
兴衰自古承天道，世路恬然善始终。

月满中秋

长空明月照神州,万户团圆将梦酬。
金桂开花香四溢,嫦娥舞袖曲无休。
黎民欢度中秋夜,众警执勤囹圄楼。
赤子报国心久固,不求世代把名留。

诗情五载之趣

夜光似水月如船,行在银河星斗间。
敲句翻书吟有趣,抒怀借物乐无边。
寻梅五载三千朵,逐梦余生一片天。
闪电为锤雷作鼓,诗林雨露醉长年。

秋兴十月红

阴霾笼罩寰球久,魔霸疯狂浊浪激,
异域风光难忍睹,神州秋色恰相宜。
旗红帜正镰锤灿,诺重心凝步调齐。
谋定未来前进路,新征开启谱传奇。

秋兴依杜甫韵游南山

城南漫步走逶迤,灿烂霞光落草陂。
枫染情浓红叶谷,潭平水映白霜枝。
秋声缕缕耳边响,云朵悠悠镜里移。
远处灯笼千树挂,缘来山柿满坡垂。

人在旅途

莫以他人论短长,报恩不可负高堂。
历经年少别无志,若遇风霜仍向阳。
对错辨清行正道,利名看淡醉秋光。
踏实走好每一步,当下珍惜有远方。

陪战友瞻观孔庙

忆瞻孔庙正斜阳，松柏参天岁月长。
遐想杏坛春意早，遥闻桃李九州芳。
儒家仁义传千古，新帜精神兴故邦。
生作男儿知奋进，建功莫负好时光。

红色记忆

江河澎湃映朝阳，五岳巍峨气势昂。
革故鼎新安社稷，强军逐梦向重洋。
黎民勤奋家国盛，赤县兴隆旗帜扬。
时代红船承大任，稳行致远铸辉煌。

立冬感咏

银杏风吹金叶舞，柏松苍翠立山岗。
江中潋潋浪平缓，原上离离草俱黄。
期盼青竹晨映雪，待闻梅朵夜飘香。
诗情不惧寒冬到，煮酒小酌思远方。

情咏昙花

料是昙花应有梦，为谁一现准时开。
留连尘世逾千载，眷念韦陀降九垓。
清影不言仙气送，佳人蕴意夜间来。
淡香素雅喜恬静，月照相思萦满怀。

春 吟

疫情过后恰逢春，杨柳芳菲气象新。
远望江河波潋滟，畅游山岳客欢欣。
东风吹响未来梦，时代吟歌勤苦人。
亿万耕耘皆奋力，华胥国里尽佳音。

同题有感

同题几载种诗田,挥笔抒怀赋素笺。
灵感忽来一蹴就,拙文审虑再裁编。
深知不敢比珠玉,堪喜犹能近自然。
若有豪情三万丈,吾将吟啸上云天。

落花吟

怅望闲庭花自落,飘零碎片似蝶飞。
终应时令属春暮,犹记芳华染翠微。
天若有情天亦老,月如无恨月长晖。
红消且莫怕香断,喜盼丰年筑梦归。

生月感怀

春盼花鲜秋望月,光阴似水向东流。
历经劫难磨心志,激起豪情驱感愁。
看淡功名风雨过,拨开云雾是非休。
人活百载谁无梦,诗笔撷来润九州。

六一抒怀

清晨脖系领巾红,意气昂扬盈满胸。
小小拳头高举起,铮铮誓愿俱期同。
队歌嘹亮彻云汉,梦想腾飞舞彩虹。
皓发回眸年少志,不输时代唱雄风。

麦黄时节

芒种时节霞舞天,杏黄梅绿袅炊烟。
麦田灿灿起金浪,机具声声走陌阡。
颗粒归仓黎庶唱,和风满面笑容添。
夏收跨入新年代,喜看粮丰万户安。

端午题咏

天问离骚传至今,滔滔汨水恋灵均。
楚魂长有白云伴,龙舸疾行碧浪分。
粽入江波连四海,鹏翔穹宇报佳音。
东方崛起尽尧舜,闪耀群星时代新。

喜迎中原诗家范兄等人齐鲁游

朋自中州齐鲁游,陶然欢聚韵悠悠。
谈今论古说忧乐,换盏推杯喜献酬。
好客山东同畅饮,迎宾诗赋共争流。
相逢料是有天意,缘遇知音醉不休。

注:2023年6月25日,中原诗词名家范剑客、王聚中、杜宗杰、王书明、张树勋五位仁兄来济南一游。

强军赞

南昌枪响井冈红,征赴延安唱大风。
敌后杀敌驱日寇,战中学战逞英雄。
国兴民富强军梦,箭快船坚盛世功。
代代八一旗不变,江山永保践初衷。

纪念抗美援朝胜利七十周年

强敌压境犯邻邦,铁甲洪流肆虐狂。
彭总令行奔雪岭,大军血战斗豺狼。
凯旋转眼七十载,难忘挥师鸭绿江。
抗美英魂昭日月,铄今震古永传芳。

赞央视书法大会

挥毫落墨群英聚,道逸空前别样新。
古有兰亭天下序,今开盛会九州春。
激扬文字传国粹,指点江山听惠音。
世代相承铭史久,复兴筑梦铸龙魂。

忆2019年8月底北京领奖

京城领奖和风畅,昔日高歌忆至今。
书圣兰亭书友会,九方墨客九州吟。
云集紫禁抒骚句,题咏中华诵玉音。
诗意地名新梦筑,传承文脉尽诚心。

诗韵长安

唐时明月照千载,神韵悠悠天下名。
大雁塔中能静悟,华清池里久牵萦。
谪仙杯酒豪情放,诗圣家国思绪生。
喜看长安今胜往,欣逢盛世正昌兴。

乘火车过长江

电掣风驰桥上过,两边景色瞬间留。
未闻船笛声声响,只见长江滚滚流。
昔日英雄铭史册,今朝才俊满神州。
高歌时代皆酬梦,家国隆昌通五洲。

函谷关

老子西出函谷关,骑牛一去已成仙。
道经字字传凡宇,紫气盈盈满大千。
万物刚柔从此立,九州新旧与时迁。
而今逐梦江山秀,盛世回归道自然。

蓬莱阁

昔日八仙由此去,神通各显盛名稠。
遨游东海未曾返,留下传说久不休。
峭壁悬崖阁耸立,白云碧水浪奔流。
登临远望胸怀阔,乐在逍遥展目收。

兔年立冬感怀

始从此日入冬天,树木葱茏尚未寒。
朵朵白云柔亦美,株株小麦绿而鲜。
粮足仓满使人悦,秋去愁消盼雪还。
更喜疫情今不再,江山万里唱丰年。

癸卯冬至抒怀

倏然今日又冬至,堪忆年前战疫情。
变异新冠成祸害,辛勤医护救苍生。
瘟神一夜随春去,家国中秋共月明。
展望未来齐憧憬,同心勠力壮长征。

题玉华寺

玉华名寺知何处,登上五台听梵音。
殿宇恢宏金灿灿,风光独特韵深深。
事说罗汉传扬久,池涌泉花次递新。
佛入中华千百载,关乎社稷系黎民。

赋超然楼

游人多到明湖去，揽胜超然楼上观。
潋滟波光收眼底，清漪泉水涌心间。
铁公祠外北极庙，历下亭中诗圣言。
重建巍峨添气象，佳节灯火靓新颜。

胡杨礼赞

孤烟大漠看胡杨，每到深秋金色光。
披甲成排如卫士，整装列队映夕阳。
自生荒野脊梁挺，相望千年底气强。
万里黄沙他最美，立足守护好边疆。

辞旧迎新有感

回首一别辞旧岁，挺胸阔步进龙年。
风吹雨打竹尤翠，雪降冰寒梅更妍。
伏枥犹存千里志，踏歌高唱彩云间。
笃行起碇远洋去，劈浪扬帆驶向前。

龙年春望

东风吹劲柳杨绿，龙啸环球鬼魅消。
祸害苍生欧美乱，引航世界九州骄。
江河激荡翻新浪，山岳高歌彻紫霄。
擂鼓声声催奋进，故国万里涌春潮。

新春之雪

有谁心动降凡尘，银粟寒风同入春。
雨水不知何处去，元宵尚未此时临。
扬扬洒洒依如故，凛凛莹莹似更新。
许是东君偏爱雪，邀来霜女舞缤纷。

词作

天净沙·忆王伟

蓝天碧海白云，战鹰波浪英魂，四月凄风硕俊。寇贼挑衅，驾机拦立国勋。

沁园春·泉城之韵

日远秋深，雾淡云轻，零雨珠明。漫泺河柳岸，芳尘闲步；名泉音韵，悦耳长鸣。波涌流光，虎吟啸月，激水飞湍玉皎晶。镜中影，看枝随风舞，婀娜多情。　　此时景似云庭，顿气爽，神怡才绪生。想名流清照，千年才女；诗文禀赋，万古词英。碧水涟漪，浮光潋滟，澄澈明湖荷玉莹。子昂曰，看鹊华秋色，烟雨泉城。

念奴娇·嘉峪关怀古

狼烟早去，看苍穹如洗，白云飘荡。瓜色生香闻烈酒，遥望远方遐想。千里黄沙，弯刀长箭，骠骑将军往。封狼居胥，荡匈甘酒酣畅。　　战马列队风歌，壮怀激烈，千古神州唱。我自低头思去病，星落早年悲怅。细雨凉风，峪关雄立，万古炎黄旺。今朝华夏，复兴锣鼓擂响。

沁园春·丝路怀古

古道闻名，丝路传情，遐想无穷。望远山雪映，云霞岚雾；遥空蓝蔚，峰脉苍穹。戈壁沙原，遥遥无限，多少驼铃鸣史空。心长叹，颂张骞胆略，千古英雄。　　当年豪气连胸，怀壮志，毕生报国忠。纵万难千险，舍生前往；孤身西域，开路长通。汉武英明，名臣功业，绘就神州万里龙。英魂在，我文明不息，华夏兴隆。

念奴娇·南国边境行

长龙作伴,去南疆万里,云飞天碧。青翠奔腾身后过,赏阅边疆山色。绿水青青,群山倒影,八桂风光逸。追思南越,历经多少兵戟。　　抬首举目飞歌,镇南关口,子材将军册。布下雄兵平盗寇,七十带头驱敌。古往今来,万千将士,血染青山泣。一杯清酌,低头沉默涓滴。

念奴娇·忆冰城九八抗洪

水流奔荡,浪翻滚、狂水滔滔归去。翠岸东边,洪塔耸、追忆松江大雨。巨浪滔天,飞冲两岸,欲进冰城驻。灾情危险,万千男女前赴。　　民众全力齐行,沓来军队勇,群英如虎。万众一心,江岸固、洪水低头流去。往事陈情,神州岁月傲,碧空云舞。巍巍高塔,魄光霞照中宇。

献衷心·济南惨案纪念碑抒怀

巨石千文刻,鲜血成书。泉水静,柳枝哭。日寇侵华夏,烧抢杀屠,禽兽酷,中华奋,不作奴。　　国要立,走正途。九州强大必读书。往日国家弱,贼寇荼毒。须奋进,鹏展翅,映南湖。

天净沙·菏泽牡丹

菏泽四月花香,牡丹千顷芬芳,盛世中华永强。纯阳初上,绽仙姿百花王。

临江仙·上合青岛峰会

上海合作青岛会,海蓝天碧风轻。路新山绿树菁菁。笑迎来客,习总去,会群英。　　阐述中国新梦想,言明人类何行。会场音韵掌声声。苍生同命,连一体,共前行。

水调歌头·习总参观甲午博物馆

环海岛青翠，彩凤舞翩跹。世昌持镜长望，习总馆中瞻。甲午风云翻卷，亿万人民惨怨，兵败令人寒。举首静凝视，怀志壮情燃。　　定八律，察四海，克艰难。畅扬梦想，神箭悄守九州圆。风展红旗飘荡，奋进雄声回响，海浪奏和弦。赋韵平生寄，龙影五洲传。

踏莎行·梦回乡村

袅袅炊烟，青墙红瓦。早晨细雨冲黑发。梧桐阔叶响嘀嗒，飞来喜鹊俏皮话。　　淡淡白云，耕耘芳华。轻描水墨山村画。梦回故里韵春秋，年逾半百学诗雅。

鹧鸪天·咏崔永元

史有英雄孤胆行，今朝斗士报国鸣。践行道义忠诚客，揭露知名丑恶星。　　坑百姓，妄精英，岸然道貌假名声。御猫若到何须怕，侠义应将硕鼠惩。

定风波·世界贸易战

五岳苍松参紫穹，中华千载胜顽凶。邪霸不诚瞎作势，无耻，翻云覆雨耍猾横。　　扰乱世间逾百载，心歹，欺人不改命将终。红色中国非往日，呵叱，巨龙亮剑把魔惩。

卜算子·诗书情

夜深雨盈盈，笔墨飞宣纸。仿若前人眼前立，看我如知己。　　一杯清茶迎，他把诗书指。挥笔行文出韵味，细品心中记。

鹤冲天·七一颂

中华不老，万载青长固。秦汉与唐宋，文明古。想百年往事，清朝弱、民国辱。志士奔何处，会集上海，建党救族旗竖。　　人民亿万国难赴，经酷寒岁月，核心骨。大地飘红艳，抓建设，国民富。梦想昌兴路。大江南北，紧跟党旗雄步。

沁园春·中华百年巨变

千古中华，久傲苍穹，晚清病残。罕百年受辱，苦难深重；群英荟萃，救国当先。热血燃情，毛公至伟，亲率工农立大千。洒鲜血，染江山红遍，华夏新颜。　　神州兴旺长安，邓公谱，革新开放篇。望长城内外，春风荡漾；大江南北，朝气欣然。盛世隆唐，巨龙梦想，亿万炎黄攻克艰。看习总，耸青云壮志，雄立尘寰。

定风波·斗凶鲨

百载贪婪腐旧纱，东方旭日望朝霞。覆雨翻云玩不尽，不忍，东风吹劲怕何家！　　屹立东方心不乱，敢战，神州亮剑斗凶鲨。梦想复兴终将至，开始，寰球今日看中华。

踏莎行·忆卢沟桥事变

倭寇汹汹，炮声阵阵。卢沟桥上敌挑衅。鬼侵华夏难更深，英雄无数为国殉。　　日本猖狂，黄河振奋。同仇敌忾长城愤。统一战线党旗扬，全民抗战敌降遁。

望云间·纪念杨虎城将军

苍柏长青,名将虎城,炎黄忠效豪情。促西安事变,兵谏功成。驱鬼艰难至险,忠国至死方宁。蒋出于私恨,特务疯狂,囚禁鲲鹏。　　一腔热血,壮志难酬,寄心质问天公。唯见春秋飞逝,喋血苍穹。邪道恶魔狂舞,豪杰正义昌兴。魄魂紫阙,永垂千古,化作晨星。

浣溪沙·三伏天

炙热骄阳三伏天,万禾百稼旺青颜。撷来日月酿新丹。　　聚力凝心情愿苦,结晶满粒意趋安。我歌一曲送云间。

蝶恋花·长清湖抒怀

细雨斜风杨柳舞,燕子低飞,湖面生轻雾。快艇激涛清水渡,长青烟柳湖边树。　　远处长龙驰骋去,举首遐思,却是心无绪。云卷云舒空自许,雨来雨去凭何惧!

天净沙·监狱警察

高墙电网囚人,每天风险缠身,沥血倾心自信。克顽攻困,塑新生尽青春。

更漏子·假疫苗事件

假疫苗,齐鲁泪。残害儿童无耻。关生命,万人冤。是谁在作奸。　　坑华夏,天唾骂。恨不千刀万剐。众怒怒,愤声声。必将妖孽惩。

更漏子·兰建国英魂诉

五十刀,英雄泪。壮志未酬悲悴。管罪犯,险难多。魄魂凄诉歌。　　鲜血地,为国死。忠效成仁取义。警徽亮,泣声声。苍天还我名。

风入松·忆刘少奇同志

风云百载砺精英,慷慨呼鸣。安源煤矿长思念,忆当年,热血豪情。战乱族难民苦,宣传革命亲行。　　鞠躬为国倍峥嵘,永世忠贞。党员修养名篇著,到如今、永放光明。两袖清风传唱,一生效力昭铭。

阮郎归·立秋抒怀

青春年少忆风光,身着橄榄装。军衔荣耀熠星芒,拉歌声亢扬。　　情深切,志激昂,沧桑岁月长。今朝苍发韵诗狂,高歌德善彰。

念奴娇·宋都古韵抒怀

巨龙东去,万千里,波浪奔腾高唱。北宋东京,商贸盛,丰丽辉煌远畅。一代文豪,横空出世,远想东坡飏。诗词书画,震惊天阙鸣响。　　杨柳遮月轻风,秀眉吟婉约,柔情长望。岁月沧桑,天地变,文化传承神往。赋韵开封,燃情抒梦想,古都昂仰。云歌高奏,咏言华夏兴旺。

沁园春·开封古今颂

盛世名城，七朝古都，北宋东京。想汴河流水，色光潋滟，帆船飞橹，波浪明莹。街道熙攘，阁楼交错，无限风光韵帝城。惟嘉叹，览择端名画，浩大恢弘。　　辉煌过往回萦，至今日，沧桑巨变惊。看高楼耸立，地灵人杰，长虹跨越，水秀湖清。壮志燃情，放飞梦想，两手辛勤新启程。蓝图绘，愿神州万古，国运隆兴。

菩萨蛮·忆麦收

白杨碧翠高空立，乌云翻滚东南雨。场院麦收忙，汗流透父裳。　　雨来谁眷顾，花展黄莲苦。养育尽辛勤，报得后世春。

卜算子·咏杂交水稻

哨响彻云空，树下声音吵。辛苦耕耘收获少，争论谁人晓。　　向天邀神农，育得千斤稻。四海欢歌颂隽功，九宇袁翁傲。

踏歌行·纪念抗日胜利

万里黄河吼，东方旭日芒。中华驱日寇，洒血志昂扬。龙啸恶魔降，正义古今飏。

西江月·秋游蟠龙山

颗颗红星闪耀，株株翠柏昂扬。蟠龙山上好风光，秋色无边遐想。　　月落西江黑暗，红旗风雨铿锵。五星百万映穹苍，山岳秋收高唱。

鹊桥仙·七夕夜空

金乌山下，上弦月亮，喜鹊齐飞云汉。牛郎织女会长桥，满河泪，喜悲千万。　　繁星闪烁，瑶台凤舞，昵语眼汪心伴。叮咛儿女自强长，恁夜短，浓情无限。

卜算子·温比亚台风

大洋起台风，巨浪翻东海。携雨倾盆淹城乡，千万兵民在。　　洪水虐无情，大爱无边界。更看军旗天下扬，谱写新时代。

卜算子·看宝岛感吟

炎黄千古传，你却崇洋外。龙啸长鸣惊环球，梦想逾千载。　　西洋巨风平，莫道虫妖怪。撼树蚍蜉天下耻，宝岛通龙脉。

雨中花令·荷塘雨景

伫望林塘丝雨，弥漫清香四处。蝴蝶双飞荷上舞，翁侣池边驻。　　杨柳依依缠细语。苦亦乐，昵辞如故。纵皓发，放歌滋岁月，吟诵飞才绪。

雨中花令·茶吟

窗外轻风细雨，室内清香四处。竹润厅墙栖翠鸟，翁侣壶边语。　　风雨此生长相顾。苦亦乐，昵辞如故。任皓发，品茶滋岁月，赋韵飞才绪。

诉衷情令·秋游田野

秋风送爽雁南回，斜阳彩云飞。陌阡纵横黄灿，湖静鲤鱼肥。　　山绿翠，映金辉，韵心扉。风光独好，一曲高歌，作伴家归。

诉衷情令·忆旧识

校园春色百花妍，碧空双飞燕。雁飞传情千里，莫道有无缘。　　头皓发，旧情牵，两相安。一杯清酒，邀月低吟，共伴婵娟。

蝶恋花·路经银杏林

阵阵西风银杏妩，黄叶飘飘，飞落摇身舞。昂首舒眉望碧宇，雁成人阵高空语。　　白果成林多少苦，先辈勤勤，汗水铺金路。落日绮霞辉玉树，搔头吟句翻思绪。

沁园春·烈士日国祭抒怀

霞耸昆仑，笑傲苍穹，咏赞英雄。看国家祭祀，丰碑宏伟；云龙低首，旗帜鲜红。雕像峥嵘，碑铭千古，绽放鲜花润碧空。思前往，颂毛周伟岸，旭日彤彤。　　今朝畅想无穷，中国梦，万千攀顶峰。望月宫飞绕，神舟惊阙；星空遥睇，天眼明瞳。双百蓝图，巨龙绘就，期冀中华久盛隆。情荡漾，抒长歌壮志，七彩飞虹。

水调歌头·永定河抒怀

永定河水阔，百载浪清清。春花秋月，两岸争翠鸟长鸣。明镜白云倒影，柔橹轻舟笑语，春意闹盈盈。遥想吴知县，廉政又贤明。　　河泛滥，知民苦，尽垂情。固安八景，水静流缓誉功名。自此烟波俊鸟，更有云霞翠锦，碧水润京城。千里江山秀，一韵启新程。

念奴娇·红旗渠抒怀

太行东麓，尽葱郁、遥望林州飞绪。水道纵横，田地阔、春色秋光媚妩。磊石成渠，穿山越野，碧浪涛涛去。红旗飘韵，一渠名震今古。　　追忆林县当年，水贫庄稼旱，乡民忧苦。百姓离乡，杨贵志、民众齐心凝聚。伟迹终成，功高总理赞，万千神禹。陈情如寄，纵歌高耸中宇。

注：杨贵同志是当时县委书记，他亲自规划设计主持红旗渠的建设。

采桑子·重阳菊

蝶飞花簇人间醉，自古重阳。骚客霞章。更喜金英分外黄。　　长城南北寒霜降，菊华传香。胜似春光。万里神州悠韵长。

忆江南·重阳好

重阳好，星斗转不休。椒桂芳香飘万里，陶翁篱菊韵千秋。佳气漫神州。

水调歌头·港珠澳大桥开通抒怀

遥望港珠澳，百里起虹桥。伶仃龙卧，炎黄儿女领新潮。碧海无垠一线，蓝水云帆千百，交响贯晨宵。回想宏图绘，外国几多嘲。　　沉隧管，开通道，过千礁。历经九载，汗血浇铸誉英豪。若是天祥至此，更会诗心凝句，昂首傲云霄。华夏今朝秀，筑梦写风骚。

临江仙·红叶谷抒情

遥望层林尽染，山峦七彩纷呈。蓝天如洗白云轻。碧空飞喜鹊，邀客谷中行。　　潭水波光潋滟，林坡如火浓情。知音欢笑赋诗声。风光独此好，红叶润秋程。

注：2018年11月28日，陪诗书画界朋友于明华、刘仁山、刘仁殿、门庆法、仲涛、曹新凯、陈其旭、钱敏智、王巧兰等游红叶谷。

临江仙·古韵抒怀

屏幕荧光频闪，赋吟文字纷呈。群中言语妙音鸣。友朋来四海，共在韵田耕。　　每日静思雅句，知音如火浓情。欢歌词曲润群英。风光独此好，清雅醉余生。

满江红·读《观沧海》怀古

沧海滔滔，看魏武、倾情难尽。生乱世、胸怀天下，雄心强奋。一统江山天不助，三分天下民穷困。夕阳晚、对酒赋华章，乾坤问。　　文王操，思国运。英雄论，争才俊。越过千年后，再出尧舜。春雪风骚惊九域，神州生气吟天韵。看今朝、梦想震寰球，齐勤进。

鹤冲天·珠海航展抒怀

蓝天似洗，珠海银鹰展。骄子炫风彩，烟光幻。眼前呼啸过，一刹那、如雷电。利剑当空闪。抚今思往，聚力赤诚共建。　　毛公洒墨飞神剑。亚楼酬壮志，空军诞。四海云天阔，超视距、能击远。敢为和平战。诞辰吉日，赋吟万千心愿。

卜算子·狱园菊展

百菊狱园栽，伫立寒风绽。雅致清香幽韵长，不怕花开晚。　　自古咏黄华，骚客诗相伴。恬默流芳君子意，浪子回头岸。

雪花飞·忆1993年11月17日大雪

回忆当年此日，寒冬雪舞泉城。霜路狂风怒号，携手前行。　　银粟飞红证，齐心坎坷程。吾辈光阴有限，岁月深情。

鹧鸪天·忆童年

无忌天真乐稚年，童顽趣事印心田。和泥打架园中闹，拔草偷桃水里钻。　　捕蚂蚱，喂雏燕，火枪长响荡秋千。五星闪耀军装梦，更记双亲护子安。

临江仙·忆周总理逝世

苍天泣雨长安路，人民八亿缠纱。泰山低首痛悲加。降旗送总理，泪落到天涯。　　忆公足迹千万里，神州便是君家。海棠花艳似朝霞。鞠躬铸伟业，功耀大中华。

临江仙·为自己题照

十年寒窗读书苦，登科酬志离家。戎装忠效献芳华。草青生梦想，春意到云崖。　　转身对镜霜白染，遐情挥墨笺花。荧屏和韵自身夸。闲暇来雅趣，骚语共云霞。

鹧鸪天·草原春天

遍地青青点缀花，春风阵阵伴云霞。牧牛小伙吹胡哨，骑马姑娘披粉纱。　　穹庐阔，草原遐，萋蕤远望到天涯。敖包相会传情韵，绿野飞歌百万家。

诉衷情令·忆夏荷抒怀

小荷初露雨丝中。日晒生清风。头擎翠盖华伞，绿叶意融融。　　年少梦，半成空。已朦胧。重回故趣，莫待夕阳，吟悦无穷。

清平乐·韶春

春回燕舞，乐见东风雨。流水小桥时私语，杨柳桃花诗侣。　　披绿吐艳清吟，时而回荡佳音。盛世来清平乐，山水间听鸣琴。

鹧鸪天·颂吉鸿昌先烈

不灭倭奴誓不休，铮铮铁骨写春秋。青葱岁月立雄志，碧血丹心解国忧。　　驱魔鬼，报深仇，蒙冤而死震神州。苍天泣诉忠贞泪，总在军人心上流。

青玉案·故乡情

梦中忽有回乡句，小村景，青千树。半百春秋年少住，街南溪水，欢歌笑语，绿野迷藏趣。　　从戎久别翻思绪，故地泥房换新府。不见高堂心泣诉，一声长叹！新年何去，低首俄然雨。

卜算子·咏红梅

冬至时节来，冻九严寒到。一夜黄河万里冰，她在悬崖俏。　　耐寒不自夸，玉骨冰清傲。大雪纷飞舞碧空，独有红梅俏。

蝶恋花·戊戌冬至抒怀

交九数来年近返，寒日轻风，双目蓝空看。地上影长观日远，冬阳正在南归线。　　岁物冬藏情不断，埋首潜修，待到春归灿。万里东风旗漫卷，芬芳一缕怀心愿。

西江月·东海钓鱼岛巡航

东海怒涛翻滚，战帆绕岛巡航。水天一色共云裳，风展红旗飘荡。　　不管风吹浪打，鲸舟昼夜昂扬。今朝龙啸更铿锵，雄震惊天巨浪。

沁园春·戊戌岁末咏怀

戊戌将终，颇有感叹，兀自多灾。忆初春烦事，费思违志；新职编报，执笔登台。半载悲辛，又生病痒，两眼发干精力衰，得疾症，喜大夫神术，刀快截裁。　　病疼能奈吾哉，任它去、吟诗洒墨来。历寒来暑往，吟花赏月；墨成韵就，借物抒怀。缘遇良师，再结益友，多少篇章细探揣。岁将往，愿来年身健，月桂攀摘。

鹧鸪天·读毛主席诗文感怀

大地苍茫话重阳，长征路上韵华章。沁园春雪豪情放，水调歌头壮志扬。　　旌旗奋，九州昌，中华儿女射天狼。一生纵笔神州卷，挥墨开篇是楚湘。

鹧鸪天·冬夜值勤感怀

残月寒星人影萧，万般俱静鸟归巢。狱园闪烁荧屏亮，整夜巡查热血熬。　　千钧负，铁肩挑，警徽铮亮映云霄。德刑教化新生塑，特种园丁岁月骄。

渔家傲·改革开放四十年抒怀

四十年改革开放，果实累累众欢畅，重舰银鹰中宇亮。抬头望，卫星火箭长空往。　　航母蛟龙深海闯，互联手机空间广，高铁巨轮连成网。高歌唱，巨龙腾空神州旺。

如梦令·雪思

昨夜琼妃起舞，惊起弦歌妙语。漂泊打工人，野外草蓬宿住。反顾，反顾，更悔芳华空度。

如梦令·青春

昔日春风化雨，齐唱壮歌无数。千里渡关山，野外帐蓬宿住。回顾，回顾，无悔芳华军旅。

潇潇雨·感怀

忆当年前后亦同窗,情思可曾知。记飞鸿鹤影,莺莺燕语,书卷言辞。铃响斑斓漫散,起手展冰姿。从未诉心事,柳影无依。　　醉记长安旧事,两地飞鸿雁,晨梦情期。久冰心长在,只是那时迷。憾芳华、行云流水,雪雨迎、劳燕叹分飞。回屏处,潇潇雨韵,思语成词。

南乡子·山村飞雪

昨夜飞玉絮,农居变雪庐。月宫仙境降山隅。桂树琼枝莹目、百多株。　　待到东风起,孤村溅玉珠。一泓春水润如酥,素浪出山远去、澈如初。

鹧鸪天·归心感言

古趣遐思山水间,茶余挥笔润心田。今逾半百功名淡,自叹余生诗墨艰。　　非杜甫,不青莲,临摹书圣更知难。再归学海行舟苦,铃响披衣五更天。

鹧鸪天·观港珠澳大桥遐想

遥望伶仃起彩虹,烟波浩渺映长空。一桥飞架港珠澳,三地奔驰车影风。　　惊世界,傲苍穹,鲁班千万智无穷。明朝连至台湾岛,两岸相接血脉通。

鹧鸪天·问归

东望鸢都吾彷徨,小村祖宅影难忘。先君一世命艰苦,慈母终生身疾殃。　　忆前世,念高堂,每思往事眼迷茫。年关迈进愁加剧,归处何方是故乡。

念奴娇·虎门炮台感怀

硝烟尽去,望蓝天如洗,碧海千浪。近看炮台多啸叹,思绪浮篇遐想。鸦片西来,白银外去,国辱明珠丧。天培忠烈,则徐西域流放。　　百载战马风歌,英雄无数,赢得神州朗。今挂云帆沧海济,共把壮歌高唱。重舰巡航,止戈强武,两岸同心壮。更期来日,国旗环宇飘荡。

霜天晓角·忆从戎

影集翻看,一张张照片。看到从戎战友,如兄弟、情相伴。　　无憾。军旅健。芳华昔年绽。皓发诗心呼唤,夕阳近、云霞灿。

鹧鸪天·游泸州

旭日东升映彩霞,泸州如女罩红纱。酒香漾漾生灵气,江水悠悠飘浪花。　　看老窖,孕新芽,一池玉露展芳华。每天醇酿出城去,化作浓情润万家。

卜算子·初一街头即景

人到春节新,国是神州盛。初一街头花影闹,我自心难静。　　他乡思故园,不见陈年景。忽闻前方锣鼓响,阵阵传欢庆。

忆江南·西湖春夜

西湖好,入夜客游欢。楼影漂摇浮朗月,柳梢含笑对红颜。不酒亦酣然。

菩萨蛮·春回大明湖

名泉汇水明湖亮,碧波荡漾游人唱。掬水韵成诗,鸟鸣新柳枝。　　东风吹草绿,春意把人促。莫负好时光,耕耘情更长。

菩萨蛮·紫砂壶

紫砂有梦凭良匠,一壶春水情回荡。滴露响泉音,飘香润寸心。　　苦甜无雅俗,禅味淡荣辱。啜饮伴霞光,夕阳韵更长。

鹧鸪天·初五家宴抒怀

初五年年聚贵宾,焯辉陋室共良辰。浓茶品味度一岁,浊酒含情化九春。　　缘分久,意情真,人生相伴自当珍。举杯齐唱吉福到,瑞气腾腾绕众君。

菩萨蛮·精准扶贫

故乡兄弟传佳信,表叔老舅得周赈。房旧已翻新,老残收库银。　　莫言无可靠,精准扶贫好。华夏几千年,此情今世圆。

捣练子·春韵

寒料峭,柳拂春。绿水桃红醉早春。春雨春耕春作韵,老牛蹄印冒新春。

鹧鸪天·同学庆春感言

岁岁同窗共话新,今年齐作吕家宾。乡音悦耳春为韵,丹脸舒眉酒化春。　　他地久,故乡亲,泉城相伴意情真。千杯痛饮新潮赶,我辈绝非蒿草人。

西江月·股市遐思

指数昔年染绿，荧屏今日飞红。沉浮股海且从容，喜看神州酬梦。　　七彩随心飘舞，春风化雨情融。东方龙啸震苍穹，命运环球与共。

西江月·元宵节抒怀

己亥春风半月，夜空玉镜浑圆。撷来一碗月儿甜，最是馨香漫漫。　　瑞气随心荡漾，华笺着笔斑斓。元宵节里醉亲缘，有爱情长如愿。

行香子·夜梦抒怀

梦里童欢，又见炊烟。暖风吹、春燕翩跹。几丝细雨，柔润花鲜。看空中鸢，手中线，石中泉。　　忽醒春寒。可向谁言。立轩窗、清泪凭阑。早霞千缕，影落词笺。望天行云，鸟鸣柳，雾萦山。

定风波·宋词园

红日初升映彩霞，苑亭淡墨染红纱。碧水一湖情荡漾，共赏，古都有梦绽芳华。　　游客此来多自醉，旖旎，妙思云笔起浪花。远处笑声传耳畔，快看，西湖湾处是奇葩。

鹧鸪天·扫墓感怀

正是清明麦绿天，老巢无鹊有谁牵。诗书继世流芳远，春露秋霜教子贤。　　石碑在，泪流连，高堂遗嘱刻心间。男儿志报家和国，处世怀诚德善传。

长相思·故乡扫墓归来

溪水流，泪水流。流到家乡墓地头，清明老树愁。　泣悠悠，祭悠悠。祭祖归来思不休，报恩何处求。

鹧鸪天·清明感怀

每到清明烟柳新，几多坟上纸来焚。羔凭跪乳传慈孝，人应生时报厚恩。　双亲在，一家殷，室庐和悦胜三春。莫要欲养高堂去，长使男儿泪满巾。

临江仙·海军节黄海军演

远望航母压狂浪，白云铁甲银鸥。戎装映日壮赳赳。战旗飘猎猎，忽见火烟稠。　银鹰呼啸云霄上，战帆劈浪多艘。蛟龙入海守神州。今酬百载梦，海上竞风流。

采桑子·山中采桑女

朝霞初照山桑树，风舞含姿。绿间红衣，玉颈箩筐采叶时。　山歌清唱迎飞燕，长发飘垂。纤手划眉，宛似青丝化茧丝。

鹧鸪天·五一致劳动者

五月高歌劳动夸，大江南北绽奇葩。千城万镇有生气，绿水青山披彩霞。　追新梦，建新家，不辞劳苦献芳华。我挥吟笔羞成句，醉看江山遍地花。

鹧鸪天·致军人

看我三军壮志昂，戎装百万共铿锵。忍辞父母铭忠效，献出芳华保国防。　　长城固，国家昌，丹心热血守边疆。止戈利剑天狼惧，筑梦神舟启远航。

鹧鸪天·对镜自照感吟

揽镜平心往事循，无知年少亦昏昏。寒窗十载学高识，妙句千言沐丽春。　　书作镜，善为根，德言铭腑悟修身。撷来皎月悬心上，忠孝仁和辨假真。

鹧鸪天·聚黄江镇有感

荟萃群英赋玉章，西山骚客醉芬芳。环山沁绿青烟袅，甘果飘香碧水长。　　黄江镇，雅儒扬，金科净水业兴昌。大潮涌起追新梦，再起征帆启远航。

鹧鸪天·祝岳母生日

五月云霞最可期，八旬岳母诞辰怡。门庭清素传家宝，桃李芬芳有口碑。　　仙鹤祝，蛋糕奇，佳肴美酒赋成词。全家杯举同长寿，期待年年有此时。

鹧鸪天·自题生日

岁岁生辰忆旧年，青黄不继母维艰。几无乳汁终年饿，一点粗粮度日难。　　余思念，涕流澜，大恩难报断心弦。举杯先把娘亲祭，来世还期母子缘。

鹧鸪天·自题己亥生日

五月生辰醉意连，此来南粤会新颜。玉兰滴翠妆东莞，骚客寻芳赋雅篇。　　黄江镇，玉杯圆，三樽佳酿动心弦。携妻共与金兰畅，今借云霞交善缘。

鹧鸪天·战友喜相逢

夏日羊城沐惠风，晓雷细雨润菁葱。初来南粤胥川意，豪饮琼浆古志东。　　长别后，喜相逢，从戎章俊亦从容。珠江荡漾翻新浪，战友多年情更浓。

注：2019年5月下旬到广东东莞领奖，路经广州，21日与潘晓雷、古志东、胥川、章俊（女）军校同队同学相聚。

鹧鸪天·游越秀山感怀

越秀山峦薄雾中，五羊雕像韵无穷。白云飘荡遮炎日，碧水涟漪映醉容。　　游绝景，上高峰，中山遗嘱跨时空。而今华夏新潮涌，碑立青山腾巨龙。

鹧鸪天·在金科伟业度生日

小镇风光碧水长，此时甘果正飘香。龙潭溅玉映山翠，云笔飞霞赋雅章。　　天降露，韵留芳，仙娥翩舞送祺祥。生辰醉看金杯灿，诗意黄江作故乡。

注：2019年5月25日，作者本人生日，此日恰好在广东东莞黄江镇金科伟业总部领取金科奖，以此为纪念。

鹧鸪天·在深圳仰邓公雕像感怀

叠翠峰峦碧水涛，白云新雨叶潇潇。渔村今变大都市，骚客长吟新世标。　　仰雕像，邓公骄，春雷滚滚彻云霄。大江南北东风劲，阔步前方启大潮。

鹧鸪天·昨日重现

碧水涟漪见故交，溪山美地雨潇潇。风吹绿树飞群鸟，笔落华笺赋二豪。　　书至妙，画称骄，举杯长醉是良宵。白龙呼啸惊春梦，思绪纷飞千里遥。

鹧鸪天·六一感怀

笑语欢歌遍九州，儿童节里把童讴。风吹雨露长身体，胸佩红巾有劲头。　　男孩壮，女娃优，韶容烂漫乐悠悠。今朝花蕾千千万，明日芬芳竞一流。

鹧鸪天·麦收

郊外农田瑞气腾，心浮往事绪难平。少年挥汗镰刀舞，皓发吟诗芒种迎。　　今日看，杜鹃鸣，风吹麦浪荡潮声。人操机器收金穗，粒粒归仓粒粒情。

鹧鸪天·忆儿时雨中场院收麦

过午悠然听雨声，心头滴落忆曾经。昔年晒麦雨来急，父母收粮人不停。　　车载梦，汗倾情，倏然回首久盘萦。奔雷闪电长空裂，梦断窗前泪纵横。

水调歌头·汨罗江五月抒怀

楚天铺碧水，山绿映沧浪。汨罗江岸，轻风吟唱韵悠扬。千载莺歌燕舞，五月舟飞人壮，角粽祭端阳。屈子朗声曰：求索路绵长。　　沧桑变，红旗展，共兴邦。楚魂高耸，龙凤飞舞绘新章。万里春潮奋涌，九域东风强劲，时代慨而慷。筑梦神州盛，逸韵绽铿锵。

鹧鸪天·夏季

夏日天长雷雨匆,神州风景醉无穷。南方阡陌生机旺,北国良田绿意浓。　　苞米翠,石榴红,江河万里润菁葱。骄阳汗水凝成果,旗绽金秋映彩虹。

鹧鸪天·忆父母

东望家山痛作思,子规啼血化成词。千声不尽人无奈,万语难言涕自知。　　唯回忆,不相期,余生跪见梦中时。劝君行孝生前尽,莫待亲离泪悔迟。

念奴娇·红船追怀

南湖荡漾,见碧波万顷,红船辉烁。环翠白云铺碧水,游客摩肩无数。遥想当年,凶顽恐怖,一叶孤舟泊。烛光星火,探求真理驱恶。　　百载砥砺前行,抛头洒血,旗绽飘山岳。今已巨轮征大海,巨浪狂风开拓。丝路传情,勇征万里,更喜筹帷幄。神舟环月,龙衔红日喷薄。

鹧鸪天·梦游凤凰古城

夜静翻书睡意轻,依稀幻境看边城。依山架筑聚灵气,临水悬空挂彩灯。　　从文韵,凤凰情,吊楼古迹水中亭。波光潋滟浮清浪,梦里船声载笑声。

鹧鸪天·那场大冰雹

北望天昏风劲吹,乌云翻滚闪长雷。雨携冰雹云天下,我与高堂汗水挥。　　田难种,梦无期,叮咛展翅纵云飞。烟霞一缕今来祭,梦里芬芳泉下知。

江城子·雨后晨景

夜来甘露降泉城，水含情，早霞明。道旁梧桐，树茂绿莹莹。何处飞来双喜鹊，枝上落，举头鸣。　　忽闻远处送歌声，韵凝贞，意牵萦。双眼朦胧，仿若见英灵。七子曲终长感叹，中国梦，盼同程。

鹧鸪天·看中美贸易战

贸易分歧本正常，环球风雨起西洋。兴妖作怪将衰落，守信开诚必兴昌。　　东风劲，鼓声长，前行砥砺梦飞扬。云鹏正举新时代，聚力凝心胜汉唐。

浣溪沙·儿生日寄语

月桂迎秋下九垓，人间处处此花开。生辰寄语几言来。　　世路克艰凭气力，男儿励志展情怀。为人积善德兼才。

浣溪沙·忆从戎

正是桂香迎仲秋，万千娇子竞风流。我逢此日几回眸。　　十载戎装情久在，一身橄榄志终酬。芳华绽放报神州。

朝中措·中秋

天高云淡雁何愁，金色绽中秋。纵使梧桐雨打，时光仍若芳流。　　红尘滚滚，人生潇洒，不计沉浮。吟唱伴君一曲，寄情皎月无忧。

鹧鸪天·新农村之秋天

大雁南飞剪两行，柏油路洁到村乡。校园旗绽飞霞舞，快递车行送货忙。　　新街道，彩楼房，风吹榆柳笑声扬。秋收玉米金铺地，阡陌机鸣飘果香。

沁园春·世界杯中国女排夺冠

赛场娇姿，绽放铿锵，醉在金秋。恰七十大庆，红旗漫展；十一连胜，青史传留。龙女滔腾，矫捷飒爽，拦扣接传舞大球。惊环宇，唱国歌义勇，壮志乘酬。　　回眸尝胆不休，赞郎帅，泪滴汗水流。悦美排健斗，嗟吾神技；俄排善战，羡我功谋。日本凄迷，韩国怅望，余叹声声一脸愁。冕五冠，颂争光筑梦，献礼神州。

念奴娇·七秩国庆阅兵抒怀

碧空风畅，涤除尽、中宇墟烟云雾。十里长安，龙虎啸，金甲朝阳劲旅。滚滚钢流，红旗漫卷，重器雄兵驭。银鹰霄彻，吐虹流彩飘舞。　　遥想开国当年，伟人挥巨手，中华豪语。一唱雄鸡，天地换、红染江山如铸。导弹东风，驱狼四海外，荡开新路。云鹏腾翼，远翔追梦如故。

卜算子·霜菊

雨冷知秋深，水澈观鱼爽。篱菊清香扑面新，沁润如佳酿。　　落叶随风飘，傲骨凌霜长。秋令花中偏爱她，绽蕊迎寒旺。

鹧鸪天·烟台苹果

临海山佳瑞气隆,雪融冬去早东风。姿颜芳润春和夏,琼果香飘秋与冬。　　迎月静,映霞红,大丹繁缀绿云中。登州苹果神州颂,日啖平安情亦浓。

鹧鸪天·致侄女婚礼

庆结良缘家倍兴,今朝携手走新程。一轮红日祥光照,双喜和风瑞气生。　　蝴蝶梦,鹧鸪情,白头偕老享安宁。春风自此长年度,老树尤欣鹊喜声。

渔歌子·忆故园

老院梧桐疏夕阳,残霞枝影落东墙。怀旧梦,话凄伤,烛光泪水映爹娘。

鹧鸪天·冬夜

日往南归寒气增,轮回节序悄然更。泡壶香韵品禅味,绕竹清风听鸟声。　　冬夜谧,路灯明,碧空遥望渐心宁。小船邀我空中览,撷缕星光寄我情。

水调歌头·咏炎帝感怀

五千年穿越,炎帝意飞扬。人文初祖,大河雄唱震青苍。农事刀耕火种,寻药亲尝百草,壮志振家邦。涿鹿战奇伟,自此旺炎黄。　　称华夏,名亘古,韵高昂。沧桑巨变,今日鹏举国承昌。万众凝心聚力,九域改天换地,砥砺慨而慷。寰宇大同梦,四海共铿锵。

鹧鸪天 · 忆并祭母亲

噩耗当年惊断魂,归程泪漫跪娘亲。十年总是梦中见,一枕堪伤早上分。　　娘血肉,子心身,高堂若在沐如春。母恩似海何时报,惟叹声声涕作文。

朝中措 · 冬晚思怀

枝横晴雪卧梅花,小院夕阳斜。举目长空碧洗,乡村似罩红纱。　　忆前酬梦,身穿橄榄,情绽芳华。无悔风霜几度,心头往日朝霞。

破阵子 · 咏首艘国产航母山东舰

巨舰列装南海,戎装映日新征。镇国护疆凭重器,破浪雄风豪气生。当今世界惊。　　华夏子孙壮志,自强科技群英。驱鬼镇魔谁不信,航母腾飞铁甲兵。中华梦复兴。

蝶恋花 · 己亥冬至抒怀

昼短夜长今日尽,数九严寒,万物藏春讯。瑞气沸腾琼饺滚,祛寒娇耳汤传韵。　　寒疾当时谁过问,医圣悬壶,千载名声震。喜看今朝诗唱引,高歌更盼民昌顺。

水调歌头 · 看澳大利亚大火感怀

地崩山断裂,血色任狰狞。火光森布,万物凄惨抢逃生。遥看澳洲大火,焚灼半年谁顾,不见月圆明。国难可追忆,回看我峥嵘。　　曾记得,于丁卯,数群英。大兴安岭,火势如令号长鸣。万马壮歌飘荡,四海浪声回响,奋战保安宁。今日感双泪,月是九州明。

鹧鸪天·闻军医除夕夜赴武汉

鼠岁迎来佳节时，肺炎新变备施医。疫情扩散累难控，军令通传决不迟。　　迎国难，化凶危，戎装除夕夜行师。誓言响彻云霄震，务却瘟神九域晖。

江城子·战新冠瘟疫感怀

鼠年佳节不寻常，疫情狂，更思量。武汉肺炎，扩散祸神邦。鼓角齐鸣惊九域，风雷动，众铿锵。　　逆行前往别家乡，白衣妆，斗瘟忙。五岳摇旗，四海浪声扬。旋日曙光将映照，兴国梦，好儿郎。

江城子·监狱警察抗疫有感

联防抗疫令如山，止年欢，克时艰。装备整齐，责任负双肩。阻击预防听号令，勤检测，夜轮班。　　大墙殊地阻邪源，保平安，大于天。拳挚精诚，严警壮心燃。聚力将赢花绽放，期明日，醉新颜。

水调歌头·汨罗江遐想

楚天铺碧水，山绿绽青芳。汨罗江岸，轻风梳柳韵悠扬。遥想当年屈子，苏世傲然独立，举首问玄黄。离骚传千载，求索路绵长。　　英魂耸，今士烈，志高昂。旌旗漫卷，荆楚战疫慨而慷。九域东风强劲，十万征衣奋勇，血汗谱华章。江水滔滔去，青史写铿锵。

定风波·监狱警察战疫归来

残雪消融久别家，满园春色映朝霞。杨树枝头鸣喜鹊，谁约，英雄凯旋戴红花。　　闻令新正驱疠疫，聚力，披肝洒血奉年华。烁烁警徽明大义，谁比！归来含泪跪娘爹。

念奴娇·红旗渠抒怀

太行东麓，尽葱郁、遥望林州烟树。水道纵横，三千里、春色秋光媚妩。磊石成渠，穿云越涧，碧浪涛涛去。红旗飘韵，一渠名震今古。　　追忆龟裂田园，改天换地，奋万千神禹。峭壁悬崖，绳索荡、漫卷神工鬼斧。十载功成，银河天上落，虬龙飞舞。步云桥上，浩歌冲入中宇。

满江红·汨罗江怀古

楚水滔滔，咏诗祖、声声泣颤。似遥望、苍天洒泪，凄凄江岸。激浪百川流大海，离骚一曲穿银汉。九歌奇，苏世立玄黄，英魂断。　　朝天问，今古叹。求索路，千秋践。正云鹏腾翼，雾消霾散。四海壮歌旗正艳，九霄明月华更灿。除恶魔、赤县领新潮，天行健。

鹧鸪天·立冬日抒怀

黄叶飘飘寒气增，轮回节序悄然更。半轮冷月迎红日，碧洗长空万里晴。　　深夜谧，狱园明，警徽灼灼守安宁。冬来草木尤萧瑟，不减男儿家国情。

鹧鸪天·瞻焦裕禄事迹有感

久有铭心愿望真，楷模故里觅英魂。少经劫难初衷守，心向红阳主义循。　　为兰考，树洪勋，治沙尽瘁献终身。精神不朽传千古，绿水青山日日新。

鹧鸪天·沂蒙行

许是苍天能感应，长空洒泪祭英灵。滔滔沂水长鸣咽，莽莽青山日向荣。　　为家国，择牺牲，沂蒙儿女铸忠诚。继承先志翻新页，再展宏图壮远征。

鹧鸪天·红嫂情

人到沂蒙绪自生，当年战火久回萦。兵民洒血驱倭寇，老少披肝忘死生。　　施忠爱，救伤兵，血浓于水泪盈盈。后人代代思红嫂，壮曲昂扬鱼水情。

鹧鸪天·参观台儿庄大战纪念馆抒怀

大捷时逾八十年，硝烟仿佛泪眸前。勇为大节身先死，化作英魂家不还。　　驱丧气，战凶顽，捐躯洒血荐轩辕。涅槃终换红旗展，日出东方立大千。

鹧鸪天·过年

春晚如潮夜未眠。良宵共度庆团圆。饺香花好岁同守，酒畅灯红人共欢。　　辞子鼠，拜牛年，春回疫灭启新篇。耕耘不等东风唤，笔蘸深情种韵田。

定风波·大明湖春光

红日初升映彩霞，长亭淡墨染红纱。碧水一湖情荡漾，共赏，春风有梦绽芳华。　　杨柳依依多自醉，旖旎，妙思云笔起浪花。远处笑声传耳畔，快看，涛翻艇快炫奇葩。

鹧鸪天·落花吟

天道无常天自明,阴阳变换识衰荣。春寒一夜桃红落,人到中年鬓白生。　　花有意,水无情,任凭风雨叶飘零。吾生未慕青云客,不计身前利与名。

水调歌头·建党百年追昔

故国可曾老,昂首问苍穹。双英陈李,火炬燃亮聚群雄。觉醒万千儿女,星火燎原九域,旗帜领工农。江海卷千浪,赓续起东风。　　长城固,红旗艳,盛世逢。桑田巨变,回首百载叹无穷。天有阴晴夜昼,国有兴衰荣辱,追梦向兴隆。跨世大潮涌,憧憬五洲同。

贺新郎·观看庆党百年华诞天安门广场盛况有感

缤若朝霞织,瑞云腾、党旗招展,丰碑高立。声动鹏霄银鹰掣,血脉传承忠赤。龙音啸、寰球谁敌。遥想当年星火亮,是红船、誓把初心立。斩恶浪,逐红日。　　群英砥砺兴新国。举锤镰、改天换地,江山如画。乔树参天凭根深,风疾云消天碧。大潮起、齐心聚力。万马千军追新梦,帜高扬、时转光阴迫。莫等待,争朝夕。

鹊桥仙·寄语七夕

长桥鹊架,天河两岸,泪雨如飞牛女。两相牵挂总无涯,谁能识、情深恋苦。　　滔滔碧水,载情不尽,好个神仙眷侣。心心相印久长时,岂怕那、河宽浪阻。

永遇乐·情寄云门酒业

大美青州，风光旖旎，物华丰盛。大韵悠长，山巅一寿，雄伟而苍劲。云门酿造，琼浆玉液，香厚浓稠纯正。忆当初，茅台传艺，同台酱香相竞。　　驰名齐鲁，远播四海，畅饮佳节同庆。真脉传承，味酣耐品，开拓追新梦。挂杯香逸，厅堂飘荡，一缕绕梁兴咏。看今日，齐心酬志，共期远景。

鹧鸪天·塞外初秋

火烧云天霞色长，雁飞鹰击舞红阳。秋初景色胜春色，果熟轻妆比盛妆。　　山郁郁，麦黄黄，草原千里遍牛羊。牧歌一曲穿云汉，塞外金秋分外香。

鹧鸪天·中元节忆母亲

兄弟三人生小村，少时尽享母温存。细针颤颤穿灯影，衣服缝缝暖子身。　　思往事，沐深恩，当年皆是福中人。而今明月当空照，夜梦凄凄泪满巾。

水调歌头·中秋抒怀

昂首望明月，想必万家圆。九州多彩灯火，城镇靓容颜。我等离家防疫，赤色丹心似日，同力克新冠。月下警徽闪，辉烁映长天。　　值班位，明两目，察周全。夜深物静，多少灯下不成眠。遥寄情思千缕，莫道虚言豪语，皓夜共婵娟。更盼瘟神灭，家国永昌安。

蝶恋花·梦里重阳

山野菊芳黄草瘦，云淡风轻，绿水摇垂柳。村上农田多老叟，几声犬叫柴门守。　　梦里重阳寻故旧，唯见秋光，无奈村中走。父母坟头黄土厚，夕阳泪下多如豆。

蝶恋花·重阳节忆父

常道重阳分外好，菊灿枫红，千里祥光照。念父含辛辞世早，终生劳苦无钱疗。　　凄惨追怀千泪掉，何处归途，今世恩无报。岁往年年思父貌，铭心叮嘱忠为孝。

蝶恋花·重阳赏泉

雨霁初晴飞雀鸟，云淡天蓝，菊绽轻风闹。泉水叮咚泉水绕，婵娟羞涩婵娟俏。　　泉畔偶传佳丽笑，杨柳多姿，婀娜霞光照。一抹夕阳人未老，风光迤逦这边好。

长相思·天山月夜思

月色莹，雪色莹。遥望天山万里晶，峰峦映众星。　　夜空灵，人空灵。碧水寒潭今古情，悄然心上生。

菩萨蛮·叹斜阳

斜阳西下光依灿，朵云白影堆银卷。午后逝芳华，暮将生彩霞。　　扬辉终不尽，岁月催人奋。万丈纵豪情，碧霄诗意生。

鹧鸪天·看北京冬奥运会抒怀

赛地虹旌若彩云，体坛盛会喜迎宾。五环旗舞健儿搏，四海浪歌百姓欣。　　开冬奥，闹新春，龙腾虎啸望昆仑。大同憧憬中华志，倡引寰球筑梦新。

清平乐·世界时局感怀

疫情未灭，又见俄乌血。暮后是谁私利切，喜把和平抹杀。　　美帝北约欧盟，何时在惜众生。命运始终己定，自强方可长赢。

青玉案·清明节前抗疫畅想

正当桃树花初放。蝶双舞、峰群唱。柳岸鸟鸣春意漾。疫情反复，鼓锣急响。岂任瘟君犷。　　神州万里东风荡。素白征衣下街巷。怒火豪情驱魍魉。清明在即，遏云畅想。疫灭乾坤朗。

水调歌头·虎年春天

虎年回春日，冬奥世无双。旌旗招展，健儿冰雪铸辉煌。谁料疫情反复，变异新冠狡诈，春暮又凶狂。看大江南北，汗湿白衣妆。　　红旗展，驱瘟疫，战意昂。凝心戮力，华夏儿女勇担当。上海吉林稳住，医护戎装合击，竭力灭余殃。指日阴霾散，四海尽朝阳。

临江仙·故园小河

春来白鹅浮绿水，河边杨柳青青。微风拂面水盈盈。雨多看浪急，朝夕听涛声。　　童伴三五常作戏，抓鱼爬树刨冰。高堂亦在梦中咛。晨时泪满枕，日暮又回萦。

鹧鸪天·生日思母

梦里依稀回幼年。高堂怀里笑开颜。宛如小树朝朝长，不识寒窑岁岁艰。　　殊日月，甚悲欢，辛酸苦乐刻心间。生辰恍闻娘亲喊，梦醒难禁泪涌泉。

注：写于农历虎年四月十七日隔离备勤中。

鹧鸪天·忆1988年秋去延安

满路风尘颠簸行。登临宝塔敬群英。枣园窑洞杨家岭，公仆农民子弟兵。　　延河水，伟人情，胸怀天下救苍生。礼堂高挂新旗帜，照耀中华前路明。

忆秦娥·诗骨

诗有骨，宛如青竹铮铮节。铮铮节，风吹雨打，从无卑屈。　　气清身正迎霜雪，琳琅音脆吟声发。吟声发，安然守道，言信行洁。

阮郎归·秋前忆往抒怀

从戎年少好风光。身穿橄榄装。军衔荣耀熠星芒。拉歌长引吭。　　情深切，志昂扬。青春岁月强。今朝皓发韵诗狂。高歌德善彰。

沁园春·台海

台海风云，百载未休，浪急风高。忆当年倭寇，殖民荼毒；万千百姓，未病先夭。海泣山鸣，无能民国，放任豺狼台独嚣。新时代，看中华筑梦，百业争骄。　　强军卫国雄豪，十四亿人民怒火烧。笑挡车螳臂，不知力小；侵华洋鬼，早已枯凋。昔日联军，今朝美帝，逆势而衰时作妖。睡狮醒，欲江山一统，正领风骚。

满江红·国庆七十三周年抒怀

双节重逢，家国庆、红旗漫卷。忆当年、巨人声彻，震惊云汉。亿万人民同筑梦，长城南北沧桑变。望乡村，田野稻花香，粮仓满。　　青山翠，枫叶灿。江水净，天蓝现。黎民小康路，灯明光璨。探海飞天无止境，银河北斗天宫转。尤盼哉，一统大中华，酬人愿。

采桑子·重阳

蝶飞花簇人间醉。自古重阳，骚客霞章。更喜东篱菊正黄。　　大江南北生祥气，稻米飘香。胜似春光。万里江山悠韵长。

卜算子·咏菊

风冷知秋深，水净观鱼畅。闻菊清香扑面新，沁润精魂爽。　　枝叶随风摇，傲骨凌霜长。秋令花中偏爱她，吐蕾迎寒放。

鹧鸪天·佳节追思

求学时期家道穷，下田父母我从戎。光阴寸寸芳华去，异地年年春节逢。　　花相似，岁不同，青丝转眼白头翁。每逢佳节偷流泪，梦里高堂醒却空。

蝶恋花·晨风花瓣雨

拂晓晨风花瓣雨。春色迎眸，邻女临青树。小调悠扬枝叶舞。鸟鸣柳绿飞杨絮。　　夜梦儿时如目睹。曾记当年，天稚浪漫许。后各东西情几缕。坦然一笑韶华度。

鹧鸪天·梦见母亲

呓语声声喊母亲。四更夜醒似丢魂。梦归故里小河岸，娘唤吾名半早晨。　　儿应答，母追询，语停一闪影归坟。如今抗疫坟难上，思念频频泪满巾。

水调歌头·抗疫近三年

大疫何时灭，转眼近三年。凝心同力，医护民警变苍颜。举国为民酬梦，怎奈新冠不断，变异更难缠。何以至如此，欲去问苍天。　　打疫苗，定封控，问核酸。疫情何惧，心志莫乱即平安。灾难终归有尽，家国自强无限，历代克难关。待到凯旋日，狂醉踏青山。

鹧鸪天·送瘟神迎兔年

天上神仙瞰九州，可知当下世间忧。疫毒扩散瘟神乱，灵药急需病患求。　　烟花放，五福收，祥云缭绕彩光流。家家瑞气除邪气，喜看东风荡五洲。

鹧鸪天·迎新寄语

霾散云消迎瑞年。腊梅吐艳斗严寒。雪飞疫去听佳信，气爽眉开展笑颜。　　燃爆竹，赏春联，烟花溢彩映长天。万家辞旧收新福，浩浩东风天地间。

鹧鸪天·抗疫迎兔年

抗疫三年共克艰，今冬老弱是为难。万千医护最辛苦，尽瘁身心盼福安。　　新春到，万家圆，东风瑞气满来年。胸怀斗志开新局，华夏精神代代传。

渔歌子·除夕思亲

年少无忧喜过年，新衣新帽母为难。高堂去，我心残，每逢除夕泪水弹。

渔歌子·拜年

梅报春信不畏寒，神州辞旧共新年。驱瘟疫，贺平安，声声爆竹笑开颜。

西江月·兔年元宵抒怀

癸卯迎春半月，神州佳节人安。撷来一碗月儿圆，最是馨香立见。　　瑞气随心荡漾，华灯着意斑斓。元宵节里庶民欢，家国昌兴如愿。

画堂春·游万竹园

寻幽小径过名泉,画廊映水波涟。竹摇风拂若丝弦,雀鸟鸣天。　　万竹迎春更绿,蕴藏古韵成园。任由清气沁心田,慢品悠闲。

探春令·春游

桃红柳绿,蝶飞蜂舞,风柔晴暖。鸟鸣笛韵清江岸。笑声绷、轻舟远。　　波光潋滟涟漪漫。正逢斜阳晚。碧水流、别样风光,行看万物随天变。

鹧鸪天·清明感吟

每到清明柳色新,几多坟傍纸成尘。羔凭跪乳知行孝,人必通情识报恩。　　双亲在,一家殷,室庐和悦胜三春。孝行莫等高堂去,空哭坟头作泪人。

减字木兰花·七一感怀

五星闪闪,万里江山旗更艳。水秀山清,时代红船逐梦行。　　太空浩瀚,竖起天梯探索远。七月镰锤,灼灼鲜明发圣辉。

鹧鸪天·诗咏先烈林祥谦

长夜难明为国忧,投身革命利无求。庶民解放平生志,使命难忘阶级仇。　　头可断,血虽流,改天豪气史书留。甘心许国轻生死,取义成仁震九州。

江城子·中元节思亲

秋风落叶旧门窗,草衰黄,院哀荒。老树昏鸦,孤自话凄凉。年少曾经欢乐处,听不到,唤儿郎。　凄凄颤颤尽愁肠,暮彷徨,泪流长。满目疮痍,不见旧时光。每到中元空满月,思不尽,是爹娘。

水调歌头·纪念毛主席诞辰130周年

百年革命史,燃遍九州红。韶山今昔,每念追忆越时空。君自少怀壮志,走出乡关救国,起义领农工。力推三山倒,伟业立丰功。　驱日寇,抗匪蒋,践初衷。开天辟地,古老华夏立苍穹。挥手强军卫国,举国重工建核,笔墨更争雄。龙啸江山阔,劲唱大东风。

行香子·辞兔迎龙年

河暖冰融,气正风扬。万物复苏启新航。良宵佳节,吉瑞呈祥。看新年舞,鞭炮放,鼓锣张。　万家团聚,情浓酒畅。户户平安福全降。九州大地,逐梦兴邦。见长城固,泰山屹,巨龙昂。

永遇乐·龙年新春感怀

巴以纷争,俄乌相斗,美欧生乱。炮火连天,苍生荼毒,异域硝烟漫。长城永固,神州安泰,喜遇龙年春返。亿民欢、升平歌舞,烟花美仑如幻。　忆贤思祖,百年奋战,多少英雄魂断。把酒迎春,恰逢盛世,且莫忘酬奠。龙腾新岁,复兴逐梦,更见彩旗飘展。睡狮醒、惊震世界,领航致远。

现代诗

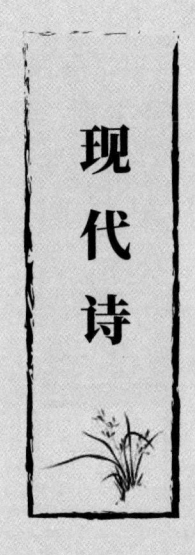

纪念周总理

生，为华夏
死，顾江山
生死两个字
大
只有神州写得下

境　界

你有一副
大海那样的胸怀
就能容下
眼睛所看到的
甚至无尽的长空

烟　圈

初冬的清晨
我点燃一支香烟
也点燃长长思考
我吐了一个个烟圈
仿佛看到路遥
在无数烟圈中
书写着平凡的世界

遥望黄河

黄河两岸
变换着四季的风光
源头如碧
倒映着蓝天和白云
浩浩东流
千古澎湃
那是穿越高原的涛声
那是时代涌起的新潮

化 梦

清晨的梦
将自己变成了一片纸
荡漾在春风里
随着风
飘向远方
看见了河畔的金柳
仿佛成了一条柳枝
陪伴着朝阳
在东风里摇曳着

梦 醒

一阵车鸣声
惊醒了我的梦
我将晨梦化为一张名片
方方正正的

写下自己的名字
扬手撒在天空里
任风吹去
东西南北
风和日丽雨雪中

晚秋夜雨

寒风至雾霾尽
冷雨飘飞
盈盈水满天

马路上车在飞
灯光阑珊
倦鸟归巢人丁稀

天伦乐其融融
万家灯火
心与情感一起飞

石头吟

我愿成为一块石头
在旷野的山谷中
或者在无垠的草原上
也许在奔流的河水里
或许在无名的山角下
目送着景物飞逝

我愿成为一块石头
风来了，我自若
雨来了，我泰然
雪来了，我要与她拥抱
阳光来了
我吸收着光和热

我愿成为一块石头
不怕风吹雨打
那怕在河床经过千万年的冲涮
把我的棱角磨平
我的质不变
我的心不会变

父亲的话

小时候
父亲对儿子说
儿子，我种了十几年的地
认识不了几个字

上了中学
父亲又对儿子说
儿子，外面的世界很精彩
以前我闯过西北

上了大学
父亲再对儿子说

儿子，我老了，你尽力去闯
别忘了善待他人

又过了七八年
老父亲却语重心长对儿子说
孩子，我的希望在你身上
大胆去做
就是失败了
咱家还有几亩地
儿子泪流满面

没过多长时间
父亲走了……
儿子再也听不到父亲的话
直到梦常见
父亲也没再说一句话
儿子只有泪千行

思 念

有时轻轻的
像迎面的一缕清风
有时沉沉的
像压在身上的巨石
有时薄薄的
像扑面的一层白雾
有时厚厚的
像笼在头顶上的乌云

有时清清的
像喷涌的一股泉水
有时浓浓的
像入口的一杯烈酒
有时快快来
像电光一闪而至
有时慢慢去
像蜗牛爬行在路上

有时行走中出现
忘记了周围的车马行人
有时却静静出现
望着眼前的事物发呆
有时出现在梦中
醒来却是一枕泪水
问我这是什么
一种思念
倘若思念能入酒
昨夜将是一场宿醉

后 记

"天地英雄气，千秋尚凛然"，每当想起，就好像有一股浩然正气从胸中涌起；"好雨知时节，当春乃发生"，每当想起，就仿佛自己沐浴在夜幕春雨之中；"举头望明月，低头思故乡"，每当想起，就像是看见了窗外夜空中的一轮明月，不由得低头想起远方的家乡……这也许都是诗词的魅力吧！

上世纪60年代末，我出生在潍坊东面一个贫穷的小村庄。父亲在解放前上过两年私塾，多少能认识几个字；母亲没有上过学，在解放后上过识字班，认识不了几个字。我的童年和少年都是在物质极度贫乏的年代度过的，很难接触到什么书籍，能看看小伙伴梁志斌的小画书就感觉很开心了。数数数，算算加减法，解决鸡兔同笼问题，这是我小时候大人们经常给我出的难题。直到有一天，比我大八岁的哥哥早上看见窗前的两棵桃树夜雨后落了好多花，说了一句"夜来风雨声，花落知多少"，我记住了，这是当时真实的写照，但我不知道这是诗句。上小学了，似乎终于知道什么叫诗，那五个字或七个字一句句的，读起来朗朗上口的，感觉很美。于是我花几分钱买两张大纸，用剪子裁成三十二开，订成了一个小本子，画上格子，每找到一首诗，就用歪歪扭扭的字记录下来。

在初中的校园里，经常听到代永红同学背诵"风雨送春归，飞雪迎春到。已是悬崖百丈冰，犹有花枝俏……"。也就是从那时起，我才知道除了诗还有词，于是我就把知道的词又板板正正地抄在特制的诗词本上。随着年龄的增长，年级的升高，1983年考入潍县一中，我的班主任王恒秋老师文学功底深厚，讲起古典文学来我听得津津有味，而当时的同桌王志利同学文科比较好，在那段时间我受益较多，对诗词有了深一点的认识和理解，也似乎在心中撒下了诗词的种子。

三十年后，时近天命之年的我，八小时之外，茶余饭后喜欢练练书法，写写散文，偶尔抒发点小诗。清楚得记得，2017年雨水节后第三天，也就是2月21日，济南没有迎来春雨却迎来了扬扬洒洒的一场大雪。看着这漫天飞舞的雪花，想起了毛主席的《沁园春·雪》，也引发了自己的诗情，随即写了一首《七律·赏雪》。后来一次偶然的机会，从网上得知，中国硬笔书法协会举办诗书画创作年会，于是就把这首七律投了参赛，让我始料不及的是获了奖，同年底在海南三亚参加了授奖仪式，认识了更多诗书画界的人士，极大地开阔了自己视野，进一步激发了诗词创作热情。

新时代随着网络的普及，智能手机和微信等通信方式的广泛应用，很大程度方便了人与人之间的交流与沟通。在一次参加诗词比赛的群中，结识了上海稻香诗社社长、上海诗词学会理事纪少华老师，遇到了我诗词路上的领航人。他诗文俱佳，立意高瞻，构思新颖，善于创新。在日常的创作交流中，我学到了很多知识，受到了许多启发。同群的还有潍坊诗人于明华，枣庄市委党校老教授刘献琛，济宁诗人侯洁。在不断的交流和感悟中，自己的诗词知识不断丰富，创作的作品不断增多，水平也大有提高。由此衷心感谢纪老师、于诗兄、刘老教授、侯诗妹！后在山东诗歌杂志社、北京西山诗社、草原雄鹰诗社和北京潇雨诗社等多家诗社担任顾问、主编或编委，经过了组稿和编审磨练，对诗词理解感悟又进了一步。七年来创作诗词三千多首，有多首诗词参加诗词大赛，获奖或入围，有更多作品在上述四家诗社的公众号中发表。也特此致谢曹成利、叶宝林、向丽、王巧英四位社长。

2018年8月，我和弟弟梁兆勋、弟媳刘培春他们二人合著散文集《鹊如人生》得以出版，当时就想什么时候自己能出一本诗集，初步有了自己的目标。次年10月参与了中国作协诗刊社庆祝新中国成立七十周年《诗为最美奋斗者歌》组织编写，更加坚定了这个目标。明确了目标就有了前进的方向和不竭的动力，砥砺前行，不断创作，终于有所收获。近几个月从三千首作品中选出近二千六百首付梓出版。特以诗留念：时光碎片订成册，一本诗书回味多。风雨人生织作梦，往来岁月尽为歌。

本书能顺利出版发行，特别感谢中华诗词学会常务理事、中华诗词学会出版传媒工作委员会副主任吕梁松老师的支持；特别感谢中华诗词学会常务理事、北京市诗词学会副会长、中国书籍出版社副总编辑赵安民老师作序。特别感谢所有关心和支持我的师长和亲朋好友们！

梁兆智
2024年5月